红十字不仅是一种精神，更是一面旗帜，跨越国界、种族、信仰，引领着世界范围内的人道主义运动。

中国红十字事业是中国特色社会主义事业的重要组成部分，中国红十字会是党和政府在人道领域联系群众的桥梁和纽带。

——习近平

U0835298

爱的灯火

——湖北“最美红十字人”报告文学集

湖北省红十字会　主编

合肥工業大學出版社

图书在版编目（CIP）数据

爱的灯火：湖北“最美红十字人”报告文学集/湖北省红十字会主编．—合肥：合肥工业大学出版社，2019.12

（红十字文化丛书）

ISBN 978-7-5650-4814-2

Ⅰ.①爱…　Ⅱ.①湖…　Ⅲ.①告文学—作品集—中国—当代　Ⅳ.①I25

中国版本图书馆CIP数据核字（2019）第284483号

爱的灯火

——湖北“最美红十字人”报告文学集

湖北省红十字会　主编

责任编辑	章　建　张　燕
出版发行	合肥工业大学出版社
地　　址	（230009）合肥市屯溪路193号
网　　址	www.hfutpress.com.cn
电　　话	总　编　室：0551-62903038 市场营销部：0551-62903198
开　　本	710毫米×1010毫米　1/16
印　　张	18.75
字　　数	284千字
版　　次	2019年12月第1版
印　　次	2020年12月第1次印刷
印　　刷	安徽联众印刷有限公司
书　　号	ISBN 978-7-5650-4814-2
定　　价	62.00元

如果有影响阅读的印装质量问题，请与出版社市场营销部联系调换。

《红十字文化丛书》编辑委员会

主　　任　王卫平　王　浩　冯继红
　　　　　武进甲
副 主 任　王国忠　陈海高　宋双印
委　　员　（以姓氏笔画为序）
　　　　　丁泽丽　马　强　王玉贵
　　　　　尹秋莲　邓国林　代　华
　　　　　朱小田　朱从兵　刘　波
　　　　　孙语圣　杨红星　杨跃忠
　　　　　吴佩华　吴海松　迟明丛
　　　　　张立明　郝如一　袁灿兴
　　　　　徐国普　高鹏程　郭进萍
　　　　　黄鸿山　傅　亮　戴斌武

主　　编　池子华
副 主 编　傅　亮　李欣栩
执行副主编　刘思瀚　郎元智

本书委员会

主　　任　赵海山

委　　员　（以姓氏笔画为序）

万卫东　邓　红　刘宝林

刘仲初　李加林　宋悦明

张　钦　张金元　陈　波

胡　豫　贺方红　高　勤

黄　明　曹亦农　蔡　卿

谭金海　潘幼成

主　　编　高　勤　宋悦明

副 主 编　万卫东　蔡　卿　陈　波

执行副主编　涂文涛　殷恕忠

创 作 组　殷恕忠　吴安宁　赵春艳

刘祥彬　詹学伟

总　　序

150 年前，高举人道主义旗帜，旨在促进人类持久和平的红十字运动在欧洲兴起并迅速走向世界。100 多年来，红十字会为世界和平与发展做出的巨大贡献有目共睹，因而日益受到世界各国、各地区的欢迎，已发展成为与联合国、奥委会并称的世界三大国际组织之一。究其原因，乃其所奉行的七项基本原则——也是红十字文化的内核——涵盖了世界上各种不同文化的共同点，能为文化和制度不同的国家所接受，故而具有强大的生命力。

100 年前，红十字运动东渐登陆中国。在其中国化的发展过程中，红十字会不断吸取中国传统文化的精髓，茁壮成长，逐步形成了"人道、博爱、奉献"的文化内涵，并成为中华文化的瑰宝之一。

百余年来，红十字运动在波澜壮阔的实践中积累了丰富的经验，也留下了许多教训。经验与教训需要上升为理论，也只有理论才能更好地指导红十字事业持续、健康发展。学界、业界对此都进行了持续的关注。

2005 年 12 月 7 日，苏州大学社会学院与苏州市红十字会携手合作，成立全国首家红十字运动研究中心，旨在通过学界和业界的联合，推动和加强红十字运动的理论研究，探究红十字运动中国化的过程与特色，凝练红十字文化价值，探求红十字运动在构建国家软实力和促进中华民族伟大复兴中的地位与作用。同年 12 月 9 日，中国红十字会总会也提出，"确定一批研究课题，组织专家学者开展对国际红十字运动及中国红十字运动的深入研究"①。由此，学界、业界共同开展了对红十字运动

① 中国红十字会总会：《关于加强和改进宣传工作的意见》，红总字〔2005〕19 号。

的学术研究与理论探讨。

多年来，红十字运动研究中心除通过专业网站（http：//www.hszyj.net）发布和交流学界、业界动态外，已出版研究成果数十部；帮助一些地方红十字会建立与高校的合作，搭建平台，共同开展研究；举办了首届红十字运动与慈善文化国际学术研讨会；培养了一批专门研究红十字运动的生力军；积累了大量的学术资料。中心主要研究人员还借助在各地讲学的机会，传播重视红十字运动研究的理念。正是在红十字运动研究中心的引领之下，红十字运动研究在中华大地上呈现出生机勃勃的发展态势，并取得了丰硕的成果，“新红学”① 呼之欲出。仅以2011 年为例，各地以纪念辛亥革命100 周年为契机，纷纷整理、编辑出版了地方红会百年史；有的红会还与高校合作组建相关研究中心；等等②。这些方式有力地推动了红十字运动研究向更深更广的方向发展。

当今世界正处于大发展大变革大调整时期，多极化、经济全球化深入发展，科学技术日新月异，各种思想文化交流交融交锋更加频繁，文化在综合国力竞争中的地位和作用更加凸显。2011 年 10 月 18 日，党的十七届六中全会通过的《中共中央关于深化文化体制改革　推动社会主义文化大发展大繁荣若干重大问题的决定》，提出要推动社会主义文化大发展大繁荣。11 月 7 日，教育部发布了《高等学校哲学社会科学繁荣计划（2011—2020 年）》，强调要大力提升高等学校人才培养、科学研究、社会服务、文化传承创新的能力和水平。12 月 7 日，全国人大常委会副委员长、中国红十字会会长华建敏在中国红十字会九届三次理事会上提出，“要深化理论研究，充分挖掘红十字文化内涵，推进红十字文化中国化，广泛传播人道理念，在全社会推动形成良好的道德风尚”③。红十字“文化工程”已然成为红十字会总体建设目标之一④。进一步加

---

① 在2009 年4 月于苏州大学召开的“红十字运动与慈善文化”国际学术研讨会上，红十字运动研究中心主任、江苏红十字运动研究基地负责人、苏州大学教授池子华指出，经过100 多年波澜壮阔的实践发展和学术界呕心沥血的开拓性研究，在人文社科领域构建一门“新红学”——红十字学，条件已经具备，时机已经成熟。见池子华：《创建“红十字学”刍议》，《中国红十字报》2009 年 4 月 17 日。

② 池子华、郝如一：《2011 年红十字理论研究之回顾》，《中国红十字报》2012 年 1 月 3 日。

③ 《中国红十字会九届三次理事会召开》，《中国红十字报》2011 年 12 月 9 日。

④ 池子华：《“文化工程”应成为红十字会总体建设目标之一》，《中国红十字报》2009 年 12 月 11 日。

强与拓展红十字运动理论研究，尤其是对红十字文化中国化的研究，已成为历史与现实的呼唤。

有鉴于此，红十字运动研究中心继续发挥高等学校与业界合作的优势，汇聚研究队伍，科学选题，出版一套“红十字文化丛书”，弘扬有利于国家富强、民族振兴、人民幸福、社会和谐的思想和精神，凸显红十字文化在中国文化园地中的地位，使红十字文化在神州大地上更加枝繁叶茂，促进中国红十字事业可持续发展，推动红十字文化的国际交流。

“红十字文化丛书”的出版，得到了中国红十字基金会、江苏省红十字会、苏州大学社会学院、上海市嘉定区红十字会、浙江省嘉兴市红十字会、江苏省盐城市盐都区红十字会等单位的鼎力支持，也得到红十字国际委员会东亚代表处及中国红十字会总会的关心和指导，在此谨致衷心感谢。

池子华

2012 年 6 月于苏州大学

序 一

红十字出现在荆楚大地上的时间不算长，却是男女老少人尽皆知的醒目标识。而用一本不算厚重的书来记录与红十字相关的善爱与仁慈，其意义不在于振聋发聩，而是要使得人类文明的救死扶伤普遍价值，通过如此社会生活的“实录”，像时光深巷、岁月大道那样，浮沉向前，悠扬久长。

爱的力量，从来不能缺少。

爱的精神，从来不会缺少。

从5万年前的茹毛饮血，到五千年前的刀耕火种，中华民族所延续的人文精神中，核心的内容，完全可以归于“仁爱”二字。百年之前，西方红十字的“人道”理念远渡重洋，与中国传统“仁爱”思想相呼应，衍伸出“人道、博爱、奉献”的红十字精神。经年历月，这种精神已在荆山楚水间结出累累硕果，散发着无言芬芳。

《爱的灯火——湖北“最美红十字人”报告文学集》这本书，讲述了30位湖北最美红十字人的感人故事。30位普通而又伟大的人，做着一些平凡而又伟大的事。他们是爱的践行者，也是爱的受益者；他们善良、仁爱、正直，用自己的朴实和坚持，写下人生质朴而坚实的诗篇；他们擎一点爱的灯火，点亮自己，照亮他人。这一件件平凡的故事，正如只要有人群在，日常生活中就会有红十字存在一样，看上去是点点星火、涓涓小水，汇集到一起，则成江海洪流、天河璀璨；说起来是邻家女孩、隔壁大叔，凝聚起来思考，便是人中英杰、人间天使。

这样一本弥足珍贵的书，倡导了一种爱的规则：奉献、付出与牺牲，也是一种科学，来不得任何一种不科学。爱己爱人，自救救人，人人应做，人人能行，这种不被无限拔高的善与爱，才是可持续的、可流传的、可发扬光大的，如同春暖花开，秋雁南归，长江黄河奔流不息向东方。

品读这本书，体味字里行间的仁爱，遇见黑暗空间里的光明，触摸融化冰冷的体温，将绝望抛弃给绝望，让希望长存于希望，再使我们的感动升华为万众一心的行动。

湖北省文学艺术界联合会主席　刘醒龙

2020 年 2 月于武汉

序　二

国际红十字运动已经有150多年的历史，红十字组织是全世界影响范围最广、认同程度最高的国际组织。习近平总书记指出：“红十字不仅是一种精神，更是一面旗帜，跨越国界、种族、信仰，引领着世界范围内的人道主义运动。”

人道事业是全人类共同的事业。“人道、博爱、奉献”的红十字精神与中华民族所倡导的扶危济困、敬老助残、救死扶伤、乐善好施的传统美德，与我们党“以人民为中心”的发展理念，以及构建人类命运共同体思想是高度统一的，也必将在推动湖北高质量发展的伟大实践中提供人道路径，焕发出新的光彩。

时代更替，人道精神激励着一代代有识之士，奋力探索着为民谋福祉的有效途径。新时期以来，特别是湖北省红十字会第六次全省会员代表大会以来，全省红十字会系统以习近平新时代中国特色社会主义思想为指导，深入贯彻落实习近平总书记关于群团工作和红十字事业重要指示批示精神，恪守使命，依法履职，围绕经济社会发展大局，以为国奉献、为民造福为主题，主动参与社会治理，扎实推进各项工作，在参与人道救援、开展人道救助、普及急救知识、宣传生命接力、反映民生诉求、化解社会矛盾、活跃民间外交等方面发挥了特殊的、显著的、不可替代的作用，为富强、创新、法治、文明、幸福湖北建设做出了积极贡献。

本书所选取的30位湖北“最美红十字人”，分属不同行业，从事不同岗位，平凡朴实却又明亮耀眼。他们的善行义举，闪耀着时代的光辉，点亮了爱的灯火，是广大荆楚儿女积极践行社会主义核心价值观，弘扬“人道、博爱、奉献”精神的优秀代表。本书的出版，将进一步提升红十字公信力，弘扬正能量，引领新风尚。

站在承前启后、继往开来的新时代，在湖北省委、省政府的领导和中国红十字会总会的指导下，湖北省红十字会将以习近平新时代中国特色社会主义思想为指导，坚持党的领导、坚定正确方向，围绕中心、服务大局，与时俱进、改革创新，依法治会、从严治会，奋力谱写新时代湖北红十字事业发展新篇章，为湖北加快推动“建成支点、走在前列”、在中部地区率先全面建成小康社会做出新的更大贡献！

湖北省红十字会党组书记、常务副会长　高　勤

2020年2月

目　录

（以姓氏笔画为序）

马可玲：救护培训领航者

帮助他人不一定是在经济上和物质上，我能够被红十字会认可，理当竭尽全力把应急救护知识传递给大家，这也算是为社会贡献一点绵薄之力吧。

我闲不住，而且救护知识普及是为了大家，理所当然小家要让给大家吧。

——马可玲

2019 年 3 月，马可玲在中国红十字会总会培训中心参加 ToT（国际急救认证核心师资培训班）学习

领 路 人

2018年7月24日，素有“火炉城市”之称的武汉热浪袭人。

就在这如火如荼的假期里，湖北省红十字会2018年救护师资教学技能竞赛在武汉滨湖大厦举行。来自全省各地的24名参赛者跃跃欲试，他们均已获得了《中国红十字会救护师资证书》，并具有应急救护培训经历。

此次赛程分为预赛和决赛。24日的预赛分为演讲和实操，取总分的前6名进入决赛；25日决赛分为说课和实操两部分，最后综合各项成绩评出一、二、三等奖。

各地区的优秀代表刚到宾馆，就纷纷忍不住问工作人员：

“马老师来了没，她在哪里?”

“能否让马老师给咱们再做一次赛前指导?”

“据说评审的专家非常严格，有同济医院的博士生导师、武汉大学中南医院的急救中心主任、解放军161医院的主治医师，等等。马老师不给咱们助阵，大家心里有点慌啊。”

“放心，放心，整个赛事都是马老师亲自安排的，怎么会少了她老人家呢?”工作人员笑意盈盈地安慰各地代表，“莫说咱们省内的竞赛，就是咱们省的代表到北京参赛，哪次没有马老师的陪伴?”

大家心心念念的马老师，在湖北省红十字会系统有着相当尊崇的地位：各个市、州红十字会的救护师资，几乎都听过马老师的课，受过马老师的当面指导。

马老师本名马可玲，江汉大学护理与医学技术学院主任护师、副教授，在教学教研工作上成绩斐然：国家级出版社护理专业《外科护理》《急危重症护理学》等7部规划教材的主编、副主编，在国家医学杂志上公开发表《医学生院外应急救护能力的培养》等专业学术论文10多篇，并主持、设计、参与科研课题5项，其中两项获武汉市科技进步三等奖。

教学之余，马老师还担任省、市红十字会救护培训师资。20年来，她长期坚持深入农村、社区、机关、工厂一线，推广普及救护知识，并多次参与大型救护演练；多次指导学生参加救护技能大赛；连续5届担任参加全国红十字会系统应急救护大赛湖北代表队的赛前集训指导工作，使队伍屡获个人、团体奖项。

在湖北省红十字会系统应急救护培训领域，马老师就是一座山峰。

“自己都没想到，一件小事，做了20年，从任课马老师，变成了退休马老师。”马可玲性格儒雅温和，总是面带微笑，谈及自己与红十字会的渊源，略有感慨：“20年前的一次机缘巧合，武汉市红十字会开展应急救护培训活动，因为人手不够，去江汉大学招募几名有教育背景的讲师志愿者成为红十字救护培训师资。我听说了这个消息，虽然不是很清楚需要做什么事儿，但是心里觉得自己也许能帮得上忙，就加入了。接触红十字会后，我逐渐了解到红十字会是一个弘扬‘人道、博爱、奉献’精神，从事人道主义救助的公益组织，志愿服务是其七项基本原则之一，我也愿意将自己所学知识分享给大众，就成了一名红十字应急救护培训师资。从市红十字会到省红十字会，这一干就是20年。”

马可玲的细致和敬业，在湖北省红十字会系统内，有口皆碑。

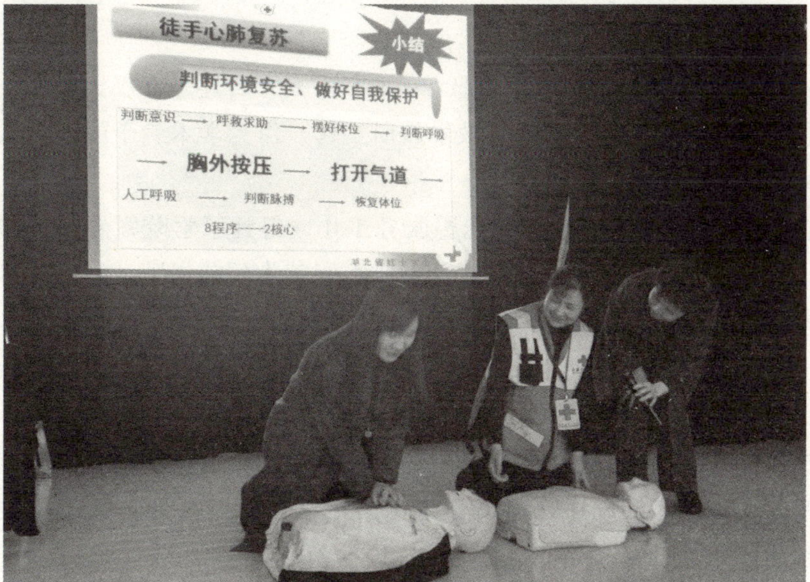

马可玲（左二）指导学员进行徒手心肺复苏术练习

2019年春夏之交，在她的悉心组织下，湖北省红十字会开展了一项非常重要的活动——举办国际急救认证核心师资培训班（TOT）。

国际急救认证标准严格，其核心师资需要经过考核才颁发证书。中国作为亚太地区第一个通过此体系认证的国家，于当年春组织了全国80名优秀急救师资到北京参加培训，其中湖北省仅有两个名额，马可玲是其中之一。

从北京回来后，马可玲就将国际急救认证核心师资培训列入工作计划，筹划与国际接轨，为全省红十字会系统储备人才。省红十字会迅速开班，从各市、州选拔优秀师资，马可玲严格按照总会要求，高质量推进教学培训、资料汇总、检查汇报等工作。参加过培训的学员们对马可玲既敬又畏，因为马老师不仅教学认真，而且给每个人布置了作业，让他们回到各地后也必须举办相应的培训，让TOT在全省开花！

马可玲的坚持与坚守，让全省红十字会系统的急救师资力量整体提升了档次。

上课大于山

20年前成为一名红十字志愿者的时候，马可玲还是江汉大学的一名在职教师，学校里一些重要的教学教研工作，作为学术骨干的她必须担当责任。

“参与红十字救护培训的志愿服务工作，得到了学院领导的大力支持。我自己也会严格要求，在认真完成本职工作的前提下，利用休息时间做好红十字救护知识的普及宣传。”马可玲回忆道。

经过探索，她摸索出了一条教育与实践相结合的路子：将院外救护知识普及工作引进到学院中，在学院内开设选修课程，为不同专业学生开设救护员选修课，此举深受学生的欢迎。她还将应急救护场景模拟演练带入学生社团活动中，丰富学生课外活动内容。另外，她还带领学生参加省市红十字会组织的大型救护演练，使学生增长知识，开阔眼界。

因为本身从事教育工作，马可玲很快在红十字会的应急救护培训课程中找到了感觉。从红十字运动的起源，到心肺复苏的实操演示……每一节课，她都会针对不同的群体编写教案，用有限的课时教给学员最适合和最实用的知识技能。

她给自己定下一条原则：每一节课，都要确保所有学员真正掌握了才下课。这样的认真和敬业，似乎已经成为她的习惯，“帮助他人不一定是在经济上和物质上，我能够被红十字会认可，理当竭尽全力把应急救护知识传递给大家，这也算是为社会贡献一点绵薄之力吧。”

马可玲谦虚地评价自己“做了点小事”，但付诸行动，谈何容易？

红十字生命健康安全教育走进小学生课堂

从上第一节课开始，每一次培训她都兢兢业业，近 20 年不管是天气恶劣还是身体不适，从未耽误上课。

2017 年，马可玲和同事们到咸宁市通山县大畈镇普及救护，一天讲解了三场。不同的地域，不同的对象，用她的话说：“看到乡民们淳朴而渴望的眼神，再累也觉得值了。”

通山县位于湖北省东南部，是有名的贫困县。境内幕阜山重峦叠嶂，山路蜿蜒，交通十分不便。

当天，马可玲的第一场培训，在某村委会的办公室，位置狭小，村民较多，且没有扩音器，软硬件设备都很差。她尽量将嗓门放大，保证大家都能听见。为了让村民更清晰地了解急救常识，她还为大家现场做了示范，并耐心回答了各种问题。因为时间紧迫，课程刚上完，她们就在村民的掌声中匆匆离开，驱车赶赴第二场。

第二场培训地点在一个乡村小学的教室里，村民们听说从武汉来了专家，扶老携幼奔走相告，结果将小小的教室挤得水泄不通，孩子们叽叽喳喳，老人们相互交流，整个会场一片嘈杂，村干部维持着秩序。随着教学的展开，马可玲结合山区实际情况娓娓道来，大家渐渐安静下来，用心地倾听。完成讲授内容后，她再一次在村民的掌声中驱车离开，赶赴第三个教学点。

第三场在镇里的会议室，会议室坐满了镇上各村干部。授课中，一名妇女队长含泪讲述了家人近期突然离世的事，因为不懂急救，医院救护车赶到时已经迟了。马可玲在与受训干部交流过程中，放弃了原定的课程内容，就该案例进行深层次的剖析并展开培训，参训的村干部们纷纷表示获益匪浅。

"一天三场的普及教学，同一份教案必须及时调整，才能满足不同受众的需要。""尽管嗓子哑了，人也累得够呛，但是很高兴，内心也很充实。救护培训任重道远，但是，我们一直在努力。"

趣味横生的培训课

数不胜数的培训与授课，马可玲从不懈怠，从不言累，因为认真与敬业，早已成为习惯，融入生命。

在20多年的应急救护培训生涯里，马可玲走遍了军营、机关、学校、企业、乡村，听过她课程的人群，有军人、农民、机关干部、学生、白领等等，涵盖各个阶层。

但凡听过她课的人都有这样一个共识：马老师的课，形象生动，既有知识性，又有趣味性，实操性更强！

某年3月，武汉军械士官学校来函邀请湖北省红十字会派人为500余名官兵开展应急救护知识和技能培训，双方协商后，旋即启动"湖北省'救在身边'红十字应急救护培训进军营"活动。

马可玲（左一）在解放军武汉军械士官学校开展应急救护培训

此次培训主要针对部队平时训练任务重、时间紧，担负着维护社会安全和自然灾害、突发事件的紧急救援任务的特点，让官兵掌握基本的救护知识和技能，以便更好地在灾难发生时救助他人保护自己，确保圆满完成救助任务。

这是一堂特殊的培训课，马可玲花了很长时间准备教案。

培训中，她条分缕析，强调第一时间正确评估判断的重要性，重点对心肺复苏和创伤救护的止血、包扎、固定等技能进行讲解和演示，让官兵们亲自操作，手把手进行指导纠错，最后和官兵一起归纳总结出正确的处置办法和步骤。

马可玲的教学方式大受欢迎。官兵们学习热情高涨，气氛活跃，效果非常明显。有官兵表示：这样的救护培训无论是现在还是将来都是人生中重要的一课，掌握自救互救的知识和技能，对保护自己和人民群众的生命安全，促进和谐社会建设有着重要的现实意义。

2016 年底，马可玲团队走进湖北省党政干部华中师范大学培训班，为 130 余名学员准备的教案又是另一种风格，她用大量鲜活的案例和生动的 PPT 演示，让参训学员深入了解现代救护概念、脑卒中和冠心病的疾病预防与应对措施等。特别是针对参训学员的年龄结构特点，详细讲解和操作演示了心肺复苏的正确方式。培训课内容贴近工作生活实际，既有理论讲解，又有实际操作，学员们一边互动，一边积极参与操作。

课后，学员们学习热情不减，向老师咨询生活中遇到的各种急救问题。有学员感叹：“以前从来没有接受过这些知识，认为不重要，今天听完课程后才恍然大悟，科学施救是可以创造生命奇迹的！”

在某大学“传染病的春季防疫”培训中，马可玲的教案却是从公元前3000 年的埃及法老壁画讲起的。法老拄着拐杖，疑似患有小儿麻痹症。她微笑着跟同学们解释：古埃及时期，传染病就折磨着人类。从古希腊时期到 17、18 世纪，鼠疫、天花、霍乱等传染病，在历史上曾带走了成千上万人的生命。同学们一下子被这别致的开场白深深吸引住了。

接着，马可玲用图例和简明的文字阐明了传染病流行的基本条件：传染源、传播途径以及易感人群。并阐述了三句话的预防方针：“控制感染源、阻断传播途径、保护易感人群”。针对这三点，抽丝剥茧娓娓道来。她的博学，让同学们大为钦佩。

最大的任务是培养师资

通过多年应急救护培训教学工作，马可玲意识到，想要更广泛地普及救护知识，现在的师资是远远不够的，只有培育更多专业人才，让更多热爱公益事业的人加入，才能更全面地带动应急救护知识的广泛传播。

“自救互救和逃生避险技能是公民必备的生活技能，普及这些知识和技能，是红十字会神圣的职责和使命。”“想要真正把应急救护培训做好，我们很多工作都需要跟上，要更广泛地培训专业师资，让更多人能够投入到普及应急救护知识的行列中来。”

她这样说，也这样践行着。

马可玲（左二）参加 2017 年湖北省“世界急救日”活动

随着时间推移，马可玲已经从学校教学岗位退休了，可红十字会的救护知识普及工作远没有结束，作为一名资深的志愿者和有着丰富救护培训经验的专家，她一直在奔忙着。有时候家人也会埋怨：“已经退休了，还是这么忙?”她就笑笑：“我闲不住，而且救护知识普及是为了大家，理所当然小家要让给大家吧。”

马可玲的学生中，有许多人受到她的感染而加入红十字救护培训普及工作中，不论是救护员班授课，还是救护师资培训教学，不论是在师资教学大赛中，还是在救护技能大赛中，她的学生都表现出了巨大的热情。

“言传身教，寄希望他们，将红十字精神发扬光大”，马可玲说。20 余年来，最让马可玲骄傲的，还是她的学生们：2010 年 9 月，马可玲班上的 5 名学生组队代表湖北省参加首届全国红十字应急救护大赛，经过激烈角逐，荣获三等奖。

学生们不仅让她感到高兴和满意，也留下了很多一起摸爬滚打的难忘记忆：反复的细节讲解、集中封闭式的训练、各种案例的分析。“成绩的取得，源自于江汉大学和省、市红十字会领导的高度重视，是师资教练团队共同努力、学生认真刻苦训练的结果，可谓完美地体现了全省红十字会系统救护普及的最高水平。”

2018 年 1 月 6 日，周末，武汉下了一场大雪。早上 7 点刚过，马可玲踩着积雪一步一滑地出门，在小区留下了当天的第一道脚印，因为当天上午，新年度第一期红十字救护员培训班将在“湖北省救在身边应急救护培训中心”开班。

2018 年 7 月，湖北省红十字会 2018 年救护师资教学技能竞赛如期举行，来自全省的 24 名参赛者经过两轮激烈比拼，最终角逐出一、二、三等奖，马可玲欣慰地与大家合影。

“我们都是马老师的学生。”获奖选手谦虚地说。

应急救护培训，永远在路上。人人学急救，急救为人人。马可玲和她的学生们一直在用汗水和心血，浇灌着“博爱”之花。

王勇："心泉"再润夕阳红

古人云：勿以善小而不为，勿以恶小而为之。集"小善"为"大善"，方为大智慧。这种小善的动因对于很多人来说，可能一闪而过，但对于我来说，却一直铭记在心。

未来，我们还会组织更多的红十字志愿服务关爱活动，走进社区，走进特殊群体，帮助他们，为更多的人送去爱与温暖。

——王　勇

2019年9月，作为湖北红十字志愿者代表，王勇出席中国红十字会第十一次全国会员代表大会

2018年10月22日，一个面容略显憔悴，脸色平静看不出悲喜的汉子，在几位男子的陪同下，匆匆走进武汉同济医院血液内科。早已等候多时的医护人员迎上前来。没有过多寒暄，一行人向病房大步走去。

这个中年汉子名叫王勇，是鄂州市红十字"心泉"志愿服务队的队长，刚刚经历了丧子之痛。2018年初，他年方弱冠的儿子被确诊罹患白血病，此事让整个家庭蒙上了一层灰色。当年10月，年轻的儿子经救治无效不幸离世，王勇的小家一下子变成了"失独家庭"。

"世界以痛吻我，我报之以歌。"无论生活带来怎样的磨难，身为红十字志愿服务工作者的王勇，他的热情、开朗、积极、乐观和对公益的热爱却从未改变。面对巨大的变故和打击，他没有变得失落和消沉。在无比艰难的日子里，他一面抚慰精神上濒临崩溃的妻子，一边逼着自己从悲痛中走出来。

这一次，他带着妻子的祈愿，带着儿子的遗志，在志愿服务队队友们的陪同下来到医院，是为了将儿子生前未用完的伏立康、环孢素、更昔韦洛等价值2.5万余元的药品，通过鄂州市红十字会定向无偿捐赠给血液内髓系白血病高危患者，年仅44岁的鄂州籍李女士。"儿子已经离开我们了，但愿这些药品能帮助李女士重获新生"，王勇说。

因爱前行，融入爱的海洋

王勇是20世纪70年代生人。在他的孩童时代，父母常年工作在外地，是奶奶夙兴夜寐地把他带大。奶奶的爱和温暖，为他后来从事红十字服务志愿工作埋下了"种子"。时至今日，奶奶已经过世多年，但是只要提及她老人家，王勇依然难掩孺慕之情："奶奶对我的影响非常大。奶奶经常教育我，做人要善良、厚道，要学会感恩，多多积德行善。"关于具体怎么行善，奶奶并没有怎么教他。但在一点一滴的日常小事中，奶奶已经把做人的道理传给了他。

奶奶的言传身教，王勇至今记忆犹新。他毕业上班之初，每逢休息日都会回去看望奶奶，也一定会带上老人家喜欢吃的东西或别的礼物。在回村的路上，王勇只要遇到同村的老人，就会随手先分给他们一些。

等到走回家时，手上拎的东西往往已所剩无几。这时候，王勇便只能“尴尬”地挠着头傻笑。奶奶知道是怎么回事，乐呵呵地赞扬他说：“勇子懂事，奶奶心里头高兴着呢。”

爱的种子一旦播下，迟早有一天会破土而出，长成参天大树。萌芽破土的契机，很多时候在人的意料之外。

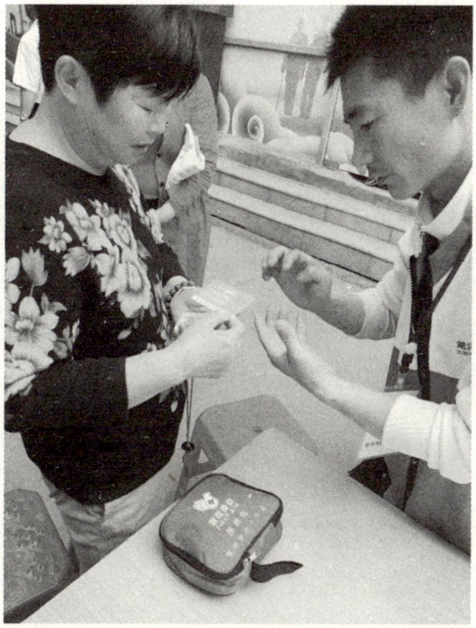

王勇（右一）向群众发放红十字急救包

2013 年，王勇在工作中意外烧伤，经医疗机构鉴定为三级残疾。因为残疾，他无法正常工作了。但这场意外并没有打倒他。休养一段时间后，王勇重整旗鼓，加盟了妹夫的婚庆公司。凭着自己对主持的热爱，他很快成了当地知名的婚庆主持人。在新的岗位上，王勇重新发现了自己的价值：“原来我并不‘残疾’!”

2015 年，王勇从原公司辞职，做起了专职主持人。因为这个忙碌而充实的工作，他接触到了社会上各色各样的人，发现其实有很多人是需要帮助的。热心的王勇，开始想方设法为他们提供力所能及的帮助。

2016 年盛夏的某一天，王勇从一条手机短信中得知，7 月 16 日，鄂州市凤凰广场将举行志愿者“绿丝带”行动的启动仪式。那一天，他起了个大早，沐浴着晨光赶到凤凰广场，报名加入了鄂州市红十字志愿服务队。

加入红十字志愿服务队以后，王勇心中那股帮助他人、服务社会的热情，就像火苗遇到劲风，就像树苗遇到春雨，熊熊燃烧，茁壮成长起来。从此以后，只要有志愿者活动，他都积极参与，几乎一场都没落下。在志愿服务活动中，王勇也很快显露了出色的能力，加入志愿服务队当月，他便募集到了价值 6000 多元的抗洪救灾物资。

最开始一段时间，王勇满足于凭借个人的力量单打独斗做公益。但是参加了一次又一次志愿服务后，他逐渐意识到个人的力量再强，也终究有限："一滴水很容易干枯，力量也有限。一滴水只有融入大海，才不会干枯，而且可以浮起大船。如果想把志愿服务做到最好，就必须依靠团队的力量。"

2016 年 9 月，王勇正式注册成为一名红十字志愿者，宣告结束了个人志愿活动的"游击战"时代，从"单兵作战"转向"团队作战"，"有组织的志愿活动，才能聚集更多人从事志愿服务，才能更好地帮助需要帮助的人。"

王勇的志愿服务工作从此打开了一个全新窗口。他欣喜地发现，红十字组织所建立的平台具有强大的凝聚效应，团队之中人与人之间产生的奇妙化学反应，把有能力帮助别人的人和需要帮助的人紧紧地联系在了一起。志愿服务活动的效能因此出现了几何级数的倍增效应，汇聚成了澎湃汹涌的爱的海洋。

"心泉"情暖，人间最美夕阳红

随着社会的发展，社会所需的志愿服务日趋多元化。这对红十字志愿者提出了新的挑战，也带来了创新工作思路的机遇。王勇开始琢磨志愿服务的精准实施："我们为什么不单独针对某些群体开展志愿服务呢？这样做的话，对施、受两方来说，都可以形成强大的聚焦效应啊。"

2016 年 11 月，王勇了解到鄂州市凤凰老年托管中心生活着很多老人，这让他想起了已经过世的奶奶，便寻思着要为老人们做点什么。以前的工作经历给了王勇启发："我想起以前在鄂钢工作时，单位领导每个月都会给员工过生日，送去温暖和关怀。"于是，王勇萌生了去敬老院给老人们过生日的念头。

既然想到了，就立刻付诸行动。王勇利用自己在婚庆行业的影响力开展募捐活动，在不到三天时间内募集到了 2000 多元。有朋友在捐款的时候，半开玩笑半认真地问他："你募集到这些钱，真的准备给老人买礼物么？"

王勇哂然一笑，拍着朋友的肩膀说：“你不信啊，那和我一起去看看呗，看过了就知道了。”为了让所有捐赠的朋友放心，王勇邀请他们都来和老人们一起过生日。

12 月下旬，时令正值冬至。王勇带着志愿者和参与募捐的朋友们，一起来到凤凰老年托管中心，为院里的老人集体庆生。那一天，室外朔风呼啸，天寒地冻，室内灯火通明，温暖如春。除了给当月过生日的 9 名老人精心准备的生日礼物外，王勇还给全院的 66 名老人都准备了礼物：每人一份蛋糕、两双袜子。70 多岁的柯爹爹收到礼物时，激动地握着王勇的手说：“感谢你们，这是我这几年来最难忘的一次生日！”

在寒暄中，王勇了解到，来年 1 月份全院只有一位老人过生日，这位老人就是 98 岁的肖文华爹爹。王勇记在心里，在肖爹爹生日当天，他准时赶到敬老院，为老人点燃了生日蜡烛。大家围坐在一起为老人唱起生日祝福歌，肖爹爹感动得热泪盈眶。王勇说：“肖爹爹，等您百岁大寿时，我们再来给您举行一个盛大的生日。”

除了帮老人过生日之外，他和志愿者们还经常到凤凰老年托管中心开展各种志愿服务。久而久之，老人们都记住了这个名叫王勇的热心小伙子，很多老人把他当作了亲人。此前一些曾经对王勇募捐有疑虑的好心人，在多次亲历见证后，深受感动。很多人受到感染，纷纷报名成为红十字志愿者。

2017 年 1 月 8 日，在王勇的大力推动下，鄂州市红十字志愿服务基地正式授牌成立。基地有两支志愿服务队，其中，“心泉”志愿服务队主要为老年人提供志愿服务；“红色希望”志愿服务队则专注于造血干细胞捐献志愿工作。

80 后小伙陈迪志是“红色希望”志愿服务队的骨干志愿者。2017 年 12 月 13 日，在湖北省红十字会举办的“红十字故事汇”晚会上，陈迪志与王勇相识。两人一见如故，听说王勇正在筹备红十字志愿服务基地，他便主动要求加入。早在 2016 年 5 月，陈迪志就曾成功地捐献造血干细胞，救助了一名白血病患儿。“成为红十字志愿服务基地的一员，就有更多的机会给他人带去希望，让爱传递下去，获得永恒。”陈迪志说。

爱在身边，志愿服务暖人心

基地成立之前，王勇就一直在思考通过什么方式，把队员们凝聚起来："我们的力量十分有限。如果能通过活动凝聚社会力量，帮助更多需要帮助的人，那就太好了。目前给老年托管中心的老人过生日是我们的常规活动，但这还远远不够，我们还需要举行更多的志愿服务活动。"

2017 年，王勇在基地启动了"日行一善，爱在身边"项目。项目主要是收集一些闲置物品，需要的人在捐款箱投一部分钱就可以拿走需要的物品。这一年，基地还为人体器官捐献宣传工作积极出力。王勇说："我们启动了人体器官捐献宣传仪式，然后开始着手进社区宣传相关知识。"

王勇（右一）在小区开展人体器官捐献知识宣传，现场为捐献志愿者发放器官捐献志愿登记卡

2017 年 6 月 9 日，年仅 35 岁的河北省邯郸市红十字会工作人员杨海燕患病去世，她的家人捐献了她的有用器官，包括一个肝脏、两个肾脏，挽救了 3 名重症患者的生命；还有一对眼角膜，让两个失明患者重

见光明。杨海燕成为中国红十字会系统首位实现人体器官捐献的工作人员。她的大爱善举在全国范围内引起巨大反响。当年9月，“心泉”红十字志愿服务队承办了鄂州市《湖北省人体器官捐献条例》宣传活动暨志愿者器官捐献签字仪式。活动现场，签订人体器官捐献的志愿书有60余份，对鄂州市人体器官捐献工作产生了积极的推动作用。此后，王勇以该活动为契机，先后走进鄂州市多个社区，普及宣传人体器官捐献知识，极大提升了人体器官捐献工作在鄂州老百姓心目中的认知度。

基地成立之后，王勇和队员们一起把志愿服务精神化作生活中的点点滴滴，在市红十字会的指导下承办各类公益活动，让志愿服务的触角像毛细血管一样深入基层。在他和同伴的共同努力下，基地就像滚雪球一样壮大起来。越来越多的志愿者加入基地，既充实了基地志愿者力量，也丰富了基地志愿服务的项目。

在鄂州市红十字会的支持下，“心泉”志愿服务队打造出了“爱您·老人”公益服务品牌。项目重点关注高龄失能、贫困、伤残、失独家庭等困难老人群体，与社区联合开展“爱您·老人”日活动，宣传“爱老、敬老、助老”的善举，同时利用社区板报、宣传栏等各种宣传形式，开展各具特色的爱老敬老活动。

每个月的20号，是志愿服务队设定的“爱您·老人”日。队员们会准时来到西山社区，义务为辖区老人提供理发、量血压、称体重、测体质、维修电器等常规便民服务，并为居家孤残老人提供上门服务。

租住在西山坡的廖东海老

每月20日是鄂州市“心泉”红十字志愿服务队“爱您·老人”日，王勇（中）搀扶着阳光养老院行动不便的老人，热心地帮助他们

人退休在家多年，因患二级中风，常年卧床，生活不能自理。他的儿子在监狱服刑，不能在身边照顾。王勇了解情况后，自筹资金2000元，购买了纸床垫、生活日用品等送到老人家中。从此之后，只要有空，王勇就会上门进行跟踪式服务。他和老人促膝长谈，嘘寒问暖，倾听心声。中风病人说话含糊不清，王勇虽然听不懂老人究竟在说什么，但总是一边帮老人按摩放松，一边当一名耐心的倾听者。数年如一日，王勇就像儿子照顾父亲一样照顾着他，直到老人离世。老人去世后，家属为表示感谢，将轮椅、钢架床等物资无偿捐献给了“心泉”志愿服务队。

现如今，“爱您·老人”早已成为鄂州市知名公益品牌。

中国有很多传统节日，蕴含着丰厚的传统文化内涵。每当节日来临，王勇和他的队员们就会组织丰富多彩的活动。

每年“腊八节”，他们走进福利院和养老院，和老人们共度节日。晨光初露时，王勇和队员们就会早早地将买好的红围巾、香甜可口的腊八粥以及各色礼品装车，热热闹闹来到敬老院。他们把象征吉祥的红围巾轻轻围在老人们的脖子上，并为老人们端上一碗热气腾腾的八宝粥。“每当看到老人的欢笑，我就很开心，我希望为他们的晚年增添更多的暖色调。”王勇的快乐，在眉眼间飞扬。

每年元宵节，他们走进社区，开展“击鼓传花”“猜灯谜”“脑筋急转弯”等文娱活动。他们和居民一起包饺子、煮汤圆，一起自排自演文艺节目，大家其乐融融。文艺表演前，通常都是王勇率先献歌暖场，让现场气氛变得格外活跃。

在这万家团圆的日子，王勇当然不会忘记那些独居在家的孤寡老人，总是第一时间组织志愿者将香甜的汤圆送到老人家中，让老人们都感受到节日的喜庆氛围。

“爱在日常，才不寻常。我们要把生活中的每一天都过得像节日一样。”王勇的快乐，依然在眉眼间飞扬。

姜大姐是鄂州市西山社区的贫困户，她的丈夫意外去世，她又患有重病，无生活来源，仅靠儿子在外打工维持生计。

王勇知道消息后，和红十字志愿者经常看望慰问她。为她送来米、油、纸尿垫等生活用品，并为她免费测量血压，鼓励她树立信心，早日康复。

王勇（左一）到鄂州市西山社区看望慰问姜大姐

“让志愿者安心做志愿服务，就要解决他们的后顾之忧。让有困难的志愿者获得爱和帮助，他们就会更加义无反顾地开展公益活动。”对于带队之道，王勇有自己的心得。

志愿者周克建的父母体弱多病，弟弟年幼时头部摔伤，智力二级残疾。母亲曾在一年之内连续做了两次手术，周克建为此花光了所有积蓄。视队友如兄弟姐妹的王勇当然不会坐视不理。每当气温有变时，王勇就会邀请有经验的理疗师上门为周克建的父母作按摩理疗；每逢玉米成熟时节，王勇又会组织队员去他家帮忙采摘和销售……

王勇深知队员们的难处，因为他自己的家庭也曾陷入过困境。儿子过世后，他更是把对儿子的思念化作红十字志愿服务工作的巨大热忱，把队员的家事当作自家事来办。队员们感动之余，不再叫他王队，而是纷纷亲切地称呼他为“王哥”“勇哥”。

古人云：勿以善小而不为，勿以恶小而为之。集“小善”为“大善”方为大智慧。这种小善的动因对于很多人来说，可能一闪而过，但对于王勇来说，却一直铭记在心。

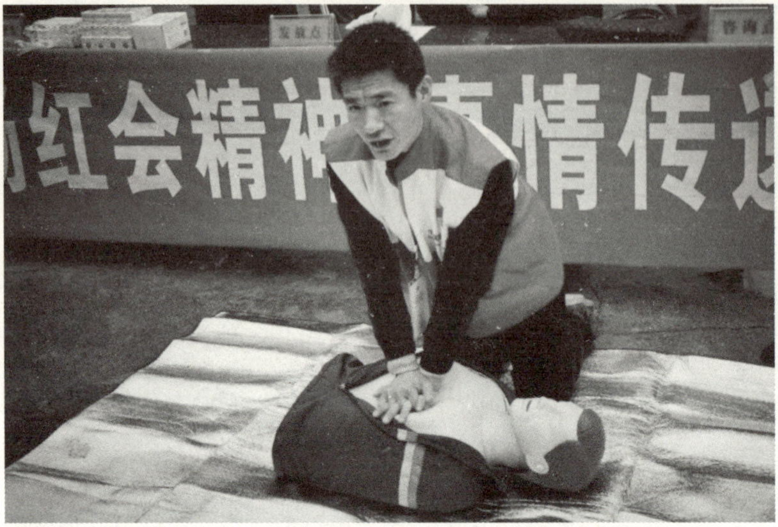

王勇担任培训师资，向群众讲解心肺复苏操作相关技能

“我的儿子已经去世了，但是生活还在继续，志愿服务工作还在继续，‘爱您·老人’的活动还在继续。未来，我们还会组织更多的红十字志愿服务关爱活动，走进社区，走进特殊群体，帮助他们，为更多的人送去爱与温暖。”王勇平静地说。

王学丽：事无巨细为社区

只要是对居民有利的事，我都要积极去争取。

人人学急救，急救为人人，只有这样才能打造平安社区，才能更保社区安全。

——王学丽

她是追光者，20 年风霜，磨不灭她的初心，却将红十字精神发扬光大；她是点灯人，20 年驻守，耗不尽她的热情，却将人道之光点亮四方。她就是湖北省武汉市武昌区东亭社区党委书记、东亭社区红十字服务站站长王学丽。

王学丽

肯钻研，万事开头难

东亭小区始建于1985年，是20世纪80年代初武汉市第一个商业小区，共有居民楼106栋，居民4600余户、15000多人。每每提到东亭小区，王学丽总感慨万分，从接手管理这个小区到如今，她已经在这里扎根20年了。这20年来，她走遍了这里的每一寸土地，拜访了这里的每一户人家，叫得出这里的每一个人名。

20个春秋，她跑了多少路，说了多少话，做了多少事，为大家解决了多少个难题，她已经数不清了。她把所有热情都投入社区管理和基层红十字服务工作中，即使是节假日，也经常在为解难而奔走。她把社区当家、把居民当家人，竭尽全力为他们解决问题。只要是对居民有利的事，她都会积极去争取。

在王学丽看来，“人道、博爱、奉献”的红十字精神影响了社区人，带动了社区人，也造福了社区人。

回忆初到东亭社区的情景，王学丽至今记忆犹新：“那时真的不知怎么办，东亭社区人口较多，管辖面积大，又是我市最早的商业化小区，基础设施老旧，存在不少欠账。可谁曾想，我们的故事就这样开始了。”

王学丽解决的第一个重大问题就是开通小区的天然气。为了让家家户户都能用上天然气，王学丽成天在居民家中和天然气公司两头跑。她说：“如果解决了天然气问题，大家做饭就更方便，也更安全了，我就想着让社区居民过得舒服一点。”

几个月的奔波努力之后，小区的天然气终于通了。家住13栋7楼的潘道谭老人说，通气那天，一打火，灶台冒出蓝色火苗，真是发自内心的幸福啊！

老旧小区问题多。王学丽治理问题，通常从根子上着手。

东亭社区4栋居民刘涛曾为“污水所困”至少有10年时间。4栋的污水一直难以外排，一下雨化粪池污水横流，道路泥泞不堪。每逢雨季，便是他家最难熬的时候：屋外下大雨，屋内进污水，满屋潮气和臭气。每次请人上门维修都是治标不治本。王学丽了解情况后，立即与区水务局联系，带着排涝队工人一道，找出根源后，打通了 4 栋下水道与主管网通道。从前臭气不断的 4 栋，现在干干净净、清清爽爽，再也没有抱怨和嫌弃的声音，只有温馨的灯光从窗口透出。

老吾老，以及人之老

作为东亭社区党委书记，从理顺社区工作的那一天开始，王学丽就着手进行红十字志愿服务的队伍建设。

经过 20 年的努力，东亭社区已经有了一支稳定的红十字志愿者队伍。在王学丽的带领下，他们在各小区设立募捐点，鼓励社区群众开展募捐活动，设立互助基金，增强社区救助实力；他们引导企业设立爱心专项基金，通过定期入户走访、回访，实现对社区贫困儿童、残疾人、空巢老人、独居老人、失独家庭等特殊群体的精准帮扶；他们为低收入困难家庭申请红十字会人道救助，尽可能地在生活上给予帮助。

王学丽（右一）与省红十字会工作人员一起为社区困难老人送去红十字家庭包

"春节"这个词，总让人感到圆满。年年除夕到，在外辛劳一年的人们纷纷赶回家，享受团聚的喜悦。街道上亦是张灯结彩，热闹非凡，到处一团喜气，连空气都是温暖和幸福的。

每年这个时候，却是王学丽和社区红十字服务队最忙碌的时候。

大年初一早晨九点，阳光透过薄薄的云层，透过即将长出新叶的树枝，落在刘爱军老人家门口积雪还未消融的地上，折射出点点光晕，金灿灿的。

"咚咚咚！""吃饺子嘞，新鲜的饺子！"

"来来来，看一看，瞧一瞧，猜一猜，这是什么馅儿的？"

"来喽，来喽，王书记你这大过年的不陪家里人，跑我这糟老头子家干吗呢！"刘爱军老人从屋内缓缓走出来给王学丽开门，嘴上责怪着王学丽，脸上却掩不住笑容。

刘爱军今年72了，老伴早年去世，他既当爹又当妈把独子拉扯成人。儿子常年在深圳打工，独留他一人在家靠微薄的退休金生活。由于年事渐高，加之多病缠身，刘大爷的身体一日不如一日。王学丽看在眼里，记在心里，将他纳入社区重点关心对象，为他争取爱心帮扶，冬天送温暖，夏天送清凉，春节更不会忘记他。

一进门，王学丽便将棉衣、面粉、食用油等各种生活必需品以及自家包好的一大袋饺子搁在桌上，随后像走进自家似的，拿起抹布擦拭桌面、窗台上的积灰，又拿起拖把拖地，为刘爱军老人"除旧迎新"。

王学丽不仅把刘爱军老人当作亲人，对所有的社区老人都是如此。她把时间安排得满满的，以楼栋为单元，以老人的需求为中心，制定红十字志愿服务计划。她每晚都要走访几户空巢老人，关心他们的生活起居，陪伴他们聊天散心。

社区2栋3单元的王奶奶，患阿尔茨海默症，神志时清晰时糊涂。王学丽得知王奶奶喜欢听京剧，便自己学着唱京剧哄她开心。

社区1栋5单元的赵奶奶，年岁已高，记忆力减退，记不起身边的人和事。可一见到王学丽，老人始终认得，因为这是天天陪伴她的"好闺女"。

5栋1单元的张大爷今年81岁，儿子患精神疾病不能自控。张大爷不仅要照顾多病的老伴，还要管控儿子，时常感到力不从心。王学丽得知情况后，组织红十字志愿者对他家进行帮扶，对他儿子进行救助。她隔三岔五就会找张大爷谈心，鼓励老人重拾生活信心。

12 栋 2 单元的刘奶奶今年 76 岁，喜欢跳舞，但由于楼层太高，下楼多有不便。王学丽就让社区舞蹈队员轮流排班，到刘奶奶家陪她跳舞。每周，王学丽必抽一个晚上陪着刘奶奶在社区的广场跳舞和散步，讲一讲社区的新鲜事。

王学丽很早就发现，作为老社区，对老人的照顾与关怀应是社区红十字志愿服务工作的重中之重。几十年如一日，王学丽每天都抱着一份至诚至善的心为老人服务。她向红十字会申请为重度失智困难老人提供护理用品免费配送服务，举办老年介护培训班，招募大量红十字志愿者，组织老人外出游玩，对空巢老人更是一对一关照、点对点帮扶。老人们一有什么麻烦事，准会想到这位“解难书记”。每每提到王学丽，社区的老人们总是赞不绝口：“她就是我们的亲闺女啊!”

幼吾幼，以及人之幼

在王学丽的办公桌上，有一本“东亭社区留守儿童”档案。档案里详细记录着社区所有留守儿童的姓名、性别、年龄、住址等信息，还清晰注明了每个孩子的不同情况，如父母的婚姻状况及工作情况、家庭经济状况，以及监护人的通讯地址、联系方式，等等。这本档案放在随手就能拿到的地方，一有空时，王学丽就会拿来翻一翻，她能清清楚楚地记得每一个孩子的基本情况。

随着外出务工人员的逐年增加，东亭社区留守儿童的数量也在不断增加。他们远离父母，缺少父母的关爱照料，虽能吃穿不愁，却成了有父母的“孤儿”。王学丽希望这些孩子和其他孩子一样心情开朗起来，性格活泼起来，脸上绽放出越来越多的灿烂笑容。为此，她采取了一系列措施，充分动员社区红十字志愿者一道把“留守儿童”当作自己的孩子，为他们辅导作业，节假日陪他们外出游玩。

每个星期天，王学丽都会走访一户留守儿童，尽自己所能给予他们更多帮助。她用平日点点滴滴的爱，聚沙成塔，为留守儿童撑起一片爱

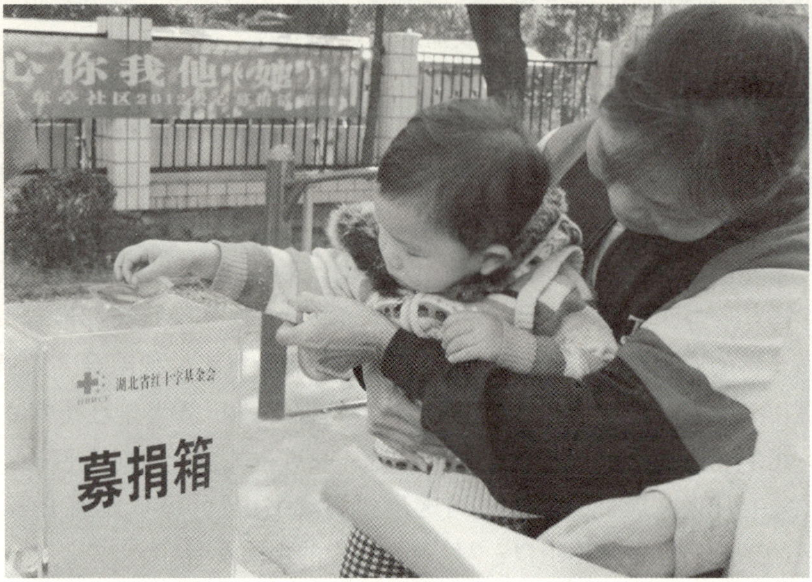

社区里的儿童为红十字会捐款

的天空。她希望孩子们不会孤独，不会寂寞，在温暖的阳光下一天天健康快乐地成长。她经常这样感慨：“我不求什么回报，当孩子们以童稚的声音喊上一声‘王妈妈’，我就觉得做什么都值了。”

辖区有一名留守儿童叫明明，他的爸爸妈妈常年在外打工，很少与家里联系，更不用说在生活上关心孩子。孩子长期与年迈的爷爷奶奶生活在一起。据学校老师反映，明明的性格比较暴躁、孤僻、自私，很难和同学相处。

王学丽第一次探访明明家时，看到的是幽暗的灯光、发黄的墙面、简陋破旧的家具和漏雨的屋顶，屈指可数的几件家具落满灰尘。王学丽心酸极了，这哪里是家啊？从此，她以百般的耐心与细心去关爱这个看起来不太乖巧的孩子。

明明不懂得如何管理自己的情绪，不懂得如何表达自己的喜怒哀乐，不懂得如何与人沟通交流，不懂得如何关爱他人，更不懂得如何孝敬爷爷奶奶。王学丽知道，明明本质上是个可爱的孩子，只是因为缺少爱，才变成现在这个样子。润物细无声的陪伴，是对明明最好的呵护和帮助。

王学丽尽可能地给予他这种陪伴。每逢周末，她会把明明接回家，从集市买回两只鸽子煲汤给他喝。明明生病的时候，她就像妈妈一样，无微不至地照顾他。

经过大半年的陪伴，明明变了，变得阳光快乐了。他把“学丽妈妈”给予的爱，慢慢给予了他的爷爷奶奶。他和同学们的相处也越来越融洽了。

济困扶危，显真情

2018 年的一天中午，正在吃饭的王学丽突然接到电话，得知东亭社区 5 栋居民冯锦睿发生了意外事故。她立即放下碗筷，赶到医院探望冯锦睿，并帮他垫付了医疗费用。冯锦睿的家庭条件本就不好，这次遇上意外，更是雪上加霜。

为了帮助冯锦睿一家渡过难关，王学丽经常鼓励他勇敢地站起来。“有困难，不用怕，咱们一起面对，日子一定会好起来的!”这是她常常对冯锦睿说的一句话，既是扶志，更是一种共情。与此同时，她带着社区红十字服务队员四处奔走，为冯锦睿出具困难证明，积极为其争取救助金。后来，武汉市红十字会资助冯锦睿 5000 元，帮助他渡过难关。

每每提到此事，冯锦睿总是热泪盈眶。

“在他们家最困难的时候，是红十字会施以人道救助，温暖了他们的心，让他们走出逆境，走向新生。”王学丽经常这样说。

社区肖秀娟一家三口都是智障人士，又是低保家庭。社区安装天然气时，肖秀娟拿不出钱，正不知所措的时候，邻居告诉她，社区王书记早就帮她解决了这一大难题，帮她申请了临时救助。在社区和红十字服务站的帮扶下，她家同大家一样，同批用上了天然气。

王学丽心里明白，仅靠一两次救助和一两笔资金，只能帮助贫困户解决一时的燃眉之急。更重要的是要发动红十字力量，帮助他们就业，授人以鱼，不如授人以渔。

解决贫困户和残疾人的再就业问题，便成了王学丽社区红十字志愿服务中的另一项重要工作。社区 6 栋的一户居民，因病高位截瘫，无经

王学丽（后排右三）和社区红十字志愿者在一起

济来源，生活状况令人担忧。王学丽想方设法寻找资源，根据他的特点鼓励他从事互联网方面的创业，从此实现了细水长流的自我救助。

20 年来，王学丽都扮演着点灯人的角色，以一名社区负责人和一名红十字工作者的角色点亮爱心明灯，点燃冯锦睿、肖秀娟等困难家庭的生活希望。在她的倡导下，东亭社区还广泛开展了红十字应急救护知识与技能普及活动，社区 80% 以上的居民都参加了应急救护培训。她说：“人人学急救，急救为人人，只有这样才能打造平安社区，才能更保社区安全。”

“串百家门，知百家情，解百家愁”，作为社区党委书记、红十字服务站站长，王学丽带着对幸福的执着追求，用真情和爱心努力解决辖区困难居民的需求，无微不至地关心着每一个需要帮助的人。她不顾小家为大家，没有私心杂念，心甘情愿地付出所有。二十载风华，她温暖了数不胜数的家庭。

2018 年 3 月，王学丽受邀在武汉市青山区钢花村街道社区干部、网格党支部书记能力素质提升培训班上做交流发言，将自己在社区治理与红十字志愿工作方面的经验与心得传授他人，赢得了学员们的赞誉。

“国家富强、民族振兴、人民幸福”是中国梦的本质，王学丽正是这千千万万奋发图强的逐梦者之一。

2013 年 4 月 19 日，来自斯里兰卡、马尔代夫、尼泊尔等 9 个亚洲发展中国家红十字会、红新月会的 18 名学员，在东亭社区考察后留影

她用小小的身躯，撑起了一片蓝天。

她用一双脚，走出了人道的温暖道路。

她用一双手，打造了博爱的幸福生活。

她用实际行动，表达了奉献的亲切语言。

她用大大的梦想，坚定了一份初心。

一个基层红十字工作者，却拥有服务众生的大格局。永不后悔、永远奉献，是她的座右铭。她将博爱之光点燃，温暖千家万户。

王洪涛：仁性老总献热血

人海茫茫，骨髓相合，就是一种缘分。芸芸众生，偏偏只有我可以救他，我必须帮他早日脱离痛苦。

爱是人类最伟大的语言，它犹如初冬的暖阳温暖着人心。因为有爱，生命终会度过寒冬，绽放生机。

——王洪涛

“生命的种子”

2014 年 11 月 13 日早上 6 时，天刚蒙蒙亮，躺在武汉市中心医院血液科病床上的王洪涛睡意全无，他忍不住再次看了看手机上的时间，心想怎么负责打针的护士还没来？自幼就热爱运动的王洪涛身体素质一向很好，从小到大都很少住院，此次在医院待的时间有点长，多多少少有些受拘束，让他有些不适应。

在外人看来，王洪涛正处于春风得意的人生阶段，他是事业有成的 80 后企业家，有一个属于自己的公司——宜昌博诚科技有限公司，还有一个幸福美满的家庭。但令人意外的是，这次他到武汉市中心医院来，并不是因为自己生病，而是为了给一个身在成都的患病儿童捐赠造血干细胞。

造血干细胞，英文名为 Hemopoietic Stem Cell，缩写为 HSC。其中的“干”字，译自英文“stem”，意为“树”“干”和“起源”，类似于一棵树干可以长出许多的树杈、树叶，并开花和结果。通俗地讲，造血干细胞是指尚未发育成熟的细胞，是所有造血细胞和免疫细胞的起源。造血干细胞在医学上被称为“万用细胞”“生命的种子”，是人体的始祖细胞。这类细胞的移植，能有效治疗恶性血液病、部分恶性肿瘤、部分遗传性疾病等75种重大疾病。

还是在2009年参加无偿献血的时候，王洪涛就自愿成为中华造血干细胞捐献者资料库（又称“中华骨髓库”）的志愿者。大约在2014年秋，他接到中国造血干细胞捐献者资料库湖北分库工作人员的电话，对方说他的造血干细胞与四川一名白血病患者初步配型成功，能够挽救患者的生命！

在最初成为造血干细胞捐献志愿者的时候，王洪涛曾经多次想象过与某位素不相识的患者配型成功的画面：对方年纪多大，模样如何？在这个蔚蓝色的星球上，这种几十万分之一的概率，怎么会奇妙地发生……

工作人员告知他，患者是一个8岁多的孩子，王洪涛稍微有点激动：“真的？我和那个孩子配型成功了？”当被询问是否愿意捐献的时候，他毫不犹豫地答应了。回忆起当时的情况，王洪涛淡淡一笑：“有机会挽救一个孩子的生命，是我的幸运！”家人也非常支持他的决定。

此后，王洪涛便全力配合宜昌市红十字会的工作人员，一次次地到医院检查，注意调节饮食，多做锻炼，让自己的身体达到最好的状态。他没有对外宣扬什么，依旧准时上下班，推进公司各项业务的开展。有媒体得知，前往采访，他婉言谢绝道：“这是很普通的事情，不需要张扬！”

尽管家人都很支持，一些身边的朋友及商务上的合作伙伴却不断劝他放弃：“你这么多年来无偿献血，做各种公益，其实已经够了。”“据说捐献骨髓对人的健康影响很大，你大小是个公司的老总，全家都靠你支撑着，犯得着以身涉险？实在不好推脱，咱们合计合计，朋友们一起捐点钱给那孩子，心意尽到就行了。”

偶尔说说，王洪涛一笑了之，有时候实在拂不过面子，他只能给朋友们普及知识：“目前在我们生活的地球上，已经有超过100万例造血干细胞移植成功了。捐献者没有什么不适。在我国，非血缘关系造血干细胞移植也有近5000例，血缘关系之间造血干细胞移植则更多。据多年的临床观察，至今还没有因采集外周血造血干细胞损害捐献者健康的案例。”“大家的好意我都心领了，但这是人命关天的事情，我能不坚持下去吗?”

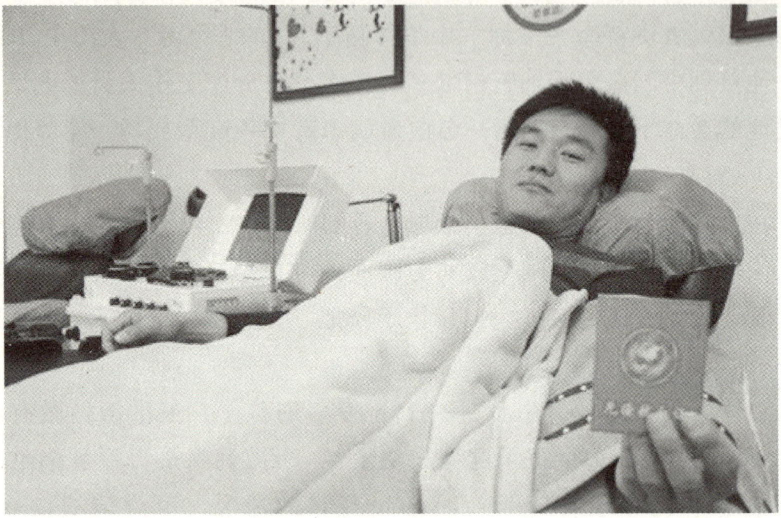

王洪涛参加无偿献血

在做好了一切的准备工作之后，王洪涛要到武汉市中心医院配合采集。当时他创建的公司刚起步，工作非常多，作为法人代表和总经理的王洪涛又是技术“大咖”，很多事情都需要他亲自参与执行。若连续多日不在公司，也担心员工有什么想法。考虑再三，他召集全体员工开了一个短会，告知了大家自己武汉之行的原因。

他从来没有在公司透露过自己是造血干细胞捐献志愿者，且已经与某个小患者配型成功的消息，所以员工们得知这一情况后，惊讶之余都恍然大悟：王总这段日子总在加班，将许多工作都提前做了安排，原来是为了这件事。

当然，员工们更多的还是感动。在他们眼里，王洪涛不仅是个好老板，也是个好大哥，平时在生活上对大家都很照顾，遇到技术上的困难也是自己一马当先。这次去武汉救人性命，还主动向员工请假……

“请王总放心，公司里的事情我们一定尽力办好，不让您挂念。”“请您一定注意健康，我们等着给您庆功!”员工们纷纷保证道。

对于客户，王洪涛不想多说，只是告诉他们由于个人原因外出，有些业务只能等他回来再谈。有些性子比较急的客户说，那不行，项目忙不能等，如果这段时间你不在宜昌，一些技术上的需求没法当面沟通解决，只能暂时先换其他公司合作。

王洪涛也不好耽搁人家，只能小心翼翼地赔不是，说自己实在有要事在身。“既不能拖客户的项目，也不能延误了患者的病情。”他说，“哪怕这段时间会丢掉一些业务，少赚点钱，但孩子的生命比钱珍贵！”

“蜘蛛侠”捐献救人

2014年11月8日晚上，在王洪涛即将出发到武汉的前夕，他将自己7岁半的儿子叫到跟前，抚摸着孩子的头说：“爸爸要到武汉去做一件事情，和生意无关，却攸关性命。我要去捐献造血干细胞，挽救一个比你大几个月的哥哥的生命，你支持爸爸吗？”

孩子懵懵懂懂，笑嘻嘻地问：“爸爸，你可以救小哥哥的生命，那你是不是蜘蛛侠啊。”

“爸爸不是蜘蛛侠，没有蜘蛛侠的本领，但是爸爸有和蜘蛛侠一样的正义感和责任感啊。”王洪涛被孩子给逗乐了。

“嗯嗯，我支持你，爸爸。蜘蛛侠说，能力越大，责任越大！”孩子捏着小拳头，一脸正义的表情，然后又问：“爸爸，你救小哥哥，要献出自己的什么啊？”

“造血干细胞啊，爸爸献出一部分血，血里面含有造血干细胞，然后把这些输送到小哥哥的身体里面，那么他就能战胜病魔了。他和你一样，身上都会流着爸爸的血液。”王洪涛尽量简单地解释。

“哦，那小哥哥跟我一样流着爸爸的血，我们是不是兄弟啊？”孩子很高兴。

“当然是啊。”父子俩完成了一次愉悦的对话。

孩子并不懂什么是造血干细胞捐献，王洪涛之所以教他，是想让他慢慢地知道：长大后要做一个有爱心的人，在自己力所能及的范围内，给别人最大的帮助。“生命是一个很神奇的东西，一个白血病患儿用我捐献的造血干细胞重建了造血功能，那就和我建立一种特殊的血缘关系。小患者和我儿子年龄相仿，无疑和我儿子成为异姓兄弟。”

到武汉后，王洪涛在红十字志愿者的协助下，顺利办理了各种入院手续。从2014年11月9日开始，他连续5天要打造血干细胞动员剂，以便于提高外周血（除骨髓之外的血液）内的造血干细胞。

人体骨髓会产生造血干细胞，但其在外周血的含量极低，必须通过“动员”，使造血干细胞自骨髓释放至外周血，再通过血细胞分离采集技术得到满足临床应用的足量自体造血干细胞。若把骨髓比喻成生产造血干细胞的“工厂”，不使用动员方案，只会有微弱的造血干细胞游离到外周血；而使用动员剂后，就可以让骨髓内的造血干细胞加速生产并溢出到外周血，这样才能收集到足够数量的造血干细胞。

医生告诉王洪涛：“外周血造血干细胞动员，是干细胞移植中的重要环节，直接决定患者能否进行移植。因此，一切都要配合好，若造血干细胞动员不佳或者您的身体不适，都会影响采集的质量。”王洪涛信心满满：“我的身体一向很好，听从医生安排！”

打完前4针动员剂后，王洪涛出现腰酸、颈椎不舒服等反应，医生检查后说是正常现象。他很欣慰，只要能拯救一个孩子的生命，一切都值得。

2014年11月14日9时15分左右，王洪涛在医生的吩咐下，准备配合采集造血干细胞。

“稍等，我从小到大第一次穿这么正式的病号服，先自拍一下，发给儿子和老婆看看，他们的老爸、老公今天要当大英雄。”作为80后，王洪涛时不时会调皮一下。

由于前期做了充足的功课，王洪涛非常了解造血干细胞的采集原理、过程：在动员剂作用下，造血干细胞从骨髓腔中动员到外周血中，捐献者只需要采集50毫升至200毫升造血干细胞混合悬液即可挽救一名白血病患者的生命。

捐献中的王洪涛显得很轻松，负责采集的医生温和地吩咐着他握紧拳头、松开，若有不适就及时告知。王洪涛始终微笑着，配合着医生的指令做着相关动作，以便于采集。

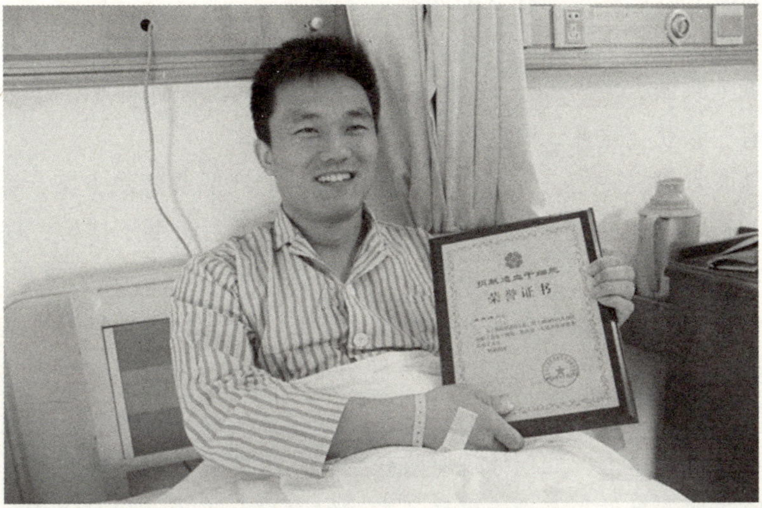

完成造血干细胞捐献的王洪涛

造血干细胞采集过程其实和献血采集的过程差不多，只是需要的时间相对长一些。而且在采集当中，需要志愿者的状态非常好。前后大约持续了 4 个小时，到 13 时 15 分，采集完成。从王洪涛身上采集到的 190 毫升造血干细胞悬浮液，于当天下午被工作人员乘飞机紧急送往成都。

“除了注射动员剂，腰部有点酸以外，其他的都挺好。”开朗的王洪涛笑着说道。由此，王洪涛成为湖北省第 206 例、宜昌市第 18 例造血干细胞捐献者。

在他的无私奉献下，受捐患儿后来康复入学。

左手企业，右手公益

尽管王洪涛一再低调，但无论如何改变不了他是企业家的事实。他的公司之所以会取“博诚”这个名字，也体现了他的人生观和价值观：以“博爱、诚信”为宗旨，服务大众，回馈社会。

公司成立于 2010 年，最初从事弱电系统集成及一卡通相关业务。多年以来，在智能卡校园一卡通应用、生物识别系统、校园广播、安防监控系统等方面取得了较好的业绩。

在王洪涛看来，企业文化和红十字精神是非常契合的：“做企业很大程度上跟做公益一样，踏踏实实，认认真真，种下种子，总会有收获。有些收获在这儿，有些收获在其他地方。”

他非常讲究诚信，为了向客户提供最佳的产品和解决方案，会不断寻求与行业内的众多知名品牌合作。因为他做人做事不掺假，时间一长，客户们也知道了他的做事风格，业务越来越大。

他又成立了文具办公用品批发配送中心，成为鄂西地区专业的文体批发供应商，既有线上又有线下，服务于各企事业单位、学校、工厂、银行、渠道商等。

在社会公益上，如何体现着收获呢？王洪涛有着另一番见解：成为红十字志愿者是件很荣幸的事情。有时候对自己来说，只是占用一点点时间，支出一点点财务，就能给别人带来莫大的帮助。红十字传承的博爱精神，会在那些受助者的心中生根、发芽、开花，等他们有能力的时候，也会去帮助更多的人。

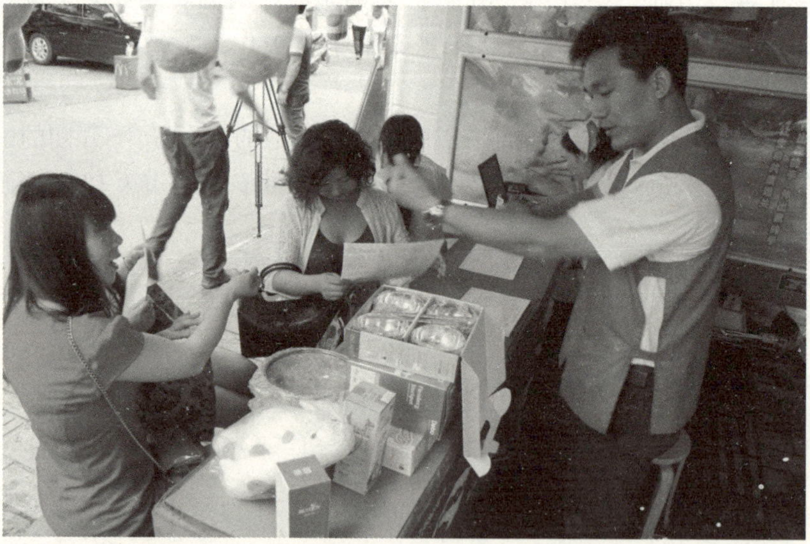

2015 年 5 月，王洪涛（右一）加入红十字志愿者服务队参加公益活动

“学到的要教给别人，得到的要分给别人。点滴努力，把咱们的世界变得更美好，这就是收获。”他说。

王洪涛先后加入了“宜昌市无偿献血者志愿服务队”“宜昌市红十字紧急救援服务队”“微爱宜昌”等公益组织。在每一次的公益救助活动中，都能看到他矫健的身影。

多年来，他为社区贫困家庭捐资助学、为西陵区土街头社区残疾人捐款捐物、帮扶弱势群众等等。2016 年起，还以公司名义每年定期定额捐助秭归县一对双胞胎幼儿，并捐献衣物等。

“没想过会得到什么荣誉，总是被志愿者们推荐，也有些不好意思，咱只是做了一些力所能及的事而已。”王洪涛说。

你若盛开，清香自来。有些人孜孜以求，有些人妙手偶得：

2012 年，王洪涛获得由卫生部、中国红十字会总会颁发的“全国无偿献血志愿服务奖”；

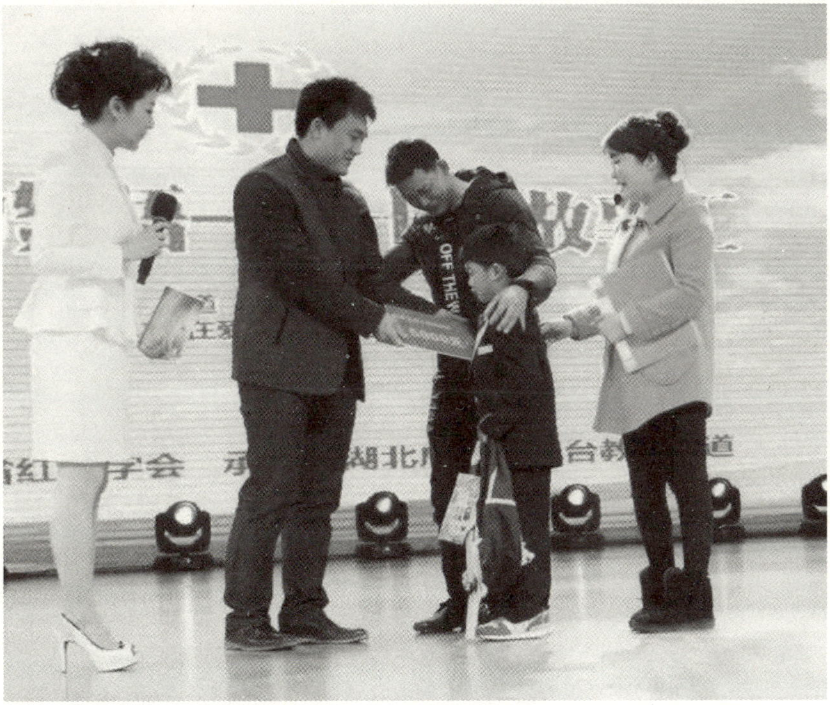

2015 年底，在湖北省红十字会举办的“人道的絮语——红十字故事汇”公益活动现场，王洪涛（左二）见到接受他骨髓移植后康复的四川男孩杰杰（化名），为他送上书包并资助学费 5000 元

2015年，王洪涛被湖北电视台、湖北省输血协会、湖北广播电视台授予“湖北省最美献血志愿者”称号；

2016年10月，王洪涛被选举为西陵区人大代表……

“爱是人类最伟大的语言，它犹如初冬的暖阳温暖着人心。因为有爱，生命终会度过寒冬，绽放生机。公益是我工作之余的事业，让我感受到了一种金钱无法给予的快乐。”面对着鲜花和掌声，王洪涛曾这样致辞，“希望自己公司的员工也能够参加力所能及的公益活动，奉献一些爱心，让人生多姿多彩，让世界充满关怀。”

历红英：心如杜鹃染山霞

奉献不仅仅是付出，奉献更让我获得了精神上的满足和身心愉悦。我的志向就是做一辈子的好人好事。我会带着这个愿望，在公益的路上一直走下去。

——历红英

巍巍大别山下，滂湃长江边上，有着2000多年建置历史的黄冈市风光迤逦。这里不仅孕育了无数科学文化巨匠，更是中共早期建党活动的重要地区和鄂豫皖革命根据地的中心。红十五军、红四方面军、红二

2018年12月，历红英（右一）参加黄冈市党的十九大精神百姓巡回宣讲

十五军、红二十八军等革命武装力量从这里出发，融入解放被压迫的人民群众、成立新中国的历史洪流中，铸就了“紧跟党走、不屈不挠、艰苦奋斗、无私奉献”的老区精神。

这里的人民勤劳质朴，互帮互助。在全国无偿献血表彰名单中，黄冈连续四次获得“无偿献血先进城市”荣誉称号。而黄冈市无偿献血者志愿服务总队副总队长历红英，则是这座城市无偿献血工作的优秀组织者之一。

一个家庭的“血液需求”

20 世纪 70 年代，历红英出生于黄冈市一个平凡而又幸福的家庭。在历红英的成长历程中，家中先后发生的三次变故，造就了她在无偿献血工作中的担当和奉献精神。

第一个变故，是父亲突发脑溢血。

1998 年 8 月 10 日，深夜，历红英的父亲突发脑溢血住院，且因并发“六类”出血导致失血过多，生命危在旦夕。全家只有妹妹和父亲的血型相同，但妹妹有孕在身不能输血。匆匆赶到医院的历红英无计可施，姐弟三人只能望天长叹，焦急，痛哭……在几近绝望时，医院想尽办法，终于组织到可用血源。当 1000 多毫升鲜红的血液注入父亲的病体后，大出血终于得到了控制，父亲转危为安。

第二个变故，是婆婆的离世。

历红英的婆婆身患糖尿病多年，体内多器官衰竭。她在病床上和病魔顽强抗争了 5 个多月，最后因进食困难，血红细胞只剩下 4 克不到。医生本打算给婆婆输血加强治疗，可是各项检查结果显示，老人的身体指标已无法接受输血治疗。在那一年的年末，婆婆永远离开了。

第三个变故，是公公的直肠肿瘤。

历红英的公公在体检中发现罹患直肠肿瘤。84 岁高龄的公公打算隐瞒病情，独自一人到医院复查。哪知还没拿到复查结果，就开始大量便血，他这才不得不向儿子儿媳求救。历红英拨打了 120 急救电话，以最快的速度将公公送到黄冈市人民医院救治。经过胃镜检查和紧急止血，回到病房时已近凌晨4点。

医生告知，老人家必须马上输血，以便进行下一步手术。

“我不要输血，说什么我也不输血，我坚决不输血。”倔强的公公并不配合，而且态度非常强硬。

“爸爸，刚才医生的话，您都听见了？您总说身体很好，叫我们不要操心。可您现在……妈妈已经走了，您也要错过最佳治疗时间，离开我们吗？”

“我怕，我怕输血传染……”公公说出了心中的担忧。

“我是黄冈的献血志愿者，多次献血用于临床救治病人。您不相信其他人，担心传染，那您总该相信我吧？”在历红英的耐心劝导下，公公终于放下担忧，接受了输血治疗。过程很顺利，手术很成功。

父亲的脑溢血，婆婆的离世，公公的手术，三个发生在自家的关于血液的故事，让历红英愈发懂得了无偿献血的重要性。她清晰地记得自己第一次走进献血车的情景。

那是1998年国庆日，全国人民刚刚战胜特大洪水。正是她的父亲因为输血转危为安的近两个月之后，历红英看到邮政局门口停着一辆献血车。她二话没说上了车，没有冲动，没有胆怯，撸起袖子就献了400毫升血液。当看到鲜红的血液从血管里流出，想到这些血液能挽救一个人的生命，可以让生命之花重新开放，她就觉得这是非常有意义的事情。

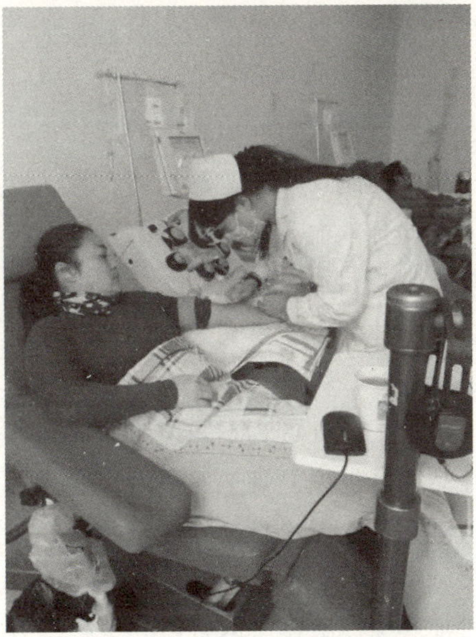

历红英（左一）20多年累计献血量达3.68万毫升，每一次献血都显得淡定从容

历红英自己都没有想到，她人生的第一次献血，竟无意间创造了一个记录，成为黄冈市第一个一次献血400毫升的街头志愿者。其时，

黄冈市无偿献血工作才刚刚启动，推进街头无偿献血工作难度很大。

历红英成为黄冈市无偿献血的先行者。20多年来，她的献血量累计达3.68万毫升。如果按一个成年人全身血量为5000毫升计算，那么，她所献的血，相当于7个成年人的血量。如果救助一个病人按800毫升血液计算，她所献的血，可以救助46个病人。

一座城市的“血液供给”

无偿献血说起来很容易，任何符合条件的人都可以参与，做起来却很难。中国的《献血法》出台较晚，城乡居民对无偿献血的意义普遍认识不足。很多人因为不了解情况，对无偿献血还存有一些偏见。他们因为各种顾虑，往往不敢或不愿参与。

就拿黄冈市来说，730多万人口，平均每年参加无偿献血的不到3万人，献血率不足0.5%。也就是说每200人当中，只有不到1个人献血。

近年来，黄冈市无偿献血工作逐渐向好，但是季节性、偏型性缺血依然存在。所以，尽己所能献血救人，大力宣传无偿献血，这是众多无偿献血志愿者的“初心和使命”。如何引领更多的人参与到无偿献血中来，是历红英一直在思考的问题。

历红英刚参加无偿献血时，家人也感到不可理解，曾对她说：“我们不反对你献血，这是做好事。可血献多了会不会影响身体健康？还是少献点吧。”同时她身边也有不少“杂音”，有的人说献血容易得传染病，对身体有害；更有人质问她，你见过医护人员献血的吗？他们为什么不献血？

最初，历红英真不知道该如何回答这些问题。但是，当她成为无偿献血志愿者组织的骨干成员后，这才真正发现，每当血液告急之际，全市卫健系统，无论是领导还是一线医务人员，总是毫不犹豫挺身而上。

她说：“无偿献血动员工作的难点，在于舆论引导。只有当你真正走进那些无偿献血志愿者中间，就会发现，其实很多人都在默默无闻地坚持着。”从每一名无偿献血者身上，历红英看到了无私的奉献和人性的光辉。

历红英（左四）参加“文明创建　爱心永驻”
——黄冈市中心血站党员进社区志愿服务活动

2008 年，黄冈市成立无偿献血志愿者服务总队，历红英也从一名普通的无偿献血志愿者，逐渐成长为志愿者组织的骨干成员。2015 年，无偿献血者志愿服务总队进行换届，历红英被推选为副总队长。在市献血委员会、市血站的大力支持下，总队推动全市各县（市、区）及高校都相继成立了无偿献血者志愿服务分队。总队还通过搭建志愿服务平台，建立 QQ、微信群，使无偿献血志愿者先锋队、播种机的作用得到充分发挥，形成了哪里有采血车，哪里就有“红马甲”志愿者的可喜局面。

在历红英等骨干的支持下，蕲春无偿献血者志愿服务分队，仅用 5 天时间就号召 1000 余人参加无偿献血，献血总量 33. 77 万毫升。

在长期的志愿服务实践中，历红英更加懂得了如何进行有效发动。

1996 年，红安人钟克骏在一场意外中从十几米的电梯井摔下，人事不知，情况非常危急；送到医院急救后，紧急输血 1000 多毫升……几个人一起捐献的血液挽回了他的生命，这对钟克骏触动很大。1998 年 8 月，钟克骏完成了平生第一次无偿献血，此后一直坚守在红安无偿献血志愿服务的最前沿。

历红英知人善用，聘请钟克骏为红安县无偿献血者志愿服务分队秘书长。在他的带动下，红安县志愿服务分队队员已达 146 人，志愿服务时长达 37560 小时，献血量稳居全市各县（市、区）前位。在总队的指导和带动下，分队先后成立了七里坪镇、上新集、永河和二程等多支分队，街头招募、献血服务齐发力，爱心奉献、躬身实践显身手；通过县内各类公益新媒体、QQ 和微信群广泛宣传和动员无偿献血工作，单日街头无偿献血最高达到 114 人。2018 年，全县街头无偿献血总量达 133.3 万毫升，创造了全县无偿献血历史上的奇迹。

在全国无偿献血表彰名单中，黄冈连续四次获得无偿献血先进城市，而红安县无偿献血志愿服务分队也被授予“中国公益网 2018 年度先进单位”。作为对此倾注了无限心血的历红英，也从一位位无偿献血者身上，看到了人性的光辉。

2018 年 9 月 30 日，历红英（左一）获评黄冈市“最美献血者”称号

从献血达人到公益达人

一方平凡的网格，一个热情的身影频繁穿梭其中，身背旧的挎包，带着磨坏的钢笔，厚厚的笔记本里载满了社情民意，通讯录里长长的名单，突然响起的电话铃声，记录下每一个感动的故事。

这就是网格工作，最基层的工作，面对的都是一些“累事、苦事、烦事、琐事”。网格员身处基层工作第一线，工作具有鲜明的服务性，直接代表党和政府在人民群众心中的形象。

2011 年，因为企业改制，历红英下岗了。2012 年，她被正式选聘为一名城市网格管理员。在网格管理员的日常工作中，历红英实现了从“献血达人”到“公益达人”的蜕变。

“格格”是老百姓对网格员的亲切称呼。走街串巷、大事小情、信息采集、隐患排查、政策宣传、解决问题……“格格”们一路走来，他们的故事很多、很小也很平凡。

历红英（后排左二）与红十字志愿者在社区开展精准扶贫志愿帮扶活动

在黄州区禹王街道汪家冲社区，黄州区第三届“孝老爱亲道德模范”黄连凤老人已年近古稀，还靠一双手独自照料着两位身患重症肌无力、瘫痪在床的子女。她用柔弱的肩膀，坚强地撑起一个风雨飘摇的家，其中的艰辛不言而喻。历红英每每踏进她家，都会为眼前的场景落泪：收拾得还算整洁的房间，家徒四壁，没有一件像样的家具和电器……历红英带领无偿献血志愿者团队，从黄连凤的一个个“微心愿”开始帮其改善生活条件——电饭煲、洗衣机、紫砂锅、坐便器、电视机……老人的家渐渐变了样。

黄连凤老人和她的儿子生日只相差几天。每年，历红英和志愿者们会结伴来到黄婆婆家中，和母子俩一起过生日。他们一起包饺子，一起与老人促膝谈心，一起陪着黄婆婆到购物中心为老人和儿子购置冬衣。每逢这个时候，黄婆婆脸上的幸福笑容总是比往常多。

在黄冈市红十字会、黄冈市中心血站的支持下，历红英和她的志愿者团队身着红十字马甲，深入街道、社区和乡村开展志愿帮扶活动，成为一道亮丽的风景线。他们采取“一对一”“十对一”甚至“几十对一”的帮扶形式，尽力帮助许下“微心愿”的困难对象，像温暖的阳光一样，将爱心洒向身边的每一个角落。

为了帮助完成汪家冲社区贫困户张引娣老人的“微心愿”，历红英带领团队开展爱心募捐，为老人筹到了冰箱、洗衣机、沙发、家具等生活用品。当她们一趟趟将物资搬进张引娣家里时，原本空旷的堂屋，瞬间被爱心填满。在欢乐的笑声中，渴望倾诉的张婆婆有了聆听者，渴望关爱的张婆婆有了“亲人”。不善言辞的老人感受到了温暖和关怀，脸上泛起幸福的笑容，拉着志愿者的双手久久不愿松开，一遍遍地重复着“谢谢你们，太感谢了”。

2018 年 3 月，历红英（右二）与黄冈市红十字会工作人员在社区开展志愿帮扶活动

孤寡老人是历红英团队的关爱对象，留守儿童也是她特别关注的帮扶对象。在禹王街道樊家湾村，志愿者团队为留守的孩子们包饺子、搓汤圆、玩游戏、吃蛋糕……互动中氛围亲切而温馨，如春天般的温暖。

从“无偿献血”到人道公益，历红英策划、组织和参与的活动不下千余次，服务范围涵盖环境保护、募捐救助、敬老助残、扶危济困、健康咨询、公益宣传等。这些年来，她的足迹从城镇柏油路到乡村泥泞道，服务路线从城市到农村，她服务过的人群从失智老人、留守儿童、困难女性到残疾困难家庭……

荣誉纷至沓来。历红英先后被原国家卫生部、中国红十字会总会、中国人民解放军总后勤部授予“全国无偿献血奉献奖金奖”、五星级志愿服务奖；被评为黄冈市首届无偿献血“十佳英雄”“黄冈市无偿献血优秀志愿者”“黄冈楷模”，黄冈市、区两级“道德模范”；参加了以“40 本献血证，流淌的是爱的奉献”为主题的湖北省无偿献血者典型事迹报告会……

有的人一年做十件事，有的人十年做一件事，历红英选择了后者。历红英很谦虚，她说：“我只是千千万万志愿者中的一个再平凡不过的志愿者。”“爱是生命的火焰，没有它，一切变成黑夜。”正是她 20 多年以来，日复一日、年复一年地甘于奉献、传播大爱，才成就了平凡中的不平凡。

卢光霁：水上救援护清江

我是一个认死理的人，认准了的事就会坚持到底，九头牛也拉不回来。我认准了水上义务救援事业，就一心一意尽自己的最大努力，保一方平安。

大家肝胆相照，不离不弃，心往一块想，劲往一块使，就没有克服不了的困难。

——卢光霁

一首“打油诗”的背后故事

四季清江涌碧浪，
协会红十把名扬。
霁月光风寻卢君，
路人皆指清江畔！

这首《冬泳》，是湖北省咸宁市赤壁市冬泳协会会长王志华送给卢光霁的见面礼。王志华戏称这是打油诗，卢光霁却很喜欢。

来到恩施城区，如果要寻品德高尚、如光风霁月一样的卢君卢光霁，指路的人都会指着清江说：“去清江边吧，一准能找着他。”

恩施州冬泳协会会长兼冬泳红十字水上义务救援队队长的卢光霁平时很忙，大多数时间不是忙着工作，就是忙着水上义务救援志愿服务。每逢夏季，清江里游泳的人渐渐多起来的时候，他就会带着救援队队员沿清江巡视，风雨无阻，几乎天天不落。有时候兴致一起，也会一个猛子扎进清江畅游一番，他水性好，波里、浪里，欢快得像一条鱼。所以，一般人来找他，基本没空，但只要涉及水上救援服务的，那就另当别论。

2018 年 8 月 4 日傍晚时分，卢光霁接到王志华的电话时，正和几名队员在清江岸边值守。每年的这个时候，到清江游泳的人着实不少，他们得盯紧点。鄂西北恩施州的天很蓝，山很青，水很绿，风光很美，美得像幅画，只要不出安全事故，一切都像梦境一样美好。

从值守点赶到救援队的基地泳场，10 分钟就足够了。早已恭候多时的王志华见到卢光霁，就像新郎官见到了新娘，脸上笑开了花。两双大手紧紧握在一起，像较劲一样攥得指节发白，手背直冒青筋，王志华心里就有了底。赤壁的水上救援才刚刚起步，他这次是专程来学习取经的。取经就得找真神，卢光霁连续 10 年担任恩施冬泳协会会长，不仅仅在恩施州名气响亮，在全国冬泳界也是响当当的一块牌子，肚子里有的是活。

卢光霁其实比王志华还兴奋，他巴不得从事水上救援的人越多越好。湖北是“千湖之省”，境内江河湖泊星罗棋布。大多数湖北人出门就能望见山、看见水，祖祖辈辈、世世代代最常见的避暑消夏方式就是游泳。每年天气最热的时节，不管会水的、不会水的，都图个凉快，一股脑跳进水里泡着。女人们比较腼腆，除了几个格外大大咧咧的泡在男人堆里不害臊外，大多会吆喝几个关系好的，找一个清静背人的地方偷偷下水，临了还得专门留一个人望风，可别让男人冒冒失失过来撞见了。游泳的人一多，安全就成了不容回避的大问题，特别需要有专业人士从旁照拂。

成立于 2016 年的救援队就是这样一支以水上义务救援为己任的志愿服务组织。因为 400 多名会员的信任，16 支泳队的支持，卢光霁以冬泳协会会长的身份兼任救援队队长，成为恩施州最大冬泳社团的总负责人。救援队成立 4 年来，志愿工作做得有声有色，水上义务施救溺水人员 38 起，挽救了数十条宝贵的生命，有 4 名队员因此获得了恩施市“见义勇为先进个人”荣誉称号。

火车跑得快，全靠车头带。一个好团队，离不开一个好的带头人。救援队的发展壮大，无疑与卢光霁的努力是分不开的。

卢光霁曾豪气满满地说：“做志愿者，奉献爱心，这是属于冬泳人的执着和正气。”自从走马上任后，他一直“用行为感染他人，用作为激励队员，用敢为弘扬正气”，为救援队的事务殚精竭虑，巨细无遗，任劳任怨。

在大家的眼中，卢光霁就是救援队的“定海神针”。他不图名不图利，扎扎实实把水上义务救援当成一项事业来做，着实让大伙儿服气。用连续10年担任搏浪队队长孙明权的话说，就是“老卢这人素质优，能力强，境界高，体现了冬泳红十字人满满当当的正能量，我们都服他！”

尽管如此，卢光霁还认为自己做得不够好，还觉得救援队人手严重不够：“不算长江和汉江，光清江就绵延八百里，这得需要多少志愿者，才能做到水上救援全覆盖呀！”所以，对于从赤壁远道而来的客人，卢光霁打心里欢迎。只要是有志于开展水上义务救援的朋友，他都乐意把自己的绝活倾囊传授，毫无保留。

一碗苞谷酒喝出的情谊

别看救援队现在搞得有模有样，在创立之初，卢光霁也和王志华一样，两眼一抹黑，完全找不到方向。

发源于恩施利川齐岳山的清江日夜流淌，滋养了一方水土一方人。作为在清江边长大的孩子，卢光霁和泳友们打小就泡在清江里长大。他们深深地眷恋着朝夕相伴的母亲河，也深知秀美清江的小脾气。

卢光霁说：“我们亲眼瞧见过多起溺水事件，多数都是小孩子。痛心疾首之余，我们就琢磨着要为父老乡亲们做些什么。”经过多次讨论，他们开始酝酿、谋划成立一个水上救援团体，利用协会和泳队的优势开展水上义务救援，尽力阻止溺水事件的发生。他们的想法得到了恩施州红十字会的大力支持。

计划很好，可是在恩施州从无先例。在筹备会上，卢光霁也坦承：“成立团队并非想象中那么简单，前期各项准备工作千头万绪，都得靠摸着石头过河。”有些人就犯了难。对于团队什么时候成立，如何成立，渐渐就有了各种不同的声音。

卢光霁心里明镜似的，万事开头难，如果只想而不行动，永远成不了事。他意识到事情不能拖，一拖就没影子了，于是果断力排众议："当务之急，是先把队伍组建起来。组建队伍后，我们先结合恩施的地势特点，重点针对市区河域开展水上义务救援。下一步，我们再讨论如何理顺水上义务救援的管理模式。"

他号召力强，一人呼而百人应。在州红十字会的指导下，大家从零开始，一边探索，一边完善，很快拿出了具有很强实操性的方案。2016年，救援队的构架基本成型。当年 7 月，救援队在似火骄阳中正式宣告成立。

成立仪式上，卢光霁紧紧握着"恩施冬泳红十字水上义务救援队"这面大旗，感慨地说道："今天我们接过的不仅仅是一面旗子，也是一种社会责任。"

这是一句庄严的承诺。

"我是一个认死理的人，认准了的事就会坚持到底，九头牛也拉不回来。我认准了水上义务救援事业，就一心一意尽自己的最大努力，保一方平安。"他袒露着自己的心声。

卢光霁（左三）与救援队队友们在一起

成立之初，救援队条件艰苦，要钱没钱，要人没人。卢光霁和队友们既出钱又出力，自掏腰包，自力更生。凭着土家人与生俱来的那种坚忍不拔的精神，救援队一天也没有停止过发展的步伐。

为方便观察水情，及时施救，救援队自筹资金，在易发生溺水事故的危险区域搭建简易帐篷，安排人轮流值守巡逻。

恩施山区夜冷天寒，夜班值守非常艰苦。大伙自助捐款2万多元，用来弥补值班人员的夜晚烤火费用不足。

为了水上快速出击，他们自费收购废弃的摩托车发动机，大家一起动手，改装了一批小机动船用于水上救援；为了节约成本，他们就地取材，土法上马，利用山区丰富的竹材，自制竹排用于水上安全巡逻。有人善意地嘲笑："你们的水上义务救援也太土了吧。"卢光霁一笑置之，土就土点吧，管用就好。

作为社团组织，提升自身业务技能是发展的王道，他们与州红十字会和武警州消防支队开展共建，联合演练，在实战中总结经验，不断提高水上救援实力。为了提高自身施救本领，他们积极争取专业人士支持，主动与120应急中心联系，接受心肺复苏专业培训。

桃李不言，下自成蹊。他们的善行义举感染着周围的人。一年时间不到，志愿参与实地救援的人员，就由最初的30多人猛增至130多人。救援队的事迹也像长了翅膀一样，沿着八百里清江一路穿山越峡，远远地传播开去，赢得了社会的广泛关注。影响所及，也引来了海峡对岸台湾同胞的关注。

2017年7月，台湾"中华水上救生总会"与桃园市救生协会组团来到湖北，参加武汉市纪念毛泽东同志畅游长江50周年活动。他们在了解到恩施冬泳红十字水上义务救援队的事迹后，大为感动，活动刚一结束就赶到恩施。两支队伍开展了一次深入的业务探讨和经验交流。

卢光霁回忆起这段往事，仍然激动难耐："他们真是及时雨啊，风尘仆仆前来传经送宝！"

当天晚上，卢光霁和队友们用传统的土家待客礼仪接待了舟车劳顿的客人，大家共叙海峡两岸情，共话两岸水上义务救援泳友一家亲。这一夜，台湾泳友醉倒在太阳河的苞谷酒里，醉倒在土家山歌的海洋里，醉倒在欢乐的歌舞里。他们欢快地唱起客家歌曲《爱拼才会赢》，跳起民族舞蹈《阿里山的姑娘》。这一夜，清江倾听，大山回响，联谊进一步深化了两岸同胞的深厚情谊。

台湾同胞的热情鼓励和支持，也让卢光霁和队友们坚定了当初的选择：“我们要苦练泳技，让冬泳人在水上义务救援中浩气长扬!”

仿佛是老天对救援队的一次考验。7 月 18 日晚，送别台湾泳友后的第二天，恩施城区遭遇暴雨袭击，山洪暴发，救援队迎来成立之后的第一次大考。

灾情传来，卢光霁和副队长田琳迅速行动，动员、组织并带领队员们奔赴城区受灾最为严重的官坡社区，参加紧急救援。

这是一场通宵达旦的战斗。群山黝黑，大雨倾盆，天似乎被撕开了一个口子。探照灯和手电筒顷刻间被雨水打湿，光线变得朦胧而黯淡，什么都看不清楚。卢光霁和队员们一刻也没有休息，摸着黑紧张有序地转移居民、调配物资、分发器材。大雨一直持续到第二天中午，雨势才渐渐减弱，疯涨的江水随之慢慢退去。忙活了一宿的他们，心里的石头这才落了地。“这紧绷着的神经一旦放松，疲惫感就像山一样压过来了。很多队员和着一身泥水，朝地上一坐，转眼就能睡着。”卢光霁笑着回忆。

卢光霁（左一）参加州红十字志愿服务队伍建设新闻发布会

江水退去，险情未除。在接下来的日子里，救援队队员马不停蹄，足迹遍布恩施城区清江各段。上至大龙潭，中至恩施二水厂冬泳基地，下至南门附近，恩施城处处活跃着队员们参与救援的身影。作为队长的卢光霁，每一次都冲锋在前。

他们成了恩施百姓的水上守护神。市民们交口称赞，各项荣誉也纷至沓来。

一群铁汉子的侠骨柔肠

卢光霁为人大气，不拘细节，舍得奉献。作为队长，他知道大家都不容易，所以，碰到任何事情，他都是自己首先做，用心做。卢光霁知道，只要做好表率，大家自然而然就会跟上来。“水上救援是志愿服务工作，队员们不图任何回报，无偿付出个人时间及精力，都很不容易。”

他处处以身作则。在救援设备的购置上，他总是第一个主动掏钱，用来弥补资金上的不足。只要接到老百姓的求救电话，他总是第一个赶到现场，带领大家科学施救。

他的心里装着自己的队友。在实施救援时，他首先强调的是队员的安全。无论是谁，都必须首先把准备工作做好，在保证自身安全的前提下，方可下水施救。

他的工作深得队员们的信任，但也有外人不理解：“你卢光霁又不缺钱，这样卖命图什么?”

卢光霁确实不缺钱，家境富足，衣食不愁。但是他也很缺钱：“作为一个民间组织，救援队最大的难题就是资金不足，硬件严重不到位。”水上义务救援本就是一项极其艰难危险的工作，硬件不足就更加危险。恩施州山高峡深，地形地貌复杂，天气说变就变，这更为水上救援带来了诸多不可控的因素。

救援队 100 多人，每一个都是他寒暑相依的好伙伴，也是感情深厚的好兄弟。“大家肝胆相照，不离不弃，心往一块想，劲往一块使，就没有克服不了的困难。”在经费最紧缺的时候，大伙掰着指头过日子，愣是把有限的经费都用在了刀刃上。

救援队队员喜获“见义勇为先进个人”荣誉称号和奖金

但是这远远不够，作为团队支柱，卢光霁必须想办法改善水上义务救援的基础设施建设，尽快把硬件设备配备到位。在他的多方奔走下，救援队得到了政府有关部门的关心和支持。2019 年，恩施州政府拨款 40 万元用于两个“水上义务救援观察哨”的建设。经费不算多，但是极大地鼓舞了队员们的士气。

在改善一线水上救援条件后，卢光霁把目光投向了水上安全教育：“若想从根本上降低溺水事故的发生概率，除了水上应急救援以外，关键在于提高泳者的安全意识。救援队志愿服务工作的终极形态，一定是水上救援和宣传教育双线并举。”

卢光霁认为，只有不断加大宣传力度，持续开展岸上宣传教育，才能让游泳爱好者时刻绷紧水上安全这根弦，从而把事故消灭在萌芽状态。

在卢光霁的影响下，冬泳协会 406 名会员都认识到了宣传教育的重要性，都成了防溺水事故的义务宣传员。鉴于中小学生是溺水事件的高发人群，他们只要在岸边发现小朋友，就会上前招打呼，提醒小朋友注意水上安全，小心溺水。卢光霁还筹划、推动了水上安全进校园活动，让更多的未成年人自觉避开野泳水段和隐患区域。卢光霁戏称救援队的宣传形式也在与时俱进：“我们精心编辑了致家长和中小学生的一封公开信《珍爱生命　远离溺水》。每到中小学放暑假前后，协会会员就依托微信公众号等自媒体平台，在各自的朋友圈转发这份公开信。宣传效果还真不赖。”

2018 年，卢光霁（左二）在“爱的灯火——博爱之夜红十字故事汇”现场接受主持人采访，分享水上救援的感人事迹

作为一名资深冬泳人，卢光霁对清江水域了如指掌。哪些水域适合游泳，哪些水域水情复杂，存在安全隐患，他一清二楚。那年夏天，卢光霁利用业余时间实地走访恩施城区清江各段，仔细核实存有隐患的水域。他准备绘制相对完整的水文资料，用来指导市民安全游泳，以此提高水上安全系数。

那段时间，卢光霁总是独自一人在清江边实地勘察。每到日暮时分，夕阳斜照，将他渲染成一个火红的剪影。随着红日西沉，夜幕渐渐降临，卢光霁便仿佛和这幽远深邃的大山融为了一体。

向雪敏："最美新娘"织芳华

一定要争取做一个对社会有用的人，要用所学的知识和自己的力量，去关注和帮助那些需要帮助的人！

做好事是人的本性，也是人的本能。因为人需要活得有价值，而帮助他人，就是价值所在。

——向雪敏

位于鄂西南边陲的恩施土家族苗族自治州，虽然风景秀美，但过去由于交通不便，经济发展缓慢，是国务院划定的14个集中连片特困区域的核心区域之一。

恩施州建始县花坪镇，以驻地花果坪省去"果"字而得名。这里的人淳朴善良、勤俭节约、自强不息、知恩图报。有一个关于"最美新娘"的故事，在这里广为流传。

一场特别的婚礼

2013年1月24日19点30分，在武汉市汉口梅园宾馆7楼的一间客房里，粉粉的气球粘在电视墙上，玫红的拉花亮晶晶的，挂在天花板上，大大的喜字红彤彤地贴在窗玻璃上，这里正在举办一场简朴而又不失浪漫的婚礼。在全国道德模范"信义兄弟"孙东林、"湖北好人"侯立新和媒体记者的共同见证下，新娘向雪敏和新郎陈武深情相拥，互换戒指，喝下交杯酒。

这是一场特别的婚礼。当天上午，向雪敏刚刚完成第一次造血干细胞捐献。造血干细胞捐献，俗称骨髓捐献，是我国每年数以万计的白血病患者唯一的救命方式，而骨髓配型成功概率仅百万分之一。

婚礼这天的上午10点，向雪敏平静地躺在华中科技大学同济医学院附属同济医院血液科病床，各种仪器设备都已准备妥当。当针头在她左右手臂分别扎下，血液分离机嗡嗡地工作起来时，暗红的血液从她左胳膊的输血管流出，经过采血器完成干细胞采集以后，又从她的右胳膊流回体内。历经两个多小时，下午1时许，200毫升造血干细胞采集完成。下午3时许，工作人员乘动车将造血干细胞送往苏州大学第一附属医院。当晚，“生命的种子”输入一名少年体内，帮助他重新拥抱健康和生命。翌日，向雪敏又捐献了180毫升造血干细胞，完成了第二次采集。

新娘向雪敏和新郎陈武的婚礼，本该在2013年1月4日（谐音“爱你一生一世”）举行，但是在2012年11月9日，向雪敏接到中华骨髓库湖北分库工作人员的电话：她与江苏苏州一名年仅16岁的白血病男孩的组织相容性抗原（HLA）分型资料配型吻合，并征求她是否同意为这名患病男孩捐献造血干细胞。通过在网上检索相关资料得知，这种吻合，即使在有血缘关系的人群中，相匹配的概率也只有万分之一，而陌生群体的配型概率则是百万分之一。接到电话的时候，向雪敏没有丝毫犹豫。她说：“能有机会救人一命，值!”

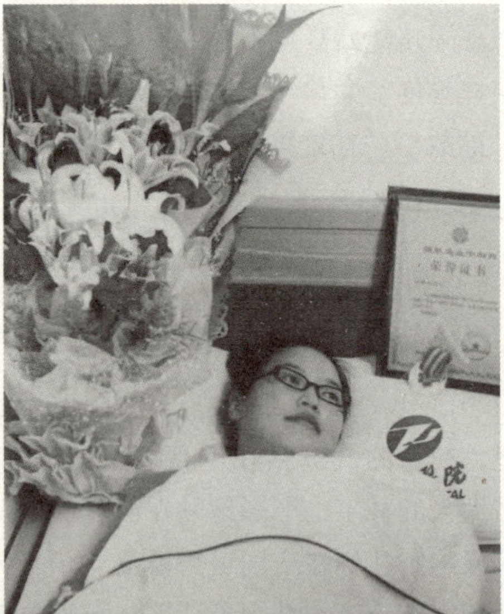

向雪敏在捐献造血干细胞

放下电话，向雪敏的内心却陷入了极大的矛盾之中。她明白，由于捐献造血干细胞的准备周期较长，依据患者的情况一旦确定捐献日期后，就铁定不能改变，否则对方就有生命危险。而在这个时间点上，她的婚期已经定好，婚期筹备工作已近尾声，婚柬也已陆陆续续分发给双方的亲朋好友……为了这场婚礼，他们已经筹备了大半年时间，对于来自湖北恩施的新娘和来自浙江温州的新郎来说，这将是他们人生中最神圣的那一天。

从某种意义上来讲，举行婚礼和捐献造血干细胞，只能二选一。一边是自己的终身大事，一边是急需救助的生命，该如何抉择？她非常想找一个人商量，她非常想征求未婚夫陈武的意见。但她又担心一旦把这个问题抛出去，江苏那个男孩的生命就很难延续。

她彻夜难眠，倍受心灵的煎熬。那是她一生中除了高考之外，感情最为复杂的时刻。因为家境贫寒，父母离异，从小到大，一路走来，她早已养成了独立自主的性格。不管遇到什么困难，不管遇到什么选择，她都始终相信自己。这也是这个土家族女孩身上最大的魅力。

经过几天慎重的考虑，向雪敏决定坚持内心深处的想法：调整婚期，帮助别人。于是，她向未婚夫陈武提出："推迟举办婚礼。"

陈武感到有些意外和紧张："怎么了，后悔啦？"

令向雪敏非常感动的是，在明白事情的原委后，陈武爽快地表示支持。她又给远在浙江温州的公公婆婆打电话解释，两位老人也深明大义，同意小两口推迟婚期。

2013 年 1 月 25 日，完成造血干细胞捐献采集后向雪敏接受热心市民送来的鲜花

家和万事兴，有了家人的支持，向雪敏就一心一意地进入捐献准备期。准备阶段对捐献者身体状况要求很高。为了能在婚礼上穿上美丽的婚纱，向雪敏从半年前就开始减肥。经过艰苦锻炼和节食，她已从120斤减到了104斤。但为了捐献成功，向雪敏又启动了“增肥计划”。一个月以后，向雪敏体重增加了16斤。同时，经过检测，她与患者的18项配型指标完全匹配，高配成功！

2013年1月20日，距离捐献前96个小时，在未婚夫陈武的陪同下，向雪敏奔赴同济医院，接受造血干细胞动员剂的注射，为捐献做最后准备。

未婚夫陈武受她的感染，也在她捐献当天无偿献血200毫升，并加入中华骨髓库湖北分库，与向雪敏一起成为造血干细胞捐献志愿者。

艰苦求学路

1984年12月，向雪敏出生在恩施州建始县花坪乡的大山深处。在她的童年记忆里，父亲是建始县花坪乡一家单位的合同制工人，每天按时上下班，按月有工资拿；母亲则是标准的农村家庭主妇，打理着农田的同时，把一家人的生活安排得井井有条。由于家住在集镇边上，向雪敏与小她两岁的弟弟从不缺少玩伴，每天的生活虽然简单，却幸福快乐。

小时候，弟弟的学习成绩比她要好很多，她则像个假小子，天生擅长跑步。因为长跑成绩好，她从上小学开始，就频繁参加各种体育比赛，在拿到不少奖项的同时，也耽误了不少学习时间。因此，她不得不在小学和初中阶段各留一级，最后与弟弟同上一个年级一个班。有一次，奶奶说她专门请算命先生看过，他们两姐弟以后只能出一个大学生。“肯定会是弟弟”，她当时就想，为此还在心里悄悄难过了好久！

2002年，她与弟弟当时正上初三。这一年，家庭发生了变故。受此影响，姐弟二人成绩同时下滑，均与理想的重点高中失之交臂。

高中三年，向雪敏与弟弟相依为命，姐弟俩的学费和生活费不得不靠亲戚长辈们凑份子。一到寒暑假，姐弟俩经常吃了上顿没下顿，邻居见他们可怜，常常会送些土豆或红苕过来。没有肉，没有菜，他们经常就是把洋芋和红苕切成片，用水煮熟后滴几颗菜油就着白饭吃……因为这段经历，现在向雪敏只要见到土豆或红苕，立刻就会想起以前和弟弟相依为命的苦难时光。

尽管日子充满各种艰辛，可向雪敏的乐观和阳光心态却从未改变。在老师和同学们眼里，她的生活似乎很幸福。

高考前夕，有一次班上一个女生突然生病，她陪着去医院打针。打完针后，这个女生陪她回家取东西，当看到她家里冷清清空荡荡的情形，这才知道，原来这个平时一脸阳光看不到半点忧愁的快乐女孩，生活环境竟然这般困苦。

在老师和同学们默默地关注下，2005 年 5 月，向雪敏以优异的成绩顺利通过体育高考。在随后的几次文化模拟考试中，她也从原来全班 50 多名上升到前 10 名。“很多同学都说我运气好，其实只有我自己知道，为了完成高考的最后冲刺，那半年我除了吃饭、上厕所和睡觉，剩下的时间全部都用在了复习上，哪怕是课间休息的 10 分钟，我都没有浪费过。”

忆及那段清苦备考的日子，向雪敏总是对生活报之以歌。时至今日，她依然感谢生活的馈赠。

“十年寒窗无人问，一举成名天下知”。高考无疑是很多农村孩子人生的重要转折点，于向雪敏而言，更是如此。

2005 年 7 月高考放榜，向雪敏以超过录取线 30 多分的成绩，被湖北民族学院（现湖北民族大学）体育学院录取。收到录取通知书的那天，她正在镇上的一家手机店打工。

她知道，如果筹不到学费，她就只能辍学。这一天，对向雪敏而言，是最刻骨铭心的一天。这一天，她终于收获了十年寒窗苦读的成果，本该是她最开心的一天。又是这一天，她将面临失学的绝境，成为她最痛苦的一天。

生活还是要继续。在家蒙头昏睡了一夜后，第二天她坚持来到手机店工作。老板发现她双眼红肿，问清缘由后便建议她向媒体求助：“现在网络这么发达，你发个帖求助下试试吧，说不定就能遇上个好心人帮你……”

父亲困窘无力，母亲杳无消息，万般无奈的向雪敏，抱着“死马当活马医”的心态，打开当时恩施州人气最高的“清江社区”网站，发出了一条求助帖，讲述自己的困难与希望。

2005 年 9 月 4 日，在经过采访核实之后，向雪敏向社会求助筹款上大学的报道在《恩施晚报》第二版的显著位置刊发。

社会各界的救助如雪片飞来，大学梦，终究还是圆了。

埋下一颗爱的种子

一进大学，获悉情况的学校便启动绿色通道，帮她申请了助学贷款。没多久，体育学院全体师生又自发为向雪敏捐款 3000 多元。

走在湖北民族学院美丽的校园，向雪敏从内心深处无比感谢那些曾经帮助过她的好心人。细细想来，第一个好心人是她的匿名朋友，可能是她的高中老师，也可能是高中同学。她经常收到这位匿名朋友的信件和零零散散的资助。第二个好心人是《恩施晚报》，如果当时没有报社及时关注她的困难，看不到希望的她可能都等不到开学，就外出打工谋

向雪敏（右一）为蒙古族村贫困留守儿童捐款

生去了。后来，《恩施晚报》又多次给她实习锻炼的机会，让她进一步开启了心智，认识到人间更多的真善美。除此以外，还有大学的老师和同学，以及后来指导她完成毕业实习的《长江商报》记者姚海鹰，等等。这些好心人不仅教给她知识，教会她思考，还教会了她如何做人处事。

爱的种子悄然生根发芽。尚未走出大学校门的她暗下决心，以后一定要做一个对社会有用的人，要将所学的知识化作力量，去关注和帮助那些需要帮助的人！为此，她特别选择了攻读体育新闻专业。

现在来凤县委组织部工作的向雪敏（中）与同事深入田间地头开展民意调查

大学生活的4年，向雪敏一直在半工半读中完成。学校为她提供了勤工俭学岗位，在食堂端盘子、洗碗，以此补贴她的生活费。每天下课以后，她总是第一个跑进食堂，她已经习惯了这样的奔跑。除此之外，她潜心学习新闻摄影，并学以致用利用周末在影楼兼职摄影；她深入钻研新闻采写技巧，每个寒暑假都在新闻媒体实习，《恩施晚报》、恩施电视台、《楚天都市报》、《长江商报》都有她实习的身影。她比其他任何同学都要珍惜这来之不易的大学生活与学习机会。

参加工作没多久，作为主要发起人，向雪敏成立了鹤峰志愿者队伍，不仅身体力行坚持志愿服务工作，还运用新媒体和自媒体进行志愿工作的宣传，同时还带动亲朋好友和网络力量积极参加志愿活动。打开向雪敏的微博，“志愿者—向雪敏”，一句简单的自我介绍，却涵盖着丰富的工作内容。从免费午餐，到大病医保，再到爱心扶贫，她的微博内容，基本上都是各种志愿服务的生动报道。在鹤峰县中营乡三家台蒙古族村，她带领志愿者和村里的留守儿童一起聊天、游戏。当得知村里的一对姐妹生活十分困难时，她还送上慰问金，并对她们开展长期帮扶。渐渐地，向雪敏成为鹤峰县推行“美丽鹤峰”建设最响亮的一张“名片”。

向雪敏推迟婚期，捐献造血干细胞挽救他人生命的故事在鹤峰县传播开来，她被央视等主流媒体冠以“最美新娘”进行了深度报道。那段时间，申请登记捐献造血干细胞的志愿者人数有了明显增加。30多名错过登记时间的志愿者，也主动要求重新加入捐献志愿者的行列。

在“最美新娘”向雪敏看来，做好事是人的本性，也是人的本能。因为人需要活得有价值，而帮助他人，就是价值所在。

正所谓：

最美新娘织芳华，
铅华尽洗浴雪花。
感动中国正能量，
灯火抵达万人家。

刘德毅：德润毅施满夷陵

一些偏僻的乡村遇到自然灾害，往往没法及时得到有效救助。“红十字博爱家园”项目着眼于推动社区治理、提升社区能力、促进社区发展，就是未雨绸缪，投入软硬件，培养居民自救能力。

中国有句老话：授人以鱼，不如授人以渔。提升群众自救技能，避免损失，这就是最大的意义所在。

——刘德毅

山沟里的救护培训

“自2004年始，我就开始担任宜昌市夷陵区红十字会常务副会长，屈指算来，已经15年了。”刘德毅只要谈到红十字会，就忍不住满心的喜悦，“我们夷陵区红十字会，可以说是宜昌市红十字工作的一张名片了。”

“当然，成绩是大家的，我只是做了一些推动工作而已。”对自己，他非常谦逊，从不居功。但是夷陵区红十字会的一些优秀志愿者，姓甚名谁，声音相貌，做过哪些值得称道的事，他却能娓娓道来，如数家珍。

在领导、同事以及志愿者们看来，刘会长做的是锦绣大文章，绝不是“只是做了一些推动工作而已”。

宜昌市夷陵区，是著名的巴山楚水交接处，巴楚文化发源地之一。境内地势西北高，东南低，西、北、东三面群山环抱。西北山岭密布，沟溪纵横，东南丘陵连绵，临向平原，为山地与平原的过渡地带。夷陵区总面积3424平方公里，总人口52万，是山区、矿区，也是美丽的风景旅游区。

因为境内多山，遇到暴雨就容易引发各类灾害。这些天灾说大不大，说小不小，却给人民群众的生产生活造成了不少损失，各级政府部门很是头疼。

刘德毅（左二）在受灾地区查灾核灾

上任之初，系列难题就摆在刘德毅的面前：其一，普通群众严重缺乏自救互救技能，一场大雨都可能让大家束手无策；其二，相关部门工作繁忙，因为小型天灾造成的问题比比皆是，无论是人员还是设备，都忙不过来；其三，夷陵区红十字会成立不久，力量小、呼声弱，社会对红十字会的认知也不足，无法在政府救援和民众自救之间担负起相应的责任。

那时候，刘德毅就成天琢磨着，针对山区交通不便利的具体情况，如何有效地推进红十字救护培训工作？如何才能踏踏实实为人民群众解决困难，为各级政府部门分忧？要推动红十字救护培训工作，光靠红十字会的能量肯定不够，得让相关部门的各级领导也清楚这件事的意义所在。

于是在日常工作中，刘德毅利用各种机会，向各级党政领导大力宣传自救互救培训工作的重要性，及时汇报全区应急救护培训工作进展和存在的困难，并通过人大、政协会议建言献策。

他说：“一些偏僻的乡村遇到自然灾害，往往没法及时得到有效救助。中国有句老话：授人以鱼，不如授人以渔。提升群众自救技能，避免损失，这就是最大的意义所在。”“若是老百姓有防灾自救的能力，那么就能最大程度控制住风险，把损失尽量降到最低！未雨先绸缪，有雨也不愁！”

功夫不负有心人，在他和诸多有识之士的推动下，从2012年起，夷陵区委、区政府将应急救护培训工作纳入“民生实事”予以保障。

为了将工作落到实处，夷陵区政府还成立了由副区长、区红十字会会长任组长，10多个区直部门参加的应急救护培训工作领导小组。区政府将救护培训经费纳入财政预算，每年从财政资金中拨付专项资金予以保障，最高达30万元。

同时，财政投入100多万元，并争取上海闵行区捐赠30万元，按照省红十字会的要求，统一外观、统一标识，建设了规范的区级“应急救护培训教学基地”。该基地也是当时湖北省8个应急救护培训标准化建设站点之一，站内配备了全套现代化教学设施设备。区编办发文设立“区红十字会应急救护培训中心”，具体承担全区救护培训工作任务。

用专业师资提高实战能力

有了各部门各级领导的大力支持，应急救护培训工作推进得相当迅速，接下来还有一个问题需要解决——建立一支高度敬业的专业师资队伍。

“救护培训说起来容易，实施起来还是需要技巧。群众平时很少接触这方面的知识，既然要干，咱们就得干漂亮。”“当时我们也着急啊，红十字会本来就是个公益组织，又没有什么名利可图。要占据培训老师们的大量精力和时间，人家要愿意才行啊。”到处寻访师资的刘德毅，忆及当年的艰难历程总是感慨万千。

“我们用的方法也很笨，广泛求助、宣传，逐渐引起社会各界的关注，后来区红十字会先后从教育、卫计系统优先招募应急救护培训志愿者 160 多名，组建了应急救护志愿者服务队。”他自己都没想到，这个问题解决得如此顺利。

很长一段时间里，刘德毅忙得脚不沾地：培训的时间和地点要确定；参与培训的单位、人员要确定；培训老师的调配和安排；相关的后勤服务要保障……

那段日子里，刘德毅将诸多纷繁复杂的事情一件件捋清，每天不停打电话，手机都烫手，得换几次电池。

在他和夷陵区红十字会同人的共同努力下，应急救护培训工作步入突飞猛进的快车道。

2013 年，夷陵区红十字会邀请省级救护培训专家，对 160 多名志愿者分 3 批次开展救护师资培训，之后又两次举办师资复训班和提高班，并选送 20 多名救护师资赴中国红十字会总会、省红十字会学习。救护培训呈星火燎原之势，这些救护师资回归到各个社区、机关、街道后，逐渐带动了周边人群整体救护意识的提升。

两年后，夷陵区红十字会组织了全区应急救护技能展示演练活动，共有 16 支代表队参加，可谓兵强马壮，实力大涨！

“刘会长谦逊儒雅，经常与我们交心谈心，鼓励大家认真钻研教学方法，深入传播应急救护技能，弘扬‘人道、博爱、奉献’的红十字精神。”“夷陵区红十字会的热情，就是刘会长带起来的。如今，全区的志愿者们活跃在各类应急救护培训的舞台，为保护人民群众的生命和健康发挥着积极作用。”志愿者们这样评价道。

救护培训工作是一项群众性工作，刘德毅有着更宏伟的目标，要让救护培训进学校、进机关、进企业、进社区、进农村。经过多方奔走，夷陵区红十字会搭建了各种培训平台，使“五进”活动步入了常态化。

夷陵区教育局联合区红十字会将应急救护培训纳入中小学课堂，统一配发中国红十字会总会编印的教材，每学年每个班级安排 4 个学时课程；每年利用暑期军训时间，对高一新生开展救护员培训。夷陵区应急局将救护培训纳入安全生产月活动重要内容，多次与红十字会联合举办矿山救护员培训班。夷陵区科协将救护培训纳入“科技大篷车”活动内容，组织师资开展基层普及性培训。夷陵区卫健局与区红十字会联合开展健康下乡活动，组建宣讲团先后深入全区 26 个省级贫困村，为 2000

多名群众送去自救互救和健康知识。区公安、交通、旅游等部门均结合行业特点，与区红十字会联合对从业人员开展针对性的救护培训。

截至2019年春，夷陵区累计培训救护员1.7万余名，普及性培训达到4万多人次。

2017年8月，刘德毅（左二）参加全区高中新生救护员培训师资动员会

博爱家园，温暖千家

夷陵多山，在一些偏远乡村，软硬件基础设施比较差。一些偏僻的乡村遇到自然灾害，往往没法及时得到有效救助。“红十字博爱家园”项目着眼于推动社区治理、提升社区能力、促进社区发展，就是未雨绸缪，投入软硬件，培养居民自救能力。

为了让普通村民们也能受益于红十字会人道项目，刘德毅与他的同事们做了许多工作：翻山越岭，到各个贫困山村走访，挨家挨户了解具体情况；如实向上级部门反映，并根据不同的援助项目，拟定具体的方案；争取更广泛的社会力量……

日复一日，年复一年，夷陵区红十字会“博爱家园”等项目先后在多个村（社区）落地生根。

2015年春，刘德毅和同事们到黄花镇香龙山村调研，发现这个偏僻的小村子里依然存在着许多危房，有一些废弃了，有一些还住着人。刘德毅有些奇怪，就边走访边跟一些老人闲谈，了解具体情况。

“您这房子有些年月了吧？”刘德毅路过一间很破旧的木质砖瓦房，问某位坐在门口晒太阳的爹爹。

“是啊，还是80年代初砌的呢。”爹爹站起身，“您到屋里坐坐，喝杯水。”

“不了，爹爹。”刘德毅连忙摆手，“我就跟您聊聊，您这房子怎么不翻新啊？”

“哪有钱翻新哦，两个孩子也不争气，没读多少书，在外地打工，一年上头难得回来。就算以后存点钱，也得去县里买房。”爹爹说。

此次调研，让刘德毅感触很深。随后，他多方奔走，尽量争取一些政策扶持，以帮助那些淳朴的乡亲。

功夫不负有心人。这年秋，湖北省红十字会博爱家园项目落地黄花镇香龙山村，项目主要帮助农户进行危房改造，对100个土坯房进行除险加固、屋面换瓦、粉刷墙面和地平建设。

村里的干部和一众乡亲对区红十字会感激不尽，每次都紧紧地拉着志愿者的手，要留大家吃饭。

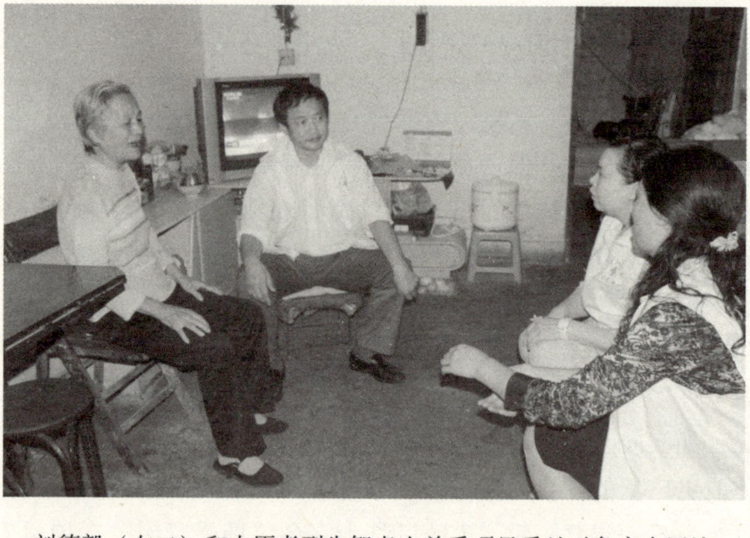

刘德毅（左二）和志愿者到失智老人关爱项目受益对象家中回访

区红十字会志愿者们奉行着一个原则：态度要温和，事情认真做，不打扰乡亲。

接下来的几年，刘德毅和他的团队成日奔走在夷陵大地：2016 年，“六个核桃 · 读书慧”项目在黄柏河小学、仓屋榜小学落户，每个学校获得价值 3 万元的图书及书架；2017 年，“博爱校医室”项目在东湖初中、上海中学、实验小学等 3 所学校实施，改建标准化校医室，共配备价值 6 万元的医疗设备……

2016 年 1 月，刘德毅将“六个核桃 · 读书慧”项目捐助的图书送到学校

此外，刘德毅还积极争取财政和社会各界支持，募集资金物资，为受灾家庭、贫困群众缓解生活困难。

2017 年，乐天溪、三斗坪镇遭遇特大暴雨袭击，刘德毅带领工作人员和志愿者第一时间赶赴受灾严重的村了解灾情，后来通过多种形式共筹集救灾款物 56 万元。他还到受灾较重的黄陵庙村连续工作一周，让基层群众时刻感受到红十字与他们同在。

其实，在刘德毅心中，并不仅仅装着一个夷陵区，“哪里有灾害，哪里就会有刘会长和红十字人的身影。”“看到红十字的标志，我们就知道刘会长来了。”夷陵区百姓们感念道。

“其实很多时候做得还不够，但是我一直尽力而为。”刘德毅丝毫不以此为傲。

2008年汶川大地震，他组织募集捐款337.7万元和价值13.2万元的急救药品；2013年雅安地震，他组织为灾区募集善款24.2万元。

平日里，刘德毅连年开展“红十字博爱送万家”活动，元旦、春节期间，对受灾户、特困户、病贫户进行慰问，给他们送米、送衣、送药、送水果。多年来，捐赠的物资已不计其数。

每年元旦春节，刘德毅（右一）都会带领工作人员开展“红十字博爱送万家”活动，为困难群众送去生活物资

“夷陵区红十字会的‘三献’工作也开展得有声有色。刘会长足智多谋，给大家起了一个好头。”提到无偿献血、人体器官捐献和造血干细胞捐献，同事们都是自信满满。

再三询问下，刘德毅透露成功的秘诀：“没啥，就是让领导干部们身先士卒了。”

那还是2005年，夷陵区红十字会刚步入正轨。万事开头难。刘德毅和志愿者们通过多种方式宣传无偿献血，效果一般。

“我们当时就想，普通大众的思想工作可能难做一些，党员干部们的认识应该比较高。于是就做了一个策划方案，在城区广场举办大型无偿献血宣传活动，然后将这个方案提交相关政府部门。在各位领导和干部的支持下，活动举办得异常顺利。”

活动当天，现场来了好几百人。区委书记、区长等领导带头参加无偿献血，引起广泛的关注，起到了非常好的示范效应。

在无偿献血宣传上，刘德毅和同事们妙招迭出。

2016年“献血者日”期间，夷陵区红十字会组织马拉松队员统一着装，沿城区主要街道15公里路线，通过长跑的方式向市民宣传无偿献血，提高了居民对无偿献血的认知度。

此外，他们还积极呼吁和组织各乡镇、区直单位、大型企业事业单位开展无偿献血活动。

在大家的努力下，夷陵区连年超额完成宜昌市血站拟定的无偿献血指标。

人体器官捐献和造血干细胞捐献工作比较难做，但刘德毅从不懈怠，始终执着地推进着。

“经过多年的宣传推动，普通民众对献血的认识度比以前开明多了。”他微笑着说，“可是在人体器官捐献和造血干细胞捐献上，还是有一些迟疑。中国人的思想比较传统，身体发肤受之父母，割舍不下。当然，这也提醒着我们要继续努力。”

多年来，刘德毅始终倾注着极大的热情，时刻不忘传播捐献理念，除了广发资料、借用网络渠道等，还利用区政协委员的身份，在政协相关会议上向各级领导、委员进行宣传。在各类调研、交流、座谈等活动甚至日常交往中，他都不失时机地宣传捐献者的大爱情怀。

对志愿捐献者，刘德毅一直保持着极大的关爱和敬意。每年“5·8世界红十字日”或元旦、春节期间，他都坚持上门探望志愿捐献者及其家属。得知遗体捐献志愿者鲁有梅家属身患重疾、生活困难，他多次上门看望、慰问，帮助解决实际问题，让捐献志愿者家属感到了实实在在的温暖。

一分耕耘一分收获。在夷陵区红十字会的不懈努力下，捐献理念在全区逐步传播开来：自2011年以来，全区共有5名志愿者成功捐献造血干细胞，救助了5名白血病患者的生命；还有2名志愿者捐献遗体用于医学研究。

如今，每年到红十字会登记捐献的志愿者不断增多，博爱之花正在刘德毅和诸多红十字人的浇灌下，盛情绽放于夷陵大地。

江勇：守望相助有知音

危机心理干预，没有什么大道理可言，唯有用善良和真心。他们只要觉得你真正在帮助他们，就会敞开心怀接受你。

我做红十字心理救援不图什么，图的就是心中一个义，千金难买我高兴。

——江　勇

江　勇

江水滔滔寄哀思

2015年6月2日凌晨，湖北省红十字会心理救援队骨干成员、副队长江勇被一阵急促的电话铃声惊醒。

他接通电话后，“腾”地从床上跳了起来，睡意全无。电话里，省红十字会工作人员声音低沉地通知他：“6月1日深夜11点，一艘名为‘东方之星’的游轮航行至长江湖北监利段时，突遇龙卷风翻沉，需要心理救援队紧急组织力量前往救援。”

江勇回答说：“请给我半天时间。”

此时，湖北省荆州军分区300名官兵已抵达现场，展开救援。其他救助力量也正从首都北京、从祖国各地赶赴灾情现场。2000多名乘客家属也已闻讯启程，陆续从各地抵达监利。江勇要这半天时间做什么？

磨刀不误砍柴工，江勇用这半天时间做准备。他拜访了一位熟识的老中医，学习了一些宁心安神的简单穴位按摩法，然后采购了一批牛皮纸大信封、口香糖和水果等物品。

6月2日14时许，江勇与心理救援队队长李良华会合，作为湖北省红十字会心理救援队首批队员，火速抵达监利。

当天下午，江勇、李良华即与国家卫计委派出的精神卫生专家举行救援前沟通会。会上，江勇开出了他的心理干预急救包清单：大信封、巧克力、口香糖、果味维C片、湿纸巾、口红、香蕉等。这是一张让人觉得不可思议的清单：在心理干预过程中，大信封、巧克力、口香糖等能起到什么作用呢？

6月3日13时许，省红十字会心理救援队第二批队员赶到监利。两批12名队员，会同国家卫计委派出的22名精神卫生专家共同组成心理救援队，在湖北省医疗救治指挥部指挥下，重点为30户、200余名遇难者家属和5名被救治伤者开展心理干预。

当晚，34名心理救援队队员全部入住安顿家属的6家宾馆。这里已经被悲伤笼罩。

亲人意外离世，遇难者家属心理极度悲痛，有的连日连夜未曾合眼，不吃不喝。他们的身体机能和情绪状态都处在崩溃的边沿，急需心理疏导和干预救助。队员们穿梭在家属、伤者驻地，接力访视、心理干预、重点干预……江勇开出的急救包清单和穴位按摩术派上了用场。

“心理救援的关键是女性，平和女性的情绪至关重要。”在江勇的指导下，心理援救队实施危机心理干预时，尽可能先用湿纸巾帮在场女性做面部清理，再帮她们梳理头发、涂抹口红，通过简单的化妆，迅速把因受灾难打击而蓬头垢面的女性打扮得干净整洁。这种对女性外部形象感受的处理，效果非常明显。“潜移默化带来了一种微妙的积极情绪，悄然改变了家属安置点的现场气氛。”

很多家属因为过于悲痛，几天几夜吃不下睡不着，体能下降得厉害，所以要采取适当手段，帮助他们补充能量，缓解悲痛情绪。“一般我们以单膝跪地的姿势和对象交流，让他们放松情绪。通过嚼口香糖、穴位按摩、进食香蕉来缓解紧张，加上言语抚慰，大部分受助对象能较快平静下来。”江勇说，食用巧克力、果味维 C 片和香蕉，能帮他们迅

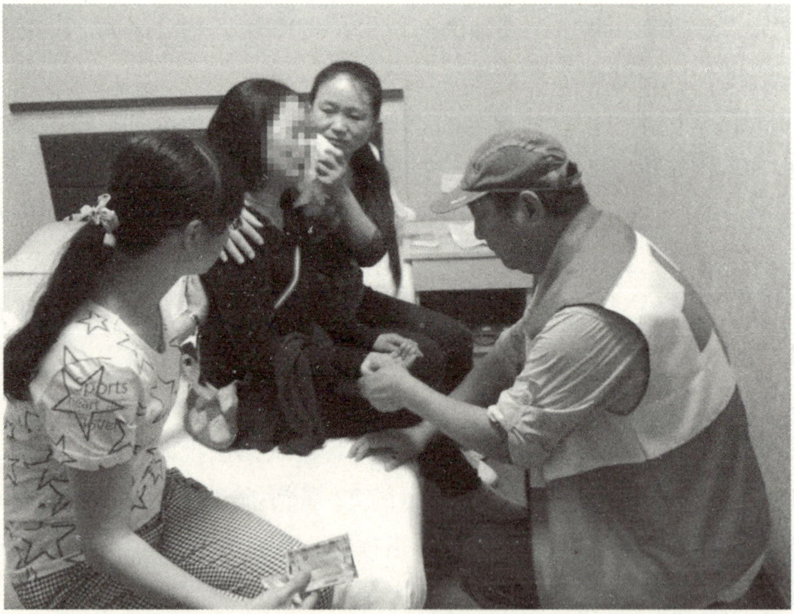

“东方之星”号客轮翻沉事件发生后，湖北省红十字心理救援队抵达监利县，对遇难者家属进行心理干预

速补充能量，并且满足饥饿时咀嚼的需求，转移悲伤情绪。口香糖的咀嚼动作会影响全身，进一步缓解紧张情绪，增加安全感，为有效沟通和心理救助做好准备。

“危机心理干预最难的地方在于，要快速诊断问题，瞬间解决问题。很多人情绪激动，不会接受肢体接触，这个时候就要根据微表情做出判断。”江勇摸索总结出了“三快”工作法——快速做出判断、快速建立链接、快速评估情绪，在这次心理救援中发挥了巨大作用。

6 月 4 日，江勇探望一位已经两天两夜没睡的老人。老人很平静，礼貌地和大家握手、交谈，看不出明显的悲伤。他甚至和江勇唠起了家常，说他的女儿已在国外定居，外孙女也有六七岁了，他衣食不愁，很早就准备和老伴安度晚年了。

江勇敏锐地觉察到老人的平静极其反常，言语中甚至表现出为自己安排后事的潜在意识。“在外人面前表现特别坚强的人，他的悲伤情绪全部压抑在内心，无处宣泄，会导致更大的心理危机。正常人出现这种状况，会很快诱发出高血压、高血糖症状，进而危及生命。”江勇从老人的微表情和急促的呼吸判断，老人已出现躯体症状，不是简单的语言、陪伴和心理辅导可以解决问题，他立即安排医务人员送老人去医院诊治。紧急送到医院后，一经检查，老人出现了以前从未有过的高血压和高血糖同时发作的状况。

6 月 5 日，江勇再次探望这位老人时，送给了他一个大信封，说：“当心里特别难受而且呼吸急促的时候，就把这个大信封套在嘴上呼吸，能让心情平静下来。”

“人在紧张状态或者情绪非常激动时会呼吸急促，导致体内对身体有益的气体大量流失，不利于保持情绪稳定。当干预对象呼吸非常急促时，马上递上大信封，可以帮助快速回收有益情绪稳定的气体。”

老人的女儿也从国外赶到监利，她恰好是一位有心理学研究背景的学者。当她了解和评估完父亲的心理状态后，认为江勇的心理危机干预非常及时和专业，大信封对缓解父亲的应激状况起到了很好的作用。

6 月 7 日，遇难人员“头七”祭奠日。沉船搜救现场，船舶鸣笛，人员默哀，表达对逝者的哀悼。江勇陪伴遇难者家属在江边祭扫亲人。江水滔滔，江风呼啸，天地辽阔，寄托哀思。

6月9日，心理救援队完成任务，就地解散。出征以来，他们访视1663人次，心理干预317人次，重点干预80人次，没有一例出现二次伤害。遇难者家属含泪说："你们来一次，我们就好一次。""有你们，就有安全感。"

"东方之星"沉船事件危机心理干预，是迄今为止国内最成功的灾难心理救援工作之一。事后，国家卫计委评估了这次心理干预服务，得出的结论是4个字：严谨，科学。

火种熊熊自此始

江勇的主业是从事精密机械制造，一个"理工男"，怎么会涉足心理咨询行业，并发起成立湖北省红十字会心理救援队呢？"我学心理干预的初衷，最开始是想干预自己。我在专业领域，业务水准是拔尖的，可是不知道为什么，总感觉有哪些地方不对劲。"所以，他一直想学习心理咨询，发现自己有什么问题。江勇笑着说。

2000年的六七月间，江勇父亲因病住院，他请假到中南医院陪护。得空的时候，他就在医院里四处走走看看，也是机缘凑巧，正好看到医院在搞心理咨询讲座。江勇走进去听了一会，觉得很有意思："后来，我就报了武汉大学心理咨询培训班，考取了国家一级心理咨询师。"在业余时间，江勇开始涉足心理咨询领域，受邀进行一些团建活动和亲子教育。

2008年5月，汶川大地震发生后，江勇联系了湖北省红十字会，请求让他作为心理咨询师前往灾区，为受灾百姓提供心理干预，帮助他们重塑对生活的信心。"因当时心理干预的条件还不成熟，我和几个朋友去了灾区后，在那里只干了几天义工。"江勇说着，不禁莞尔一笑。

江勇当时并不知道，他那个看似不了了之的请求，实际上已经触及了危机心理救援的一个重大课题。随着心理救援水平的不断提高，面对各种危机灾情，世界各国在重视"物质救灾"的同时，也越来越认识到"心理救援"的重要性。

在危机事件中，遇难者失去健康，家属失去亲人，这属于一次伤害。如果他们因为心理上接受不了，迈不过这道坎，就会出现自杀、自残等二次伤害行为。为避免出现二次伤害，危机疏导和心理干预就变得特别重要。我国正在逐步建立和完善社会心理危机干预机制，尝试利用各种心理治疗手段，帮助当事人处理心理问题，回复心态平衡。

汶川大地震的救援工作，让人们更加认识到危机心理干预的重要性。不久，湖北省红十字会联系到江勇，请他牵头成立湖北省红十字心理救援队。江勇欣然受命。当年下半年，心理救援队正式宣告成立，江勇出任第一任队长。这是国内第一批成立的红十字心理救援队。“救援队成立时，是彭珮云给我们授的旗。”江勇清楚地记得授旗时的场景。

成立之初，心理救援队就遭遇意想不到的挫折。江勇第一次为队员做培训时，郑重地给大家打预防针：“危机心理干预培训，是一个很哀伤的课程。”他的本意是好的，灾情现场的画面，容易让人产生不适反应，江勇想让大家有个心理准备，但没料到，一句话吓跑了一批人。江勇有些尴尬地说：“首批志愿者 30 多个人，哗啦啦地走得只剩下 2 个人了。”

就算只剩 2 个人，他们也没有放弃。湖北省红十字心理救援的火种，从这里开始熊熊燃烧。

心理救援队的当务之急，是找到地方挂靠，江勇为此很是费了一番周折。他前后拜访了几家单位，有的态度不明朗，有的却很直接：“可以，欢迎到我们这里挂牌，但是要交管理费。”

江勇一听这话就“炸毛”了：“我搞的是志愿服务工作，没找人要过一分钱，我哪来的钱给你们？小时候，我们学雷锋，做好事，觉得光荣，现在的人都怎么了？”

江勇憋着的一肚子火，直到遇见华夏心理教育中心（湖北）负责人李良华才消了。

李良华是他的知音，提及这个老搭档，江勇赞不绝口：“李良华，有眼光，有见识。”

李良华一听就明白了，这是好事啊，必须支持：“老江啊，你也甭再费劲找了。今天，我就把救援队的牌子给你挂起来。”两个志同道合的人，从此成为亲密战友，携手合作至今。后来，李良华成为省红十字会心理救援队新一任队长。

江勇（右二）和省红十字心理救援队队长李良华（右一）
探视受灾群众安置点内的群众

挂靠问题迎刃而解，让江勇激情满怀。另一个亟待解决的问题是教材。当时，我国的心理救援暨危机心理干预尚处于起步阶段，没有现成的课程。西方的既有理论，在中国也不太适用。

“没有教材，我就自己编自己写。”江勇先后编写完成了《危机心理干预知识手册》等多本培训教材。后来，他还执笔了《中国红十字会救援手册》中的“心理危机干预”部分内容。

“万事开头难。有了培训的地方，有了教材，接下来的工作就好办了。”在江勇和李良华的推动下，心理救援队每年至少开展一到两次课程培训活动，用来招募和培训专业的危机心理干预志愿者。很快，心理救援队也从2个人发展到100多人。经过培训和演练，队员们都具备了较高的理论素养。

危情烈火验真金

心理救援队参与“东方之星”沉船事件心理救援工作，重大危情面前，实战检验了这支队伍的成色。

参与“东方之星”心理救援的，有两个女性队员，一个叫赵凤，一个叫屈晓燕，都是年轻女孩子，平时总把自己收拾得干干净净、打扮得漂漂亮亮。在救援工作中，她们却都放得下身架，再脏再累的活都会去做。

有一位30多岁的女士，丈夫遇难后悲恸欲绝，连续4天不吃不喝不睡觉，身体极度虚弱，情绪极度不稳。因为几天没洗澡，身上散发出奇怪的气味，“赵凤没有半分犹豫，半跪下来脱下鞋子和袜子，抱起她的脚，用我传授的穴位按摩法，拿手指按压大脚指头旁边的穴位。”江勇回忆说。

在赵凤的穴位按摩下，她的情绪渐渐平静，呼吸开始平缓，几分钟后竟然睡着了。她醒来后，赵凤握着她的手说：“你的两个小孩还小，还在等着你回家，你可千万要振作起来。”年轻的母亲眼睛亮了，认真地点了点头。

构建亲情氛围，是危机心理干预中至关重要的一环。江勇说：“危机心理干预，没有什么大道理可言，唯有用善良和真心。他们只要觉得你真正在帮助他们，就会敞开心怀接受你。在获得对方心理接纳后，队员们都会运用共情技术，通过倾听和无条件接纳等方式，促使对象心情平复。”通过无痕的情感连接，为受难者家属带来心灵的慰藉和身体机能的复苏，唤醒他们对未来的信心。

作为省红十字心理救援队的创始人之一，江勇却并不希望救援队有太多实操机会，因为这往往意味着有重大危情发生：“像战略武器一样，有备无患就行了。”

志愿服务之余，江勇也参与日常心理辅导，“我在探索危机心理干预如何由灾难应用逐渐转向常态应用，希望帮助那些生活压力比较大的人重塑健康心理。”

江勇有自己的一套心理疏导理论，而且被证明行之有效，“我们要给受助者关怀，但是不能过度关怀。我们要培植受助者自我疗伤的能力。”

江勇认为，心理咨询师教给受助者的，不是技巧，也不是方法，而是一种力量，一种发自内心、来自心灵的力量。所以，他致力给受助者灌输的，是建设性的心理意志：“我可以帮你一把，拉你一把，但是你要靠自己站起来。”

在他的带动下，心理救援队的队员们也积极地把危机心理干预应用到日常工作和生活当中。

队员汪琦是海军退休干部。有一次，他路过武昌火车站附近，刚好碰到有个人要跳楼自杀。汪琦应用危机心理干预，成功地劝服了这个轻生者。

还有一个队员，他的主业是律师，曾接过一个因遭遇“套路贷”而自杀的案件。因深感“套路贷”的危害，于是他结合自己的法律知识和心理救援知识，为受影响群体开了一堂公益培训课，成功帮助大家走出阴霾。

……

“我们这些队员，平时见面不多，有事喊一声就好了。”江勇说，这是一种朴素的情怀，一种道德上的共鸣共振，一种心灵上的相知相守。

2015 年 12 月，江勇参加湖北省红十字会举办的
“人道的絮语——红十字故事汇”公益活动

“现在，我已经退休了，有更多的时间来做自己想做的事情。我做红十字心理救援不图什么，图的就是心中一个义，千金难买我高兴。”江勇一席话，胜读十年书。

孙文斌：君子如水为民众

水是生命之源，水对人的生存至关重要，但不是所有的水都可以放心使用。在灾情发生后，会因各种原因导致以前安全的水变得不安全，所以在灾难发生后，水的安全性尤为重要。

作为紧急供水救援队，我们每个人都时刻准备着，但又希望永远不要出发。

——孙文斌

带着母亲的叮咛，战斗在雅安

2013年4月20日，四川省雅安市芦山县发生7.0级地震，造成重大人员伤亡。灾情牵动了全国人民的心，中国红十字会迅速行动，集中大量人力、物力前往灾区救援救助。在这些来自全国的热血团队中，有一支湖北的队伍尤其特殊，他们便是中国红十字（湖北）供水救援队。

“水是生命之源，水对人的生存至关重要，但不是所有的水都可以放心使用。在灾情发生后，会因各种原因导致以前安全的水变得不安全。所以在灾难发生后，水的安全性尤为重要。湖北供水救援队便是专门因此而成立的。”供水救援队骨干成员、十堰市中西医结合医院检验科孙文赋这么说。

芦山地震发生后，他第一时间便提出了奔赴灾区的申请。可是因为时间紧迫，他所在的城市距离集结地比较远，故没有能够成为首批队员进入四川。孙文斌心急如焚，再次向红十字会提出申请。他在申请书上诚恳地写道：“雅安发生了这么大的灾难，肯定需要很多像我这样的人！

我既是医生，有着医疗救护的经验，又是湖北供水救援队成员，对制作干净卫生的饮用水有着相当的经验，一定能在现场发挥很大的作用。”申请最终被批准，他作为第二批队员赶赴灾区。

起初，家人对孙文斌参加救援队有些不支持：捐钱捐物就行了，何必一定要亲自奔赴前线呢？救援队每次执行任务，肯定都是极端恶劣的环境，危险系数太大了。

“接到消息的那一刻我很激动，终于能用所学为灾区人民贡献自己的一份力量了。可是母亲得到消息后坚决反对：‘那里随时都会发生危险，环境也恶劣，你要是有个三长两短怎么办？’我只能安慰道：‘您放心，我会注意安全的。’”孙文斌没有退缩，带着母亲的叮咛，他准备好行装，迅速赶往集结地。

2013 年 4 月 26 日，经过 1500 公里长途跋涉，孙文斌和同事们终于抵达芦山县灾区。刚一到达供水救援队营地，他们顾不上路途疲惫，立即与首批队员一道，投入水质检测和制水工作中。

孙文斌在雅安地震灾区执行任务

“湖北供水救援队一行 11 人紧急驰援雅安，于 26 号晚上抵达震中芦山县龙门乡古城村，连夜卸运物资、组装供水设备，彻夜奋战。”“27 日下午 4 时许，救援队设备组装完毕，正常出水，他们连夜将水送到芦山县疾控中心进行第三方检测，信息反馈，水质合格，可以供水！28 日清晨，救援队开始为村民提供安全洁净的饮用水！”短短几句话的新闻报道，便体现了湖北供水救援队的辛劳和高效。

为了保证水质安全，保障村民用水，队员们实行 24 小时轮流值班，每两小时巡视一次送水点，确保水质安全和水箱不缺水。除了为当地 4000 余名村民送水外，湖北供水救援队还为驻扎在附近的部队等救援人员提供安全饮用水。

看着一桶桶清澈洁净的饮用水，通过供水管道、通过送水桶送到灾区人民的家里，流入灾区人民的心田，孙文斌特别欣慰。

在雅安地震灾区执行紧急供水救援任务的孙文斌

孙文斌内心世界比较丰富，灾难所留下的创伤，陆陆续续进入视线，让他的心情变得格外沉重。

某天深夜，他起来巡查营地，不经意间看到营地旁边一顶帐篷的门口有几支烛光在夜风中摇曳，一个孤寂的身影正对着门口的蜡烛双手合十，虔诚地祈祷。

那一刻，孙文斌的眼眶变得有些湿润。“雅安，加油！”他在心里默念，暗暗发誓要竭尽全力做好这次救援工作，即便再大的困难也要全力克服。

灾区的气候很恶劣，余震不断，前一分钟还是烈日当头，下一秒可能就大雨滂沱，湿气特别重。清晨，衣服和被子都是湿答答的，到了午时，帐篷里的温度高达46摄氏度。虽然条件艰苦，但孙文斌和队友们总是保持高昂的热情投身工作，确保了灾区人民的生活用水安全。

2013年5月20日，经过26个日日夜夜的拼搏，供水救援队顺利完成灾区救灾任务，共计供水552吨，保障了灾区群众及救援部队官兵共6000余人安全生活用水。根据中国红十字会总会抗震救灾总指挥部的统一指令，即将回撤。这是供水救援队自组建以来执行的规模最大、历时最长、效果最明显的一次救援行动。临行前，芦山县龙门乡古城村村民赠送他们“无私援助　大爱无疆”的锦旗；村民黄文魁赠送了一首手写的感谢诗：“红十字会救援队，供水供电人称对。雪中送炭献大爱，救援精神最可贵。”成都空军西昌司训大队派代表专程送来锦旗，感谢救援队对该队抗震救灾工作的支持；芦山县委县政府也向救援队赠送锦旗，对救援队的供水保障工作给予高度赞扬。

2013年6月3日，湖北省红十字会隆重召开芦山地震抗震救灾供水救援表彰会

完成救援任务归来，孙文斌紧绷的神经也放松了下来，可是身体却出现了问题，高烧不退且并发心肌炎。母亲心疼儿子，一边照顾他一边

责怪他不听话：“吃了这么多苦，遭了这么多罪，后悔吗？”孙文斌笑笑，说不后悔，能为灾区人民做点力所能及的事情，很高兴。

带着医学专长，加入救援队

在湖北省红十字会的大家庭中，供水救援队绝对是一个耀眼的存在。救援队编制50人，核心队员30人，分设武汉、孝感、十堰、荆州、荆门、咸宁6个分队，涉及管道、机械、水电、水质检测、卫生防疫、后勤保障等各专业，其中多数队员拥有工程师以上职称。群星争辉，各擅专长，凝聚起来又是一股非常强大的能量。

在医院工作的孙文斌，进入湖北供水救援队纯属偶然。

2009年6月，孙文斌毕业于湖北医药学院医学检验专业，之后到十堰市中西医结合医院工作，该院也称十堰市红十字医院，是红十字会员单位。

2011年，湖北省红十字会面向社会招募志愿者，招募通知下发到医院。那时的孙文斌对红十字会的认识很肤浅，觉得红十字会的工作就是发生灾难时募集善款、发放救灾物资。所以看到通知并没有太当回事，直到医院后勤服务中心的同事陈光到他科室来办事。

陈光是参加过5·12汶川大地震抗震救灾的抗震英雄，孙文斌对他非常钦佩。

“红十字会系统内有着各种职业的志愿者，每个人都可能分配从事不同的志愿服务。医生在红十字会里更是非常紧缺的人才！”陈光建议孙文斌报名参加，因为具有专业技能的医生，往往能在救灾工作中起到重大作用。

在与陈光的沟通中，孙文斌受益匪浅。尤其是那个关于亨利·杜南的故事，以及故事里的一个人、一场战争、一本书、一场运动，尤其让他感触颇深。

一个人是指亨利·杜南；一场战争是索尔费里诺战役；一本书是《索尔费里诺回忆录》；一场运动是指红十字运动。

1859年6月24日，奥地利与法国在意大利北部的索尔费里诺发生了一场战争，因缺乏医疗救护，约有 4 万多名受伤或垂死的士兵被遗弃在战场。瑞士日内瓦的一名年轻银行职员亨利·杜南路过此地，被惨象所震惊。他立即在邻近的卡斯蒂缪村，组织村民进行力所能及的救护，并成功说服了当地村民像对待己方受伤士兵一样去对待敌方受伤、垂死和已死去的士兵。他与法军军医总监取得联系，释放数名奥军军医俘虏，负责治疗工作，并安排当地的一所教堂作为临时救护所，劝导双方医务人员不带任何成见地医治所有伤病员。1862 年，亨利·杜南将自己的这个经历写成一本书出版，这本书就是《索尔费里诺回忆录》。书中提出两项主张：在各国设立全国性的志愿伤兵救护组织，平时开展救护技能训练，战时支援军队医疗工作；签订一份国际公约给予军事医务人员和医疗机构及各国志愿的伤兵救护组织以中立的地位。红十字运动就此萌发。

了解了红十字运动基本知识后，在陈光的建议下，孙文斌递交了报名表。同年 5 月，孙文斌接到通知，报名审核通过。当时，孙文斌内心还有点小小的骄傲，毕竟自己是属于具有专业技能的志愿者。

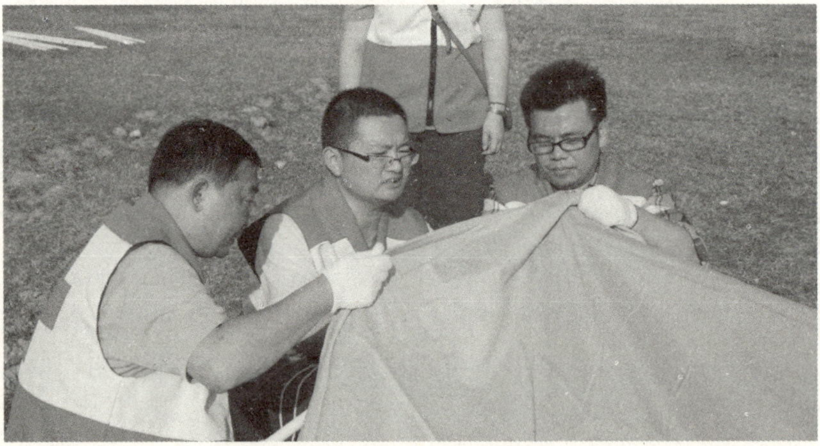

2015 年 7 月，孙文斌（右）与队友参加在黄冈野外举行的供水救援队演练

不久后，孙文斌参加了供水救援队师资培训。此次培训让他受益良多，从理论知识到实际操作，为他成为救援队核心成员打下了坚实的基础。

供水救援队在中国建立的时间并不长。2008 年汶川地震，红十字会和红新月会国际联合会派遣了紧急救援队（包括大众卫生单元、野外医院单元、供水救援单元等）到四川灾区开展救援，为灾区供水救援发挥了独特作用。这种先进、成熟的救灾模式给了中国红十字会诸多启发。中国红十字会决定成立自己的紧急救援队。当时红十字会和红新月会国际联合会派出的供水救援单元有两支，分别来自奥地利与西班牙，灾后奥地利红十字会将制水设备赠送给了湖南省红十字会，西班牙红十字会则将制水设备赠送给了湖北省红十字会。

后来，西班牙红十字会再次捐给湖北省红十字会一台净水设备。基于两套西班牙车载式制水设备，日供水可以满足6000人的生活饮用需要，且水质达到WHO（世界卫生组织）饮用水水质标准。2010年10月，湖北省红十字会抽调各个行业志愿者，正式组建中国红十字（湖北）供水救援队。

供水救援队未满“周岁”，就接到了救援任务。

2011年6月9日至10日，湖北省咸宁市通城县遭遇暴雨袭击，城区一片汪洋，最深积水达2米以上，交通、供电、通信全部中断。强暴雨袭击引发山洪、泥石流，全县唯一的自来水厂被摧毁，全城断水3天。13日，湖北省红十字会接到了咸宁市政府的紧急请求：通城县县城自来水管网因灾受损严重，恢复供水需半个月时间，县城10万人饮水困难，希望提供净水设备的援助。

湖北省红十字会立即向中国红十字会总会报告，并迅速派出供水救援队紧急驰援灾区。仅用24个小时，饮用水供水恢复；总计紧急供水14天，有效缓解了通城县城居民饮用水困难。

牛刀小试，不同凡响。

带着组织的重托，百炼成钢

供水救援队的职责，就是在灾情发生后的紧急时期提供安全清洁的生活用水，直至当地水务部门恢复供水。在实际救援中，这一工作涉及诸多细致烦琐且严谨的操作流程。

一般情况下，灾情发生后，中国红十字会总会及前方指挥部会对灾情进行初步评估，如有需求则向供水救援队发出通知。供水救援队接到通知后，立即派出前期评估小组前往实地快速评估选址。根据用水需求量，决定携带制水设备量；根据水源情况，选择符合制水要求的水源；根据水源及受灾民众安置点分布情况，决定救援队工作营地的地点。

供水救援队根据评估小组反馈的评估报告，将设备装车运往灾区。同时召集队员抵达现场，建立营地，并对选定的水源进行全面检测，包括浊度、电导率、pH 酸碱度、硬度、硝酸盐、亚硝酸盐、重金属、AL、余氯、大肠杆菌等项目的检测，并完成水源检测报告。

接下来，还需完成两个重要的试验：烧杯试验（根据试验结果计算絮凝剂投加量）和水桶试验（根据实验结果计算消毒剂投加量）。之后，用水泵将水源水抽取上来，经过加药装置加入计算好量的絮凝剂后，注入原水袋（因为形似洋葱，故又称洋葱水袋）进行充分混匀，然后静置。水源水经过 4 个小时静置絮凝后，其上清液通过水泵抽取进入石英砂过滤罐。罐内填充石英砂，对水中的絮凝物及杂质进行过滤。过滤水通过连接管道进入碳罐，利用活性炭的吸附作用对水中杂质进行进一步过滤。过滤后的水经过加药装置加入消毒剂后注入储水袋（因形似枕头，故又称枕式水袋）。经过半小时以上的消毒过程后，检测人员在储水袋出水口取样检测，若各项指标均符合 WHO 标准，则将成品水取样送当地 CDC（疾控中心）检测。

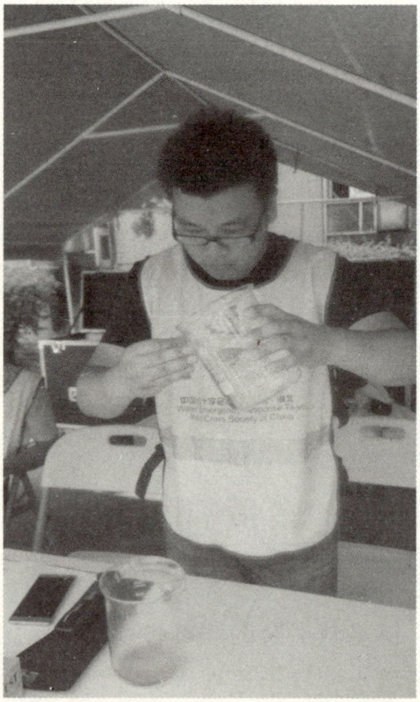

正在进行水质检测的孙文斌

CDC 检测合格后，则表明浑浊的不安全水已经变成清亮安全的饮用水，可以向安置点居民供水了。

2012 年 8 月，十堰市突降暴雨，造成白浪经济开发区发生洪涝。供水救援队收到求助后，迅速派出先期评估小组，孙文斌接到任务，立即前往。

在选择水源时，除了走访当地群众，还需要实地勘察。十堰多山路，再加上刚刚下完暴雨，车辆无法通行，他们只能依靠步行，一脚水一脚泥地到各个可能的水源点进行评估。后因当地水务部门及时抢修，不久便恢复了供水，救援任务随即取消。

“心里有些许失落，但同时又很高兴。作为紧急供水救援队，我们每个人都时刻准备着，但又希望永远不要出发。”孙文斌这样说。

2011 年至今，孙文斌参加各种救援演练 10 余次，完成救援队国外装备及国产装备的培训并能熟练操作，志愿服务时间超过 3000 小时。他还参与了湖北供水救援队救援操作手册的编写，无私地将自己掌握的知识技能与经验传授给新加入的志愿者。

2019 年，救援队受到中国红十字会总会通报表扬。孙文斌本人则先后荣获“湖北省红十字会供水救援队先进个人”“红十字医院荣誉奖章”“五一劳动奖章”“年度优秀志愿者”“医院青年突击手”……一系列荣誉，见证了他的红十字志愿工作历程。

上善若水，利万物而不争。翩翩君子孙文斌，以毕生所学，行进在保障民众安全用水的路上！

李龙俊：大爱飞越太平洋

“亦余心之所善兮，虽九死其犹未悔。”帮助他人是我的幸运，我只是做了应该做的事。

捐献造血干细胞并不可怕，目前这项技术已相当成熟，不会影响健康，但对于他人而言却是生命的希望。

——李龙俊

2015 年 5 月 6 日，24 岁的李龙俊即将结束硕士阶段的学习，不久后他将成为武汉大学历史学院的博士生。这一天，他接到中华骨髓库湖北分库工作人员打来的电话：“美国一名 30 多岁的华裔白血病男性患者的骨髓和您的初配成功，您是否愿意继续检测配合？”

李龙俊毫不犹豫地回答：“我愿意，也很开心，感觉自己很幸运。希望我的一点付出能挽救一条生命。”

李龙俊不知道自己的这个决定，由此掀开了湖北涉外造血干细胞捐献崭新的一页。

科学让我勇敢

李龙俊出生于贵州省六盘水市。2007 年，李龙俊 16 岁，第一次知道了自己的血型是有“万能供血”之称的 O 型血。

那一年，他正在紧张备战高考。在一篇作文素材里，他看到了记者采访姚明的消息。姚明是深受国人喜爱的国际篮球巨星，也是中华骨髓库的志愿者，多次参与中华骨髓库的相关公益推广活动。在采访中，记者问姚明："如果捐献造血干细胞和篮球比赛时间冲突，你会怎么选择？"姚明动情地说："没有比拯救一个生命更重要的事情。"这句话在李龙俊的心里掀起了波澜，从此萌生了献血救人的念头。

2008年，17岁的李龙俊从电视上看到汶川大地震的消息，了解到灾情紧急，灾区急需大量血液。李龙俊首次走进献血车，却被告知年龄还小，不能参与献血。

时光荏苒，转眼已到2011年，已经考入武汉大学的李龙俊，在校园内看到献血车，便再次走进去，进行了人生首次无偿献血。此后，在本科和研究生期间，李龙俊累计无偿献血达20多次。

大学期间，李龙俊一直热心公益，乐于助人。入学不久，他就加入了中国青年志愿者协会，多次参与帮助农民工子女等志愿活动。此外，他还担任学院学生会青年互助与实践中心部部长，热心为同学服务。尽管家境并不富裕，但只要遇上同学患重病急需募捐，李龙俊一定会毫不犹豫地捐出自己的积蓄，同时还积极鼓动同学、朋友一起参与募捐。

2013年3月，李龙俊在献血时向工作人员询问加入中华骨髓库的相关事宜。不久，他正式成为中华骨髓库的一名志愿者。

2015年5月，李龙俊接到中华骨髓库湖北分库工作人员的电话时，正和两个朋友在一起，他们对李龙俊捐髓救人的事情持保留态度，劝他："你千万不要感情用事。万一有个三长两短，后悔都来不及了。"李龙俊告诉朋友："我的爷爷、我的小舅妈都因为白血病去世。我加入中华骨髓库的初衷就是用自己的造血干细胞救人。我可不是一时冲动，而是经过深思熟虑后做的决定，我不会后悔的。"

接到电话后的李龙俊，开始为造血干细胞捐献做准备，锻炼、高配检测、全面体检……每一个程序都按部就班地向前推进。

在此期间，李龙俊曾经打电话给父母，告诉他们自己要捐献骨髓救人，"大概是因为自己措辞不当吧，用了捐献骨髓的字眼，把父母吓着了。"说服父母是件很困难的事，他想着父母远在贵州，就假装妥协说："既然你们反对，那我就听你们的，不捐了。"

父母的担忧，多少对李龙俊的心态造成了影响。为保险起见，他再次咨询了学医的同学。同学告诉他："捐献造血干细胞需要注射动员剂，有一定概率对身体造成不可逆的影响。"李龙俊虽然捐髓救人的意愿非常强烈，但同学的告诫还是多少影响了他的决心，他便通过图书馆和科普网站，多方查阅各种相关资料，发现现在的造血干细胞捐献不像以前那样需要穿刺抽取，基本就跟献血差不多，只是时间要长一些。在捐献过程中，确实存在因打动员剂而造成不良影响的案例，概率大概只有万分之一。

李龙俊认为，如此低的意外发生比例，证明了打动员剂是足够安全的。他坚定了捐献的决心，“我确实有过短暂动摇。但我相信科学，是科学让我勇敢起来了。捐献造血干细胞并不可怕，目前这项技术已相当成熟，不会影响健康，对于他人而言却是活下去的希望。”

很快，中华骨髓库湖北分库工作人员再次联系李龙俊，告诉他美国患者的最佳移植时间为7月16日至21日，请他安排好时间，准备前往北京捐献。

李龙俊为难地回答说：“我博士才刚刚入学，学业繁重，而且还在准备雅思英语考试，恐怕抽不出这么多时间到北京。有没有别的办法?”

工作人员沉吟了一会，说：“好，我来想办法。”通过多方协调，李龙俊被告知，他可以就近在武汉捐献造血干细胞。

用事实说服父母

2015年7月16日，李龙俊在中华骨髓库湖北分库工作人员的陪同下来到武汉市中心医院后湖院区，进行采集前的准备工作，开始为期4天的动员剂注射。

那段日子，李龙俊在和时间赛跑。每天凌晨5点30分，晨光微露，李龙俊就起床，迎着东方天际的鱼肚白穿街越巷，准时6点半赶到医院注射动员剂。之后又马不停蹄赶回武汉大学，接受为期半天的英语培训。下午，再次赶回医院接受监护检查……这段旅程，说起来容易，做起来可不容易。武汉大学坐落在武昌东湖之畔，武汉市中心医院后湖院区位于江汉区，两地之间相隔滔滔长江，需要横跨3个城区，交通里程接近20公里。但李龙俊并不觉得麻烦，反倒感觉很新鲜：“如果要去北京捐献，可能真的会耽误学习。这样挺好的，就当锻炼身体了。凌晨的珞珈山黝黑葱茏，给了我不一样的生机勃勃的感觉。”

打动员剂期间，李龙俊并没有如之前担心的出现不良反应。但是，中华骨髓库湖北分库的工作人员仍然贴心地全程陪同着，这让李龙俊非常感动。

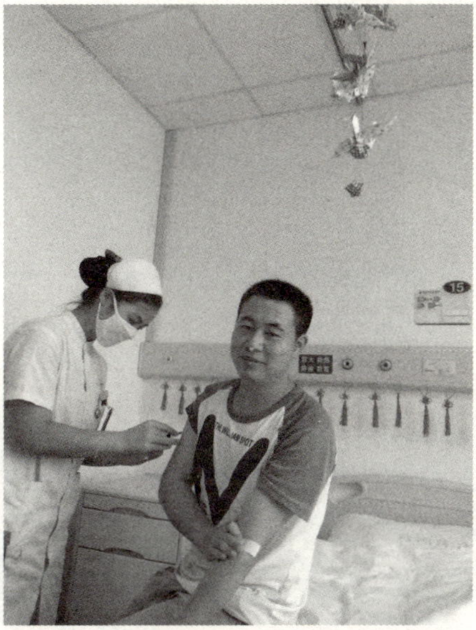
李龙俊开始接受为期 4 天的动员剂注射

7 月 20 日上午，李龙俊向导师请了半天假，准时赶到医院，接受了各项血液指标的严格检查。当天下午，各项指标正常的李龙俊躺在病床上，捐出了 266 毫升的造血干细胞悬液。整个捐献过程，他的脸上一直挂着笑容。当医护工作人员问他“感觉怎么样”时，他一再表示很好，没有什么不适。

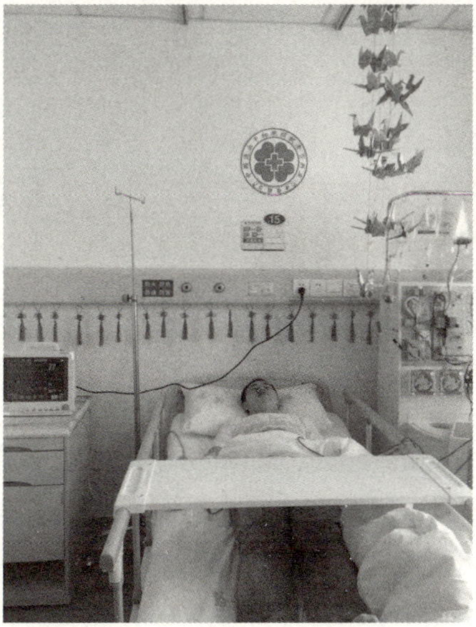
整个捐献过程，李龙俊的脸上一直挂着笑容

7 月 21 日上午，李龙俊再次捐献 170 毫升造血干细胞悬液。上午 11 时，中美双方工作人员在医院进行造血干细胞交接。完成交接手续后，国际快递公司 ECS 专门负责医疗用品运输的工作人员马瑞斯将总计 436 毫升造血干细胞悬液装进专业运输箱，向李龙俊伸出大拇指：“非常感谢你，小伙子！”随后赶往天河机场。

下午 2 时 50 分，这些生命种子搭乘航班从武汉直飞旧金山。在大洋彼岸，一名患白血病的华裔男青年将因此获得新生。这是“生命种子”首次从武汉直航赴美。

2015 年 7 月 21 日举行的李龙俊捐献的造血干细胞交接仪式

想着无比珍贵的生命种子就要穿越茫茫太平洋，注入患者身体，李龙俊心里漾起一股幸福的暖流。他坚信，大洋彼岸的患者，一定能从此开启一段崭新的生命旅途。“如果这个病人有需要，我还会再次捐献的，毕竟救人要救到底呀。”当工作人员和医护人员向他表示祝贺和感谢时，李龙俊微笑着回答说。

完成捐献之后，李龙俊的身体出现了一些缺钙反应，手脚发麻，舌头也微微发麻。医生专门为他开了葡萄糖酸钙服用。第二天，所有不良反应就全部消失了。李龙俊说：“不可能完全一点反应也没有，不过都在可控范围之内。第二天，我就基本恢复了。”

李龙俊捐献救人的故事，通过媒体报道传遍了五湖四海。他的老师和同学们很快得知了这件事，他们一点都不意外。在他的博士生导师、武汉大学历史学院考古学教研室主任徐少华教授的眼里，李龙俊做事踏实、有责任心，对考古有热情，是个好苗子。学校辅导员周翠云老师说：“李龙俊总是主动帮助同学，是个很热心的学生。”室友谭文天对他更是钦佩不已：“我说他最近怎么早出晚归，神神秘秘的，原来是准备捐髓救人去了啊。李龙俊正直、善良、有责任、有担当，他扶危济急、

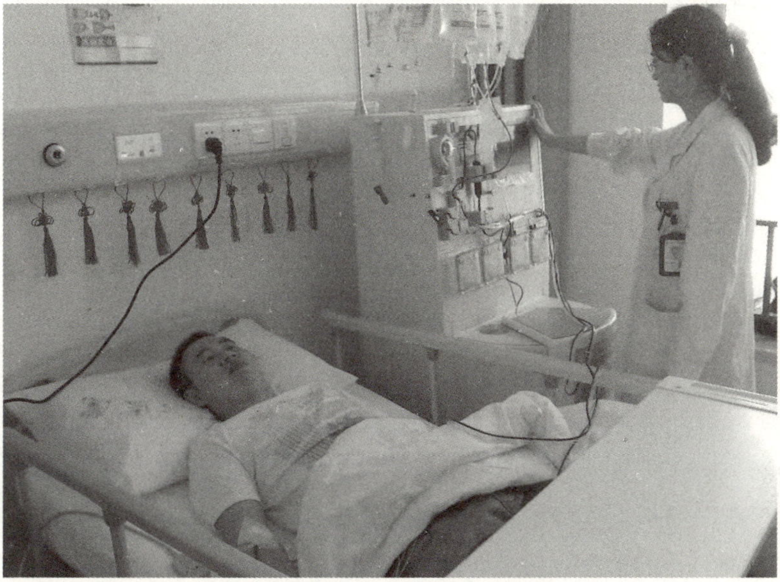

李龙俊捐献 436 毫升造血干细胞

无私奉献的大爱精神值得我们学习。”

李龙俊也因此收获了很多荣誉。他当年获得武汉大学“十大风云学子”称号。武汉大学理论研习会还曾邀请他做演讲，科学普及无偿献血和造血干细胞捐献知识。

后来，纸包不住火，父母终究还是知道了这件事。儿子太“不听话”了，这让两位老人感到非常气愤。所以李龙俊放假回家后，他们很长一段时间不和他说话，和儿子打起了“冷战”。李龙俊笑着说：“后来，我用事实证明捐献是无损健康的，也因此和父母达成了‘停战’协议。”父母之所以生气，无非是担心儿子的身体。结果他们发现，儿子捐髓救人以后依然健康，甚至比以前还要健康，很长时间不生病，连个感冒都没有。他们也就慢慢放心了。

李龙俊笑着说：“这其实是我一直坚持锻炼的缘故。”原来，他从医护人员那里得知，接受捐献的病人在移植造血干细胞后还存在一定的复发概率，尤其是在移植后的一年内，复发可能性最大。因此在之后一年时间，他无论在校学习也好，还是出外考古实习也好，一直都坚持每天锻炼身体，以便能在需要时随时进入手术室，再次进行捐献。他笑着说："因为考古工作的关系，我们经常需要喝点酒。那一年，我连酒都给戒了，也没有参加无偿献血。"

2016 年 9 月，李龙俊获得出国访学的机会。2017 年 9 月访学归国后，李龙俊专门与中华骨髓库湖北分库取得联系，确认移植受者身体康复较好后，一颗心终于放下来，随后又参加了无偿献血。

创造了一个记录

李龙俊并不知道，他无意间创造了一个记录：这是湖北省造血干细胞捐献志愿者第 9 例涉外捐献，更是首例在湖北省本地进行造血干细胞采集的涉外捐献。这意味着，在湖北省造血干细胞捐献的史册里，李龙俊成了一个"绕不开"的名字。

目前，中华骨髓库志愿者数量已超过 200 万。2010 年，张宝为韩国白血病患者捐献造血干细胞，成为中华骨髓库湖北分库第一例跨国捐献志愿者。2012 年，中华骨髓库加入世界骨髓库后，又先后为世界各地 20 多个国家和地区的白血病患者捐献造血干细胞两百余例。湖北先后涌现了襄阳爱心小伙梁啸和华师女生闫瑞等涉外造血干细胞捐献事例。湖北的涉外造血干细胞捐献，也一直走在了全国前列。

因为涉外造血干细胞捐献的程序复杂而严格，曾经有很长一段时间，我国只在北京、上海、深圳、郑州四地可进行相关采集。彼时因条件限制，湖北省的造血干细胞捐献志愿者都必须到北京完成涉外捐献。这对志愿者的工作、学习和生活都会产生一定影响，也极大增加了患者的经济压力。

这一点，李龙俊印象深刻。他说："在中国，捐献造血干细胞是无偿的，但是，患者需要承担自己和捐献志愿者在医院的所有开支。"

为了减轻患者费用，同时方便志愿者捐献，中华骨髓库开始逐步在全国设立涉外造血干细胞捐献定点医院。就在 2015 年 7 月 21 日，李龙俊捐献救人当天上午，湖北省首家、全国第五家"涉外造血干细胞捐献定点采集医院"在武汉市中心医院同时挂牌。这对于湖北整个涉外造血干细胞捐献工作具有非常重要的意义。作为首例在湖北本地进行涉外造血干细胞捐献的志愿者，李龙俊无需远赴北京，在武汉就完成了捐献，不仅更加方便，也帮患者节省了一大笔费用。李龙俊说：“众所周知，造血干细胞的运送时间越短，其存活率就越高，白血病患者被救治的概率也就越大。”

这些年来，李龙俊依然坚持投身公益活动。除经常参加无偿献血外，他还多次在网络筹款平台上给大病患者捐款。尤其是看到有关白血病患者的捐献筹款活动，他不仅率先捐款，而且还会帮助呼吁募捐。

“我希望能够帮助更多的人。”这是一直深埋于李龙俊心中的梦想。这个从云贵高原走出来的孩子，希望通过自己的行动，带动更多人加入红十字志愿者行列中来。

李龙俊说：“我们国家无偿献血的情况越来越好了。以前，我去献血时从来不排队，现在去献血经常要排队。”他义务当起宣传员，常常通过微信、QQ 等社交媒体，结合自己的切身经历科普造血干细胞捐献和无偿献血的相关知识，鼓励大家加入志愿者队伍，为更多患者和家属带去希望。

他的事迹鼓舞了很多同学，很多人受到感染，志愿报名加入中华骨髓库。2019 年 9 月，李龙俊先后接到了两位已毕业学妹的电话。原来，在李龙俊的影响下，她们也登记加入了中华骨髓库，并且都已和患者初步配型成功。她们打电话给李龙俊，一来是和师兄分享捐献的心路历程，二来也是想多了解捐献流程以及相应注意事项，以做好充分的准备。

回想 2015 年自己的捐髓往事，接到电话的李龙俊感慨万千，也倍感欣慰，他详细回答了学妹们提出的问题。

“我是全国第 5000 例造血干细胞捐献者，现在已经接近 1 万例了。湖北省已有 11 万余人加入造血干细胞捐献志愿者行列。捐献其实没有那么难，只要你愿意，你就能做到。‘亦余心之所善兮，虽九死其犹未悔。’帮助他人是幸运的，没有什么比拯救一个生命更重要，我真心为你们感到高兴。”最后，他意味深长地说。

吴娟：唤醒生命唤醒爱

拥有爱是幸福的，给予爱是快乐的，做公益，是一种爱的力量、更是一份执着的坚持！

一个人应当为他人做些力所能及的事，不在于是否有丰厚的物质条件，不在于是否有特别的能力，关键是要有一颗关爱他人的心。

——吴　娟

生命像一种回声，你把善良给予，终会收获善意；爱像一颗种子，你把爱心播撒，终会长成参天大树。她一路善良，立德无言，无问西东，用博爱之笔沾着浓浓的情愫，无怨无悔地谱写着奉献的篇章。

2013年，红十字志愿者吴娟加入咸宁义工协会。从此，她深入乡镇福利院，是孤寡老人的好女儿，为他们的孤独生活送去温暖阳光；她深入邻里社区，是特困家庭孩子的“好妈妈”，为他们的健康成长构筑爱的港湾。

孤寡老人的好女儿

“救助不是简简单单的收容，更重要的是让老人们心中有所依靠，生活有盼头、有幸福、有陪伴。”吴娟说。

关心帮助有需要的老年人，是红十字志愿服务的一项常态化工作。深入乡镇福利院看望孤寡老人，对吴娟来说，早已成为一种长久坚持的习惯。从咸宁市咸安区横沟福利院、通山慈口福利院、赤壁神山福利院，到汀泗福利院、贺胜福利院、桂花镇社会福利院和马桥镇农村福利院，吴娟风雨无阻，长年走访。

每一次走访，都有太多的事情要做。耐心地陪伴老人聊天；贴心地帮行动不便的老人洗头、洗澡、洗衣服、洗床单；为他们测血糖、量血压、检查视力，做一些基础的护理工作；发放爱心联络卡，方便老人在有健康需求时，能够及时联系到人；维修坏了的电视机，处理堵塞的下水管道，修理衣柜的门……

经年累月的探访，吴娟不仅能够一一喊出每位老人的名字，记得他们的生日、喜好和需求，还能细致入微地发现他们的变化。

2016 年 7 月，吴娟（左）为福利院老人洗脚

在福利院老人们的心中，吴娟不是女儿胜似女儿。

"刘妈妈，我来给您过生日啦！我专门定做了您喜欢的黄桃口味呢！"看着吴娟提着一个大大的蛋糕，笑盈盈地走进门，坐在轮椅上的刘妈妈笑了起来，眼睛乐成了一条缝，眼角露出幸福的鱼尾纹。

吴娟的笑总是很有感染力。她帮刘妈妈带上寿星帽，微笑着招呼老人们一起过来，共唱生日歌，分享甜美可口的蛋糕。福利院这个大家庭里顿时充满了温馨。

到了饭点，吴娟又和大家一起包饺子，浓浓的关切之情让老人们得到了极大抚慰。大伙其乐融融，平时寂寞的小屋一下子热闹起来，欢声笑语间满是流动的温情。

这是吴娟的工作常态。她视老人为父母，把照顾他们作为自己的终生事业，尽心尽力，执着无悔。她一直将“人道、博爱、奉献”的红十字精神牢记在心里，表现在行动里，在奉献中收获幸福和感动。

吴娟（左）到空巢老人家中探望慰问，
为他们的孤独生活送去一缕阳光

特困孩子的好妈妈

咸宁市有很多外出务工者，也有很多留守在家的孩子。

儿童是祖国的花朵，是民族的未来和希望。“留守儿童”的身心健康，是吴娟和她的团队重点关心的一个问题，尤其是家庭条件差的孩子，更是志愿者服务队重点帮扶的对象。

为了让孩子们感受温暖，茁壮成长，吴娟和服务队员们不仅定时定点地为他们送来服装、生活用品和体育用品等，还经常与他们交心，带他们玩耍，给予他们心灵上的抚慰。

吴娟（右）在儿童服务站和孩子们一起开展课外游戏、安全卫生教育和社会心理支持等活动

肖可（化名）是个孤独的孩子。他的父亲患精神疾病，母亲离婚改嫁，爷爷中风且脾气暴躁。因为长期缺乏关爱，肖可性格变得孤僻内向。在学校，他经常独来独往，没有一个朋友，学习成绩也不好。

孩子的孤独，是吴娟的心疼。她长期对肖可进行困难帮扶、权益保护和心理疏导，慢慢打开了孩子的心扉。在一次交谈中，肖可终于吐露心声，告诉她说自己很害怕，他也希望有人关心他，有一个幸福的家。

吴娟心疼地抱住肖可，说："别怕，孩子，以后阿姨做你的树洞好不好？有什么话都可以跟阿姨说。不要担心，这是属于我们俩的秘密。有啥困难也要跟阿姨说，阿姨一定尽全力帮你解决！"从此，她更加关心肖可的学习和生活情况，帮他做家务，送给他礼物，给他讲故事，鼓励他乐观向上。与此同时，她以家长身份和肖可的老师交流，恳请老师多多关心，一起把肖可引导为一个健康快乐的孩子。她还经常与其家人谈心，希望爷爷给予肖可更多的宽容与耐心，给他一个良好的成长环境。

每个人都能感觉到，肖可在一点一滴地改变。而一次意外，促成了他的蜕变。

一天早饭时，肖可不小心被开水烫伤，伤情严重。他的爷爷心急如焚，不知如何处理，只好打电话向吴娟求助。吴娟一边指导肖可赶紧对着凉水冲洗降温，一边立刻赶到肖可家中，把他送到医院诊治。陪着肖可处理好伤口，再把他送回家后，吴娟这才匆匆赶回单位上班。

肖可受伤治疗期间，每两天要换一次药，每次都是吴娟带着他去医院，有时忙得连饭都顾不上吃。看她每天忙得像陀螺，丈夫心疼地说："你做义工我不反对。但我希望你照顾好自己，你这样我真的很不放心。"

体贴的丈夫劝服不了善良的妻子，吴娟依然如此忙碌。在她的悉心照顾下，肖可的伤情一天天好转。一个月后，他的伤势痊愈，脸上也露出了开心的笑容。

这一年吴娟生日，收到了肖可为她精心准备的礼物。那是一盒红色的纸叠成的爱心，上面写着三个字：谢谢您。孩子不擅表达，却用自己的行动传达心意。寥寥三个字，却蕴含了满满的情意。

那一刻，吴娟热泪盈眶。

现在的肖可不仅长胖长高了，性格也变好了，还结交了许多好朋友，成长为一个阳光向上的大男孩。

幼苗只有享受雨露和阳光才能茁壮成长，孩子只有拥有母爱才能拥有快乐和健康，她把爱无私地给了这些孩子，成了孩子们最信任的人。大家都说："吴娟和这些孩子真是亲如一家！"

"拥有爱是幸福的，给予爱是快乐的，做公益，是一种爱的力量、更是一份执着的坚持！对于我来说，做义工不是出于一时的心血来潮和一时的兴趣，而是一种责任，不可以三天打鱼两天晒网。"吴娟就是这么一个充满爱心的人，而将平凡做好就是不平凡。

她没有做过什么惊天动地的壮举，有的只是一些平淡如常的小事。然而，一件件小事，一份份真情，于细微处彰显着人性的美善之光。

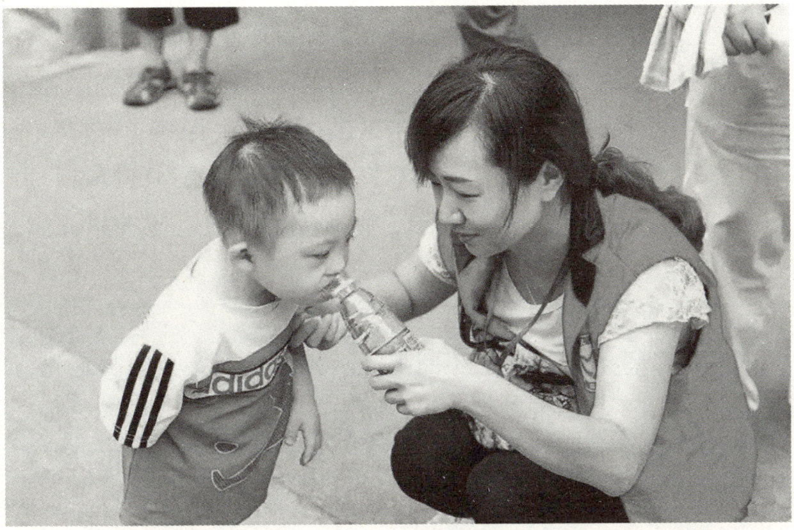

2016 年 5 月，吴娟（右）在社会福利院开展志愿服务活动

“来自星星的孩子”的好导师

“星星的孩子”，多么动人的名字，充满诗意却远离我们的世界，静静地、孤独地闪烁着，与所有的喧嚣无关。他们是这样一群孩子，内心丰富却无法与人沟通，听力完好却对外界充耳不闻，他们和正常孩子一样美丽可爱，却行为孤僻自闭。他们听得见，却对声音没有任何反应，会说话却不愿意和人交流，有行动却无法为常人所理解。他们永远沉浸在自己孤独的世界里，就像天上的星星，在遥远而漆黑的夜空中独自闪烁着。

“天上的星星不说话，地上的娃娃想妈妈，夜夜想起妈妈的话，闪闪的泪光鲁冰花”，每当听到这首歌，吴娟都会鼻子一酸。长年照顾自闭症儿童的她，最懂这些孩子的苦。

2013 年 8 月，吴娟随几名红十字志愿者一起去通山慈口看望特困小朋友小艾（化名）。因为一位爱心人士和相关部门的资助，小艾在石印小学上学。由于学校和她家相距10多公里，幼小的小艾为了上学方便，只好寄住在学校旁边的一户爱心农户家中。

这是一个10岁的孩子，五官端正，身材瘦小，眼睛很大，看人的时候，眼神总是躲躲闪闪，像一只受了伤的小鸟。她上半身穿着一件洗得褪色的粉色短袖，下半身穿着一条破破烂烂的牛仔裤，鞋带一只散落着，另一只胡乱地打了个结。吴娟本打算蹲下来帮她系好鞋带，可这个动作似乎吓着了她。小艾突然后退，把脚缩了回去，眼神里充满警惕。吴娟只好作罢。

如何带她回家探望奶奶，也是一个难题。

小艾晕车，坐在车上就会不断呕吐。无奈之下，大家决定先行驱车去看望老人，留下吴娟带着小艾步行回家。

一路上，吴娟有意识地找小艾说话。小艾低着头一言不发，对她的示好很抗拒。想到孩子天性爱玩，吴娟就慢慢引导小艾教自己辨认田间地头的野菜和山间的树木。从小在乡里长大的小艾这才慢慢放下戒备和抗拒，终于肯在吴娟说话的时候稍微点头回应了。

一大一小两个人，在山路上安静地走着，不知不觉来到了小艾的家。

这是一个让人心酸的家。两间破旧的平房，阴暗潮湿，墙面斑驳陆离，一张床占据了房间的大部分位置，小小的窗户还背着光，床上的被子没有折叠，充满褶皱，看起来已使用过许多年头了。小艾的父亲因重病已去世，母亲神志不清，奶奶80多岁高龄，十几岁的哥哥早已辍学，跟着亲戚在外打工维生，家人无暇照顾她。

探视期间，吴娟注意到小艾一直呆呆地坐着，不说一句话，只是当人看向她时，她才会回看一眼。吴娟看在眼里，不禁心中有些不安。小艾的行为举止，让她想起了一个名词：自闭症。

回家查阅相关资料后，吴娟证实了心中猜想，这件事像一块大石头压在了她的心上。几天后，吴娟和小艾家人一起带小艾去医院检查，果然不出意料，小艾被确诊为轻度自闭症。医生说，自闭症儿童的病情可能会随着年龄增长逐渐增长，而语言会逐渐减少，直至完全丧失。治疗这种病，在药物治疗的同时，更需要家长时刻关心孩子，用爱包容他们，陪伴他们。

谁来陪伴这个可爱的孩子？吴娟想了一整晚。第二天早上，她和家人商量准备长期帮助小艾。家人欣然同意，说：“只要是帮助人的好事，干什么我们都支持你。”

漫漫长路便由此开始了。吴娟完全把小艾当成了自己的孩子，在工作之余抽出时间陪伴小艾，给她购买玩具，为她梳头换衣，耐心教她说话，时刻注意她的情绪反应，反复训练她对不同刺激的感觉能力。

时光如水般流逝，小艾慢慢长大了，自闭的现象已经减轻了许多。吴娟说：“小艾的变化是令我最感幸福的事。这次经历，也让我认识到做义工仅有一颗爱心远远不够。只有具备专业的心理学知识，才可以有效地帮助到更多的人。”

诚如作家瓦雷里所言，“慈善之举的核心内涵，不仅仅是出于对被救助者的一种物质救助，它还应该包括对被救助者尊严的一种维护。”吴娟开始四处求学，探索走进孩子心灵的有效路径。

2014 年，吴娟自费到华中师范大学进修，并考取了国家二级心理咨询师证，随后又考取了社工师证。此后，她将所见所闻分享给同行的志愿者，将所学知识传授给他们。热心公益又拥有两证的吴娟，从此成了义工协会的“宝”。

2015 年，吴娟成为义工协会项目部负责人，同时作为红十字志愿者的她比以前更忙了。不论是寒冬腊月，还是酷暑三夏，她总是在工作之余，利用一切可以利用的时间，积极参加各种公益活动。吴娟说：“一个人应当为他人做些力所能及的事，不在于是否有丰厚的物质条件，不在于是否有特别的能力，关键是要有一颗关爱他人的心。”她希望通过志愿行动，唤醒每一个人心底的爱，传递爱，播撒正能量，让这个世界变得更温暖、更美好。

这些年来，吴娟先后组织并参加各种志愿服务活动 500 多次，个人捐献衣物、学习用品、卫生用品、各种玩具等物资及现金折合人民币 10 余万元。她先后被评为“湖北省最美红十字志愿者”和“全国最美红十字志愿者”。

茫茫人海，“人道、博爱、奉献”的红十字精神在吴娟和她的团队的努力下，如黄钟大吕，唤醒了人们对生命的渴望，唤醒了人们对爱的追求。

汪炎平：献血大王终不悔

如果说当初是我影响了身边人，那么现在，是不计其数的人在救助我，让我新生。

公益事业传递的是爱，传承的是一种精神。只要能站起来，哪怕拄着拐杖，我也要走在无偿献血的公益路上，撒播爱心种子，让爱心的力量越来越大，让越来越多的人从中得到温暖和力量。

——汪炎平

一场意外

“38.6℃……”

“39.3℃……”

“38.9℃……”

迷迷糊糊之中，汪炎平仿佛听见护士一直在关注自己的体温。这一整晚，他睡得都不踏实，他在发烧，时高时低。他时不时地睁开眼，护士并不在身旁。

深夜两点的病房，没有白天的喧嚣与敞亮，只有走廊上的灯光透过磨砂门窗的一丝光线，投射在病床前面高高挂起的电视机上，然后反射出一串长长的影子，映射在墙上，惨白惨白的，让人瘆得慌。

汪炎平想翻身，他侧头看看陪床的妻子。妻子已经和衣而睡了，他的妻子，明明还不到50岁，却已经早生了那么多白发。

他不想打扰她，想让她好好休息休息，但持续的低烧让他浑身没劲，发酸发麻。他尝试着用尽全身的力气，扭一扭，未果。他的挣扎把床弄得咯吱咯吱的响，他还是周身难受。突然之间，轰的一声闷响，他摔下去了。医生再三嘱咐，防止坠床！防止坠床！防止坠床！可他，还是坠床了。他的脑袋一片空白，他超级沮丧。明明活生生的从床上跌下，他竟然一点痛感都没有，他的下半身啊，真的是完完全全失去知觉了！

他只能无助地躺在地上，等待别人来救助自己。这一刻，他痛苦极了，眼泪如泉水般涌了出来，顺着脸颊，流到耳朵里，流到地上，流进他的心里。

很快，妻子醒了。很显然，仅凭她一个人的力量，几乎不可能把他抬回病床上。妻子心急如焚地帮他把眼泪擦掉，又急忙叫了几声他的名字，确保他的意识清醒后，才起身回到床头，使劲按了按床头的呼叫器，然后跑出去，请护士过来帮忙。

在妻子、护士和隔壁床陪床的共同努力下，汪炎平被抬回病床。

汪炎平万念俱灰！闭上双眼，他的脑海再次浮现出 2016 年的那次意外摔伤。如果没有那次意外，他依然可以继续和妻子一起，相濡以沫地卖早点，虽然一个月只有 2000 多元的收入，但也够温饱。如果没有那次意外，他就可以继续组织乡亲们做志愿服务，善行善事，乐得其所。但是在现实生活中，明天和意外，永远不知道哪一个先来。

正是因为这场意外，他失去了正常人拥有的健康，他失去了行走的自由，他连站起来的自理能力都没有了。

一颗爱心

1971 年，汪炎平出生于汉川市分水镇的一个小山村。长大成人后，他成家立业，和妻子一起在村头的瓦房开了一间早点铺。随着一双儿女的出生，一家人的日子虽不富裕但还幸福。

2005 年正月初七，在汉川城区的马路边，汪炎平发现了一辆采血车，和电视里无偿献血公益广告里的一模一样。汪炎平想起了小时候家里曾经发生的一件事情。多年前，汪炎平的奶奶生病住院，需要输血。医院血源紧张，要不是瘦弱的父亲及时献血，奶奶的生命难以保障。于是，他跨步上前，详细地询问无偿献血的相关事宜。在与宣传员的沟通中，他得知献血对身体并无害处，并且每年冬天和夏天都是血库最缺血的时候，很多病人因为缺血而面临着生命危险。汪炎平当即决定献血。经过检查，汪炎平的各项指标都合格，他当场献了400毫升血液。

是夜，父亲得知汪炎平无偿献血的事情后，不仅没有责备他，反而大大地支持他："这是一件好事，值得去做。"父亲的支持开启了汪炎平的无偿献血之路。

他不仅每半年献一次全血，还现身说法宣传献血与救人的关系。后来，汪炎平得知，捐献成分血的间隔时间比全血要短，想到这样可以救助更多的人，他就抽空去捐献成分血。

汪炎平（右一）向群众宣传无偿献血知识

一种引领

从2005年第一次献血到2016年发生意外摔伤，十余年时间里，汪炎平无偿献血106次，累计献血量7.36万毫升，相当于15个成年人的血液总量。按救助1人需要800毫升血液计算，他献的血可以救助近

100位病人。

“我一个人献 N 次血，不如 N 个人献一次血。”汪炎平心想，一个人的力量是有限的，为什么不让更多的人参与进来呢？2006年，他主动加入了孝感市无偿献血志愿者服务队，并兼任汉川市无偿献血志愿者服务队队长。他开始动员家人、亲戚和村里的父老乡亲参加无偿献血。2010年国庆节，他的女儿主动到血站献血，作为自己18岁的成人礼，以支持父亲的“献血事业”。他还尽最大所能为大家献血提供便利，凡是参加无偿献血的亲朋好友，献血当天的餐饮交通费都由他自掏腰包全程负责。

汪炎平所在的鸡公洲村距镇上8里路，镇上距汉川21公里路，汉川距孝感50多公里路。每次到孝感参加无偿献血，他需要先坐“麻木”到镇上，然后乘坐路过的长途车赶往汉川汽车站，再搭乘班车到孝感市中心血站。

除了本村的无偿献血宣传以外，沉湖镇复兴街是汪炎平“发现”的另一个无偿献血阵地。有一次他路过复兴农场，看到集镇上停了很多摩托车，认定人口集中的地方无偿献血的潜在者必然多。于是，通过沟通和努力，汪炎平争取到了采血车停靠的位置和一个美容店老板的支持。那段时间，他连日散发无偿献血宣传单，向上早班和下夜班的工人宣传无偿献血的好处。他相信总会有人理解他所做的一切。

为了进一步提升宣传水平，他不断外出学习。在志愿者经验交流会上，他了解到有些志愿者在出租车上宣传无偿献血，于是灵机一动，在自己的摩托车上焊制了一块印有“我献血，我快乐，我健康。无偿献血志愿者汪炎平”的铁牌。他骑着这辆摩托车，在大街小巷里宣传，一年又一年，风吹雨打，从不间断。铁牌破了，他就重新做一个，上面印有“无偿献血，利国利民利己，孝感市献血办公室（电话：0712－2825715）”的字样。走到哪他就宣传到哪，把专家们说的“道道”，转述给村民们听。除此之外，他还专门注册了一个QQ号，取名“无偿献血”，QQ空间里头放满了无偿献血资料，各项政策、健康小常识等，应有尽有。

最开始的时候，村民们并不能完全理解。

“汪炎平是个傻子，尽做不赚钱的买卖。”

汪炎平走街串巷宣传无偿献血

“汪炎平是个疯子，每天风风火火地忙来忙去，也不知道他在图个啥。”

面对这些流言蜚语，汪炎平都不往心里去，反而更加努力地宣传无偿献血的益处和重要性。

“今天采血车在中百仓储采血，我早上7点钟带上我的女儿汪玉芬和我的弟弟汪小华一起去帮忙做志愿服务，7点半左右就有很多第一次献血的爱心人士。我们仨人忙得都没‘过早’（吃早饭），一直忙到10点左右才有空，今天早上采集了20多人的血，我们都很高兴。2012年7月18日。”“今天星期天，我把侄女们都带上去福星做志愿服务，到福星的时候，车还没停好，就有人要献血。今天共有16人献血。今天侄女汪梦第一次献血300毫升，她非常勇敢。2013年3月31日。”汪炎平的日记本里，记录着这些细节。

路遥知马力，日久见人心。日复一日，年复一年，父老乡亲逐渐理解和认同了汪炎平义务宣传无偿献血的工作，并陆续加入这一行列。

2008年的一天，汪炎平的侄儿汪凡参加无偿献血，刚抽完400毫升血量，突然满身大汗，头晕目眩倒地。血站的工作人员对晕针晕血的汪凡做了紧急处理，很快帮他恢复正常。虽然汪凡觉得自己已无大碍，准备离开，但工作人员非常负责任地把他送到孝感市航天医院做进一步检查，并派人留守照顾了一夜，第二天还送来礼品探望。这让汪凡深为感动，也让附近的群众啧啧称赞。

汪炎平（左一）在指导村民填写无偿献血体检登记表

如果说汪凡的这件事，让老百姓看到了血站的担当，逐渐开始理解汪炎平的行为的话，那么2010年发生在志愿者张超身上的故事，则让乡亲们彻底相信了血站的仁爱，彻底认同了汪炎平的所作所为。

张超是汪炎平带领的志愿者团队中的一员，他累计无偿献血1万多毫升。汪炎平到医院看望他刚出生的孩子时，得知他媳妇因生孩子输血花费了1500元，便马上联系血站。血站很快为其报销了除材料费以外的所有1400元输血费用。此事在村里造成不小的影响，大家终于知晓也终于相信，原来无偿献血者的亲属真的可以免费用血。

随后，越来越多的村民跟着汪炎平参加无偿献血。与此同时，汪炎平的责任和担子也更重了，他的手机通讯录里都是志愿者的电话，他的脑海里都是志愿者的血型。

在汪炎平的协助下，每个月的8号、18号和28号，孝感市中心血站都安排流动采血车到分水镇的中百仓储和华严菜场采血。每年的7、8月份，是无偿献血“淡季”，血库常常告急。只要是血库需要的血型，汪炎平就尽最大努力进行协调与争取，当天或隔天就会带10多名志愿者来参加无偿献血。

“穿上马甲我是志愿者，脱下马甲我是农民，只要需要，我会在无偿献血的路上一直走下去。”这是汪炎平说过的心里话，也是他实践行动的指南。抽屉里一大堆献血证是他的底气，300 多人的志愿者队伍给了他前行的动力。

汪炎平（右）在献血车上宣传无偿献血知识

孝感市中心血站每次到分水镇以及周边举办无偿献血宣传活动，汪炎平都会穿着志愿者服装，向村民们发放宣传资料并现身说法。在汪炎平的宣传和感召下，鸡公洲村共有 200 多名村民多次参加无偿献血，周边村的 100 多位村民也先后加入无偿献血的队伍，成为当地名副其实的“无偿献血第一村”。在 2012—2013 年度全国无偿献血表彰中，鸡公洲村获得“全国无偿献血促进奖单位奖”，是此次表彰中唯一获此殊荣的一个村级组织。

一门心思做公益，从来不讲报酬的汪炎平，名气越来越大。2015 年 1 月 25 日，CCTV2014 年度“三农人物”评选结果揭晓，汪炎平光荣入选。在北京参加颁奖典礼的时候，面对主持人孟非的提问，他百感交集。他以前从来没有到过首都北京，此刻却来到祖国的心脏，登上万人瞩目的领奖台；他是个草根英雄，却与一批时代先锋齐名。那些在电视上才能看到的名人、大腕、作家，此时此刻就在他的身边，问候他，祝福他，他恍如在梦里一般幸福。

鲜花掌声是对他的肯定，也是对他的激励。在荣誉面前，汪炎平没有居功自傲，反而觉得身上的担子更重了。他懂得“一个好汉三个帮”的道理，庆幸有家人无声的支持和鼓励，庆幸有乡亲们朴素的信赖和无条件的付出，庆幸有各级领导的重视和厚爱，让他从小人物变成英雄，从农民变为“大王”。

汪炎平（左一）当选 CCTV2014 年度“三农人物”

一份温暖

意外来得太突然。2016 年 10 月 31 日，汪炎平因意外摔伤导致颈椎骨折伴脊髓损伤昏迷，病情严重。整日整夜躺在病床上无法自理的生活，高烧不退的并发症，还有高额的治疗费，让他的生活举步维艰。汪炎平一时找不到生活下去的勇气，他曾多次用力扭动肩胛，试图弄掉呼吸机，结束自己的生命，可大半个身子不听使唤。

汪炎平没想到的是，他这十年如一日兢兢业业的对社会的付出，终于得到了爱的回报，我们这个伟大的新时代，从没忘记他这个铁血男儿点点滴滴的付出。

当他要放弃自己，以为世人将他遗忘的时候，湖北省红十字会全方位启动了对汪炎平的救助，广泛发动各方力量帮他渡过难关。

经过各级媒体的报道，汪炎平的遭遇牵动了无数人的心。孝感市中心血站、孝感市妇联、孝感义工联、武汉无偿献血者志愿服务队和众多好心人，纷纷伸出援手。在武汉协和医院里，医院党委第一时间组织医务人员为他捐款，仅仅 3 天，爱心善款已达 18 万多元，随后累计达 70 多万元。医院多次组织专家会诊，先后对他进行了脊柱复位、稳定及减压处理，竭尽一切力量为他提供康复机会。

经过一个月的治疗，汪炎平病情渐趋稳定，主动请求转院至汉川市第一人民医院。这一住就是两年多，汉川市卫生健康委和市医院为他开辟绿色就医通道，尽最大的努力减免费用。

这是一份伟大的温暖。

2017 年 11 月 23 日，湖北省图书馆长江厅，湖北红十字故事汇“十大公益人物和集体宣讲大爱”在这里举行。汪炎平以汉川市无偿献血者志愿服务队队长的身份出席故事汇，现场弥漫着汩汩暖流。

汪炎平（中）被评为“感动孝感年度人物”

一种重生

2019 年 12 月 10 日，北风低回，汉水枯涩，年仅 48 岁的汪炎平在汉川离世。遵循他的生前意愿，他的遗体第一时间被送往武汉。他捐献了自己的眼角膜，其他器官供医学研究之用。

血是生命的源头，无偿献血是生命的延续，大爱无疆。回顾汪炎平的一生，这位朴实的农村汉子，以他的坚韧和执着引领身边的人奔跑在热血奔涌的爱心路上，带出了一个“无偿献血第一村”。他们的热血，流经生命垂危者的血管，传播生命的种子、活着的信念。他们的“人道、博爱、奉献”精神，触动国人的灵魂，考量生命的价值和意义。

当汪炎平遭遇不幸的时候，他曾经给予社会的爱，又数倍地回馈给了他，让他在面对挫折的时候，拥有活下去的勇气，并且鼓舞着他带着这份勇气，坚强地走过最黑暗的日子。

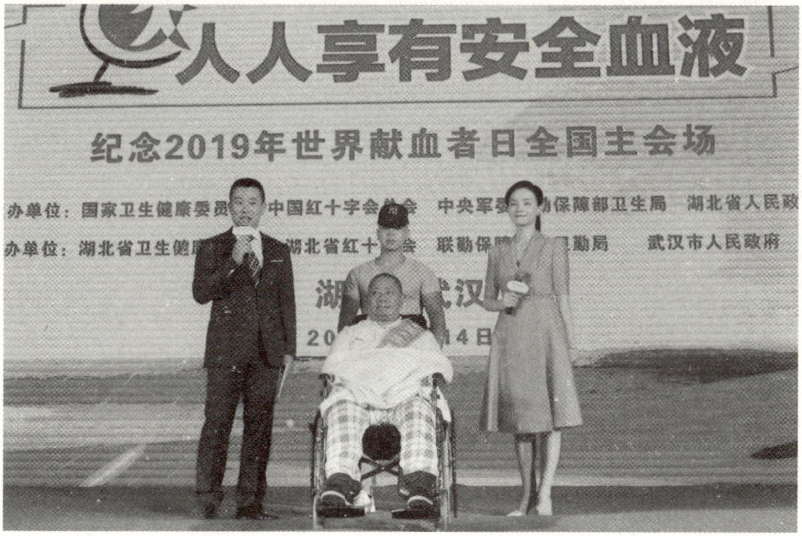

汪炎平参加在武汉举行的纪念 2019 年世界献血者日全国主会场活动

即使在生命的最后时刻，他仍然执着点亮自己的生命之光与奉献之光，为社会奉献最后一份爱。“至少两名患者将因此重见光明。”他以这样的方式迎接重生。

这是一份关于博爱的传奇，从汪炎平的血脉里，到人类社会的血脉里，生生不息地接续传承。

生命的意义是奉献，奉献的源头是生命。汪炎平的生命从奉献出发，从奉献里获得大爱，从大爱里获得重生。

这是生命的奇迹，这是大爱的灯火。

沈因洛：留下光芒在人间

以无用之躯，尽最后有用之力；活着不争利，死后不占地。

要让生命散发出最后一道光芒，让更多的生者看到希望，让更多的医学难题得到破解，这是传递生命、爱留人间的好事。

——沈因洛

沈因洛

一张旧报纸，他珍藏了30多年。报纸已经泛黄，承诺却不曾改变——

1983年的《人民日报》上，刊登了24位共产党员关于“把遗体交给医学界利用的倡议”，其中就有他的名字。

2016年2月20日15时09分，96岁高龄的他因病在武汉逝世。按其生前遗愿，丧事从简，不发讣告，不向遗体告别，不举行追悼会，遗体捐献给红十字会，用于医学科学事业，兑现了一位老共产党员的庄严承诺。他也是湖北第一位捐献遗体的正省级领导干部。

他就是第十二届中央委员、第六届湖北省政协主席沈因洛。

在大女儿沈百舸心中，父亲心怀感恩，所以20年来选择默默捐款，资助他人；父亲悟透生命，所以选择逝后捐献遗体，爱留人间。

上篇：一位执拗的捐遗人

父亲走的那天很突然，上午还好好的，还与武钢一位同志谈了话。他走的时候，安详而平静，就如同在睡梦中一般。他是在午睡中昏迷的，然后突然呼吸衰竭，之后就再也唤不醒了……我一度以为，父亲只是睡着了，直到一纸交接协议书的出现。

2016 年 2 月 20 日那个下午，武汉市红十字会的工作人员来到家中，将《武汉市遗体器官捐献交接协议书》送到我的面前。那一刻，我才明白接下来意味着什么。在签下捐献执行人名字的那一刻，我的心剧烈狂跳，手不停颤抖，难道我就以这样的方式，跟我亲爱的父亲告别吗？我不忍啊……

那一刻，我泣不成声。

父亲立誓捐献遗体的往事，历历在目。

1983 年 8 月 16 日《人民日报》，第三版右上角，一则《把遗体交给医学界利用的倡议》格外醒目，还被阅读者用红笔做了记号。倡议书写道："现在医学界和其他方面的先进人士已为遗体利用做出榜样……我们在下面签名的共产党员，自愿学习他们这种真正为人民服务直到死后的高尚品格，特向全国志同道合之士发出倡议……"这份 500 余字的倡议书后面，有 24 人签名，父亲就是其中一员。

倡议书的最后一句写道：凡是签名的人，都决心在生前做好各自家属的工作。

当年，父亲刚回家说出这一决定，便遭到了全家人的反对。既不能接受，更不想接受，反正就是拖着不签名，我们心想着，家属不签名，这事情就办不成。

这一拖，就到了 2007 年。那个诺言，父亲似乎从来没有忘记。没想到的是，这一次，父亲可谓是下足了功夫，大有不达目的不收兵的架势。他亲自到武汉市红十字会，领取了一份《武汉市遗体捐献申请登记表》，填好所有内容，只留下一项近亲属同意签名。

为了说服家人，他将《人民日报》上那份倡议书复印了多份，母亲、我们一家、妹妹一家、秘书人手一张。“以无用之躯，尽最后有用之力”“活着不争利，死后不占地”……那几年来，他反复这样教育我们，表明自己身体力行、捐献遗体的决心。

父亲如此毅然决然的态度，令我百思不得其解。

后来，父亲对我们说，要让生命散发出最后一道光芒，让更多的生者看到希望，让更多的医学难题得到破解，这是传递生命、爱留人间的好事……他说他是一个共产党员，要信守诺言，言而有信。经过一次次争论与磨合，全家人的思想终于达成统一。

2007 年 4 月 28 日，母亲在执行人一栏郑重地签下名字，我和妹妹也随后签名同意。

签字后，日子一天天平静地过着。

2013 年 12 月，中共中央办公厅、国务院办公厅印发《关于党员干部带头推动殡葬改革的意见》，鼓励党员、干部去世后捐献器官或遗体。

父亲立即找来当天的《人民日报》，仔细阅读上面刊发的新闻及政策解读，连同 1983 年那份泛黄的报纸一同收藏在书房里。那天，他的精神看起来格外好。

2015 年底，父亲因病住院，病情一度恶化，医院告知我们做好思想准备。躺在病床上，父亲宽慰母亲，又宽慰我和妹妹，并郑重重申了他的遗愿：捐献遗体，丧事从简。

日子就这样不快不慢地流逝。到了 2016 年初，父亲的病情一度好转。我记得，一个大雪纷飞的日子，父亲高高兴兴地出院回家。

全家四代人过了一个喜气洋洋的春节。父亲属猴，2016 年是他的本命年，我女儿燕燕特地从老家苏州买了条红围巾带给他，老人家格外欢喜，将围巾围在脖子上，连睡觉也不舍得解下来，直到他离开这个世界……

2 月 20 日那个难忘的下午，武汉市红十字会启动遗体捐献程序后，经与遗体接收单位华中科技大学同济医学院沟通，在湖北省红十字会指导下，确定由同济医学院接收父亲的遗体。现场，我们签署了遗体捐献交接协议书，武汉市红十字会向我们颁发了捐献荣誉证。

最后一道程序，是家属与遗体告别。

记得当那辆载有父亲遗体的白色面包车关上门，即将启动的一瞬

2016 年 2 月，第六届湖北省政协主席沈因洛逝世后捐献遗体

间，我身边的妹妹突然哽咽着说：“我能不能再看老爸一眼？”那位协助处理父亲善后事宜的省委老干部局领导赶紧上前，请司机重新打开车门。

此时，夜色降临，华灯初上，星光隐现，天河无言。那一刻，我看见妹妹泪流满面……

几天后，湖北省遗体捐献公益碑上，刻上了“沈因洛”三个字。

而在家里的客厅里，父亲的遗像下放着两瓶土，它们是燕燕专程从陕西延安、江苏苏州取回来的，一瓶为“圣土”，一瓶为“故土”。

2 月 22 日，时任湖北省委、省政府主要领导专程来家中看望母亲，并指出，沈老生前立下捐献遗体、丧事从简的遗愿，让生命散发出人生最后一道光芒，令人崇敬！

父亲一生低调，不愿宣传。然而当年底，中央各大主流媒体突然约好了似的，开始连篇累牍地报道父亲的事迹。

中央电视台焦点访谈栏目以“沈因洛生前身后的奉献”为题，讲述父亲的奉献人生。《人民日报》、新华社、中央电视台、中央人民广播电台、《光明日报》等中央新闻媒体也分别刊播父亲的事迹。

新华社的一则新闻报道，几乎重现了父亲立誓捐献遗体的历程：

捐献遗体，是沈因洛坚守了30多年的一个承诺。1983年8月16日，《人民日报》刊载《把遗体交给医学界利用的倡议》，沈因洛正是倡议人之一。

为了兑现这个承诺，他一个一个动员。恩爱的老两口，起了争执；孝顺的女儿，接受不了……然而，这丝毫动摇不了他捐献遗体的决心。

全家人拗不过他，只得签名同意。

“沈老是我省第一位捐献遗体的省级领导干部。”武汉市红十字会遗体器官捐献工作中心主任骆钢强说。

“活着不争利，死后不占地”，这是共产党员沈因洛一生的写照和无悔的选择。

沈因洛去世后两个多月，省政协85岁的离休干部孙玉文走进武汉市红十字会，郑重地填写了《武汉市遗体捐献申请登记表》。“沈因洛太伟大了！我也要像他一样，以无用之躯尽最后有用之力，让生命散发出最后一道光芒！”

下篇：一位默默的捐赠人

父亲于1920年12月出生于江苏省吴县（现苏州市吴中区），1937年，17岁的他弃医从戎，离开家乡，踏上抗日救亡战场。他1938年到达延安，同年加入中国共产党。抗日战争期间，他参加了“百团大战”；解放战争期间，他参加了“中原突围”。

新中国成立后，父亲先后在解放军41军和武汉钢铁公司担任领导职务，后担任湖北省委和湖北省政协主要领导职务。

从1961年3月到1982年10月，父亲在武钢工作了21年7个月，历任副经理、经理，公司革委会副主任、主任，公司党委第二书记、经理，党委第一书记。初到武钢时，恰逢三年自然灾害，苏联终止援建，撤走专家，武钢大批项目停建停产。他临危受命，把军队好传统、好作风带进武钢，带领武钢走上了正轨。

在武钢，父亲的办公室是单身宿舍改造的，10多平方米的房间只有一张木桌、一部电话、几把椅子。随着职务不断提升，工作人员多次要给他换办公室，换家具电器，都被他拒绝。武汉夏天很热，他却连个吊扇都不让装。他常说，办公室比炉台上凉快多了！父亲进入武钢工作时，工资按部队标准计算，每月280多元，完全符合政策规定。然而，到武钢的第一个月，他就主动找到财务处，要求按地方人员标准核算工资，降到186元。那时候，母亲在武钢中小学教育处工作，每月74元工资，父亲降的工资比她的全部工资还多。

沈因洛（右）与大学生在一起

至今，武钢还流传着两个关于父亲的小故事：

一个是“关灯”：号召节约用电，沈因洛并没有停留在口头上，而是下班后，挨个巡视每间办公室，把没关的灯关掉。这之后，全厂都自觉做到了下班关灯。

一个是“开会”：沈因洛治下的武钢纪律严明，开会不能迟到。他让迟到的人在会场外等，先给守时的人开完会，然后再叫迟到的人进去。“对不起，让你们久等了，我不能浪费守时者的时间，所以先给他们开完会，再给你们开一遍。”这之后，再也没人开会迟到了。

规矩和原则，是父亲不能碰触的底线。在他的字典里就从来没有“通融”二字。而对于职工的生活，父亲却是关爱有加。

为了解决公司农场“老单身”上班难的问题，他提议修建了白玉山到农场的水泥大道。直到今天，当年的“老单身”仍亲切地称这条路为

“沈因洛路”。

父亲不仅关爱武钢的职工，他对困难群众的慷慨资助，其实从多年前就开始了。有些我们知晓，有些在他生前还是秘密，他离开我们之后才得以揭开。

2015年，作为抗战老兵的他，获得中国人民抗日战争胜利70周年纪念章和5000元慰问金。他当即委托省委老干部局把慰问金转赠给革命老区的困难群众。最终，这笔慰问金被分为两份，分别送到了湖北省黄冈市红安县红军烈属闵新洲、赵治良的手中。

2014年，闵新洲从高空坠落，脊椎受伤，不能劳作，他的爱人患精神疾病，生活不能自理。父亲的资助仿佛是雪中送炭，帮他们渡过难关。后来，在电视上看到父亲去世的消息，闵新洲才知道，曾经给他捐过2500元钱的沈因洛，生前竟然如此“抠门”：一件皮夹克穿了近40年，早已面皮斑驳、里衬破烂，还舍不得扔掉；一双黑布鞋，脚趾头开“天窗”好几年，一直没有更换；一件有破洞的蓝色丝棉袄，穿到了临终那天……

湖北省委老干部局工作人员在帮助整理父亲的遗物时，在一个文件袋中发现了106张捐款收据，其中不少是以母亲的名义捐出去的，总额达14万多元。父亲捐款这件事，母亲和我们都不曾知晓。后来才得知，原来多年前开始，他便每年捐出一个月工资给红十字会、慈善会等机构，近20年已经捐款约14万元。而有些未写收据的捐款，已经无从知晓，恐怕只有天国中的父亲，才有一本账吧。

“我首先是对他的毛笔字很欣赏，他的毛笔字写得很漂亮，很秀气。再一个，他很活跃，爱唱歌，虽然唱得不好……”母亲说起这些往事，总是情真意切，一个更加生活化的父亲，仿佛就站在我眼前。

在我的记忆里，多年来，父亲总是公务繁忙，很少顾及家庭，也很少照顾孩子。用母亲的话来说，“他不顾家，只晓得工作。你父亲是个一寸不让的人。”

在我的记忆里，父亲一辈子不向组织提要求。1982年，父亲调任湖北省委书记（当时设有第一书记）兼组织部部长，同在武钢工作的母亲，随父亲调入省直单位既符合政策，又是人之常情，但是父亲不仅不调，还劝她离休。“调动工作，他调到省里，就不调我。我为什么不能去省里？他说组织没调我。后来他又非要我离休……他跟我讲，调了来，人家就照顾你，不好。怎么说呢？就是家里人不要有特权！我们都习惯了。”母亲每每讲起这些，总是呵呵笑着，没有一丝埋怨和不理解。

这种“一寸不让”一开始并不为我所理解，后来，随着年龄的增长、阅历的增加，他的言传身教，一点一滴，就像涓涓细流融入我心田，最终成为我人生一笔特殊的财富。

父亲并非铁石心肠，在他的笔记中，我能感受到他对家人们的疼爱。父亲视燕燕为掌上明珠，燕燕从小到大，每一次发烧生病，体温多少，病状如何，他都有记录。可就是这个他眼中的“小宝贝”，大学毕业后离开湖北，远赴苏州自谋职业。因为他总是教育孩子们：“你们靠自己的本事吃饭，不要指望在我这里沾任何光!”

有一次，燕燕乘半夜的飞机回武汉，打电话问外公能不能让他的专车去机场接自己，父亲为难地说：“你还是打车回来吧!”

父母住的房子是多年前装修的，家具用了几十年。空荡荡的客厅里摆放着老旧电视机，餐桌上还使用着普通人家都已很少用的菜罩……除了生活十分简朴，他还经常步行上下班。

“其实我们过得还不错，不至于吃糠咽菜的，只是没那么多物质追求。”母亲常常这样说。

“在延安时期，老区人民用麦麸、黑豆养育了我们，我们现在生活好了，不能忘了人民啊!”父亲常常这样说。

在二老的生活哲学里，写满了知足常乐的幸福。

1982年，父亲曾写信鼓励一名高考落榜生郭睿重新振作，如今他的这个“忘年交”已是湖北省政法委副巡视员。说起父亲，郭睿满含深情：“他的言传身教，是我做人做事的标杆。”

当我抚摸着父亲生前捐款的那些收据时，突然想到，在另一个维度上，一辈子“抠门儿”的父亲，何尝不是中国“最富有”的人之一呢？

张文驰：捐髓无悔航天梦

很幸运能够配型成功，让我有机会拯救白血病患者的生命。

其实我没有做什么事情。如果大家真觉得我做这件事有意义的话，我希望更多的人加入进来，挽救更多人的生命！

——张文驰

当梦想近在眼前，像清晨的露珠一样触手可及，你会选择放弃吗？

倘若让你放弃梦想，去挽救一个与你从未谋面的鲜活生命，你会做出怎样的选择？

时任中华骨髓库主任洪俊岭为张文驰（左）颁发造血干细胞捐献荣誉证书

如果坚持梦想，一个生命可能永久消失；如果拯救生命，梦想可能变得遥远。张文驰遇到这个两难命题时，还只是一个年仅 18 岁的青葱少年，嘴唇边刚刚长出青涩的髭须。

他，会做出怎样的选择？

梦想与生命

让我们把时针拨回到 2011 年 4 月 8 日。

这一天，中国历史文化名城湖北襄阳的古城墙在阳光下熠熠放光。汉水波光粼粼，好似铺了一层细碎的金子，亿万年如一日地从城墙边缓缓流淌而过。微风拂过城门前的垂杨柳，柳絮片片，在金色的光晕里轻舞飞扬。一川烟草，满城风絮，悠久岁月赋予这座城市的深沉和静谧，似乎已经融入了血脉。

4 月的襄阳，空气中依然带着一丝清冷，但春风已悄悄化开了姹紫嫣红。当丛丛新绿渐渐布满树梢，满树的花朵便洗尽铅华，变成了一树树的青涩果实。这一天的上午，一群结伴来献血的少年打破了襄阳市血液中心惯常的寂静，他们的欢声笑语响彻空旷的大厅。被少年们的青春气息所感染，就连护士们的抽血动作也比平常更加麻利了几分。一个面貌清秀的敦厚男孩走在最前面，率先在表格上工工整整填上了他的名字“张文驰”。

今天，是张文驰的 18 岁生日。有同学提议，这是个象征着正式跨入成年人行列的特殊日子，应该用一个特殊的方式好好纪念一下。至于纪念的方式，当然是“寿星”说了算。张文驰回答说：“那好，我们无偿献血去吧！”

18 岁的青春张扬恣肆，看着一群活泼阳光的如花少年，护士们依照惯例向他们介绍中国造血干细胞捐献者资料库（即中华骨髓库）时，也比平常多了几分生动：“在中国，目前约有 400 多万白血病患者，并且人数还在增长。白血病最有效的治疗方法是造血干细胞移植，而造血干细胞的最主要来源，就是中国造血干细胞捐献者资料库。”

胆子小的女同学吐着舌头问：“捐献造血干细胞就是传说中的捐献

骨髓吧，抽取骨髓是不是很痛苦很吓人呀？”

护士笑了，耐心地解释说：“同学，造血干细胞是从手臂静脉处采集血液，再通过血细胞分离机分离，并不是你想象中的那么吓人哦。而且加入中国造血干细胞捐献者资料库是自愿行为，只需要抽取7毫升左右的血液作为样本就行了，比献血还简单。”

这一天，张文驰和同学们既献了血，也都登记加入了中国造血干细胞捐献者资料库。大家都觉得这是一件很有意义的事情，雀跃不已。正是血气方刚的年纪，献血对他们来说，一点身体负担都没有。

这时，张文驰停下了脚步。他眯缝着双眼，隔着浓密的树荫抬头久久凝望。大家会心一笑，顺着他的视线望过去，天空高远而明净，阳光把一架喷气式飞机反射成一个耀眼的光点。这个耀眼的光点喷出一缕细直的白烟，缓缓划过蓝天，最后在天际消失不见。而飞机喷出的那缕白烟慢慢扩散、变形，渐渐变成一片片云彩融入蔚蓝天空。

张文驰的好朋友都知道，他从小就有个航空梦。他梦想着飞上蓝天，成为一名飞行员。他曾经无数次地憧憬，如果从1万米的高空俯瞰大地山河，那会是一番怎样的壮观景象呢？

梦想其实已近在咫尺。

作为湖北省重点中学襄阳一中的一名高三学生，张文驰已经报名参加了中国南方航空公司的招飞体检，凭借优秀的身体素质一路过关斩将，顺利通过了层层考核。这意味着，他的高考分数只要达到二本线，就极有可能成为一名民航飞行员。

对张文驰来说，这显然不是多大的难题。在襄阳一中高三文科10多个班800多名学生中，他的成绩一直稳定在20多名，在校期间还曾多次获得“三好学生”“文明学生”等称号。

他是一个自律而且努力的学生：“为了高考，我没日没夜的学习，真是拼了。”高三期间，他每天的生活浓缩成了两点一线，几乎所有的时间都被各个高考科目所占据。每天自己所想的、老师所说的、父母所关心的，无一例外，全都是关于高考的话题。对他来说，只要按部就班地学习和生活，成为一名合格的飞行员，是顺理成章、水到渠成的事。

然而，2011年10月，离他登记成为造血干细胞捐献志愿者仅半年时间，张文驰收到了一条短信：在中国造血干细胞捐献者资料库140万份数据检索中，他与福建一名4岁白血病患儿配型成功。很快，中国造血干细胞捐献者资料库湖北分库管理中心的工作人员打来电话，告知张文驰这一消息，并征求他的意见。

“这太突然了，就像一颗石子掉进了湖面，我的全盘计划都被打乱了。”张文驰说他刚接到电话时，大脑一片空白，紧接着像过了电一样，无数个念头闪过。

是不顾一切选择救人，还是置之不理专心备考？张文驰陷入前所未有的思想斗争。这么关键的时候，面临如此关键的抉择，说不犹豫、不纠结，那都是骗人的。

但凡任何一位曾经历过高考的人，都能理解张文驰此刻的心情吧？历经十年寒窗，张文驰背负着的，不仅仅是自己的飞行梦想，更是父母和师长的殷殷期盼啊！

造血干细胞捐献，形式上像献血，却比献血复杂得多。如果同意捐献救人，就意味着要住院一段时间，而且出院后还会有一段时间的康复期。

学如逆水行舟，不进则退。高考迫在眉睫，别说是耽误十天半个月，哪怕只是一天时间，张文驰也耽误不起，但是，他能怎么办呢：“一个年仅4岁的白血病患儿，生命才刚刚开始，绝对不能因为耽误治疗而从这个世界消失啊。”

一个素未谋面的幼小生命，就这样以一种极其沉重的方式，出现在张文驰的生活当中。这个稚嫩的少年，面临一个无比艰难的抉择。

矛盾与决定

同学们发现，张文驰突然变得沉默寡言了。几个铁哥们看出他有心事，纷纷给他打气：“有烦心事就说出来，哥儿们都帮着你呢。”张文驰勉强挤出一丝笑容摇着头说：“我没事，挺好的。”

张文驰懂得，学会感恩，学会奉献，内心才能得到真正的快乐。他正在一遍遍扪心自问，给自己加油打气呢：“我加入中华骨髓库是为了什么，不就是为了有一天能够帮助到需要帮助的人么？”

他很快说服了自己，做出了捐献救人的决定，然而，父母起初不答应。但是张文驰没有妥协，像个大人似的开始讲道理，耐心劝说父母看淡高考，珍视生命：“爹，妈，那可是一个不到4岁的孩子呀。如果换作是我得了这种病，你们希望有人救我不?”父母态度有些松动了，生命和高考，哪个分量更重，他们怎么可能掂量不出来?

张文驰趁热打铁，说出他思考再三之后所做的决定：“高考可以重来，梦想可以继续，但是生命只有一次，救人要紧。”

父母仍然犹豫着不表态。“救人比高考更重要，救人的事没什么好犹豫的。如果因为备战高考而耽误患者的治疗，我会后悔一辈子。”张文驰加重了语气表明态度，同时语气坚决地保证：“你们放心，我会努力把捐献救人和高考这两件事同时做好。”

善良的父母终究拗不过执着的儿子，无论多么不情愿，还是泪眼婆娑地同意了他的请求：“儿子，去做你应该做的事吧!”

2011年11月，张文驰进行了造血干细胞高分辨血样采集，结果显示，他与患者高配成功，符合捐献要求。2012年2月，中华骨髓库湖北分库管理中心的工作人员再次通知张文驰：“捐献的最佳时间在3月下旬。如果错过了这个时间，患者病情可能会进一步恶化。”

3月下旬，距离背水一战的高考时间越来越近，这意味着张文驰的恢复时间将变得更短，压力也将变得更加沉重。张文驰没有丝毫犹豫，斩钉截铁地回答：“好，我等着你们安排。”

这一次，父母没有再拦着他。父亲张秋生感慨地对儿子说：“既然答应了，就得做到。儿子，你是好样的。我养育了你，但是你教育了我。”

他信守承诺、勇于担当的精神，让所有人为之动容。襄阳一中得知张文驰的义举后，专门安排了两名老师陪他进京，一来帮忙照顾生活，二来全程为他辅导功课。南航湖北分公司得知这一消息后，专门派人赶到襄阳，为张文驰送上了往返北京的机票。

3月，张文驰踏上了北上捐献的路途。云层之上，阳光炙热明朗，云霞翻腾如同金色的海洋。张文驰的视线穿过飞机舷窗望向广袤无边的天地，他的蓝天梦想如同翻涌的云，汹涌澎湃。

这时候，在首都北京，负责这次救治的海军总医院已经行动起来，由7名业务骨干组成的医护小组，根据患者情况详细制定了方案和预案。医院方面专门安排了营养师为张文驰搭配日常膳食，还特地腾出一间条件最好的病房供他安心生活和学习。

万事俱备，只欠东风。

张文驰的造血干细胞就是救人的“东风”。

2012年3月27日上午10时许，经过一个多星期的前期准备，再经过3个多小时的紧张工作，张文驰的造血干细胞采集完成。他面带微笑地对医生说：“我感觉良好，请尽快把采集的造血干细胞送过去吧。”病房里响起持久热烈的掌声。从张文驰身上采集的50毫升造血干细胞被迅速装入冷藏箱，立即送到4岁患者的主治医生手中。

在我们伟大的祖国，向善的力量总能得到社会的厚爱。

张文驰挽救了一个幼小生命，成为我国最年轻的造血干细胞捐献者，也是我国第一位高中生捐献者。这个阳光大男孩，用那句“高考可以重来，生命只有一次”，在人性的高考中得到了满分。他不顾高考在即，信守承诺、捐献救人的事迹引起了全社会的广泛关注。

媒体纷至沓来，包括中央电视台新闻频道在内，都对他的善行义举进行了详细报道。他的事迹先后2次登上《人民日报》，11次被中央电视台和新华社等全国重要媒体连续报道。他的事迹感动了中国，感动了湖北，感动了古城襄阳，被誉为“最美90后”。

面对如潮的赞美，张文驰显得非常冷静。他不断催促同行的老师：“老师，很快就要高考了，我还要备考呢。我们赶快回学校吧！”那里，有他真正的考场。

3月28日下午，襄阳一中图书馆前人山人海。张文驰在两位老师的陪同下，回到了学校。学校为他举行了一个简短的欢迎仪式。“张文驰，好样的！”当同学们齐声呼喊他的名字时，阳光而淡定的张文驰腼腆地笑了。

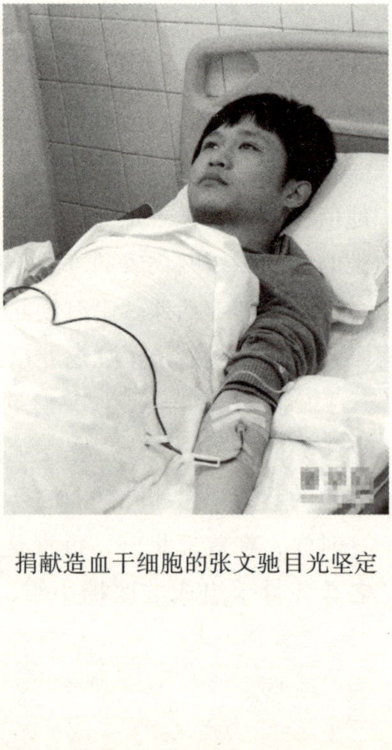

捐献造血干细胞的张文驰目光坚定

19 岁的张文驰在北京成功捐献造血干细胞

压力与动力

张文驰回归学校的第一次模拟考试，名次断崖式下跌到全校 200 名开外。看到成绩单，父母比他还着急：只剩下不到两个月了，成绩如果提不上去，可怎么办啊？着急归着急，两口子也不忍心说道孩子。他们知道，儿子已经很努力，很不容易了。

眼瞅着父母亲欲言又止的样子，张文驰不服输的劲头再次上来了。在捐献造血干细胞这件事上，张文驰已经展现出了作为一名飞行员所必备的品质：果敢、坚毅、有主见，足够的善良和正义。这一次直面困难，他依然信心百倍。他轻轻握着母亲的手，声音很轻，语气却很坚定："爹，妈，你们还信不过自己的儿子吗？尽管放宽心吧，我一定能做到的。"说完，咧嘴一笑。有时候，一句话的力量，就足以驱散阴霾，夫妻俩的脸色好看了很多。

因为连续挑灯夜读，张文驰的脸变得比以前更加瘦削。母亲马丽怜惜地摸了摸儿子的脸，轻声说："儿子，在我们心里，你就是最棒的。以后别再熬夜了，身体要紧……你先坐着，我给你熬汤去。"

在压力和困难面前，张文驰爆发出了巨大的能量。从小培养出的坚韧性格，从小对蓝天的无限憧憬，激励着他迎难而上，激励着他悬梁刺股，发奋学习。书山有路勤为径，学海无涯苦作舟，张文驰咬紧牙关，在老师的指导下，找准问题，着手调整，有的放矢，补齐短板。

时间一天天过去，高考如期而至，张文驰终于迎来了人生的这场大考。在等待分数和放榜的那些日子里，有紧张，有焦虑，有期待。然而，当收到录取通知书的那一刻，所有的付出和等待，都值得了。

张文驰如愿被北京航空航天大学飞行技术专业录取。他挥舞着录取通知书，飞跑回家向父母报喜："爹，妈，我考上了，我做到了。"张秋生和马丽开心地笑得眼睛眯成了缝，笑得热泪盈眶。门外的天光把张文驰勾勒成一个模糊的剪影，他们看到他的身上似乎有光。

向往蓝天的张文驰（左二）如愿考入北京航空航天大学

"努力把捐献救人和高考这两件事同时做好。"这个少年，终于践行了他对父母的承诺。他的艰辛，他的努力，他的汗水，在这一刻开花结果，他肩负的压力在这一刻得到释放。身为父母，岂能不感同身受？

回顾这段捐献救人的经历，张文驰说这都是他应该做的，没有什么了不起："人生，是一张试卷。单选、多选，试卷上有无数个选择题，却没有标准答案。我，只是做了一次正确的选择而已。很幸运能够配型成功，让我有机会拯救白血病患者的生命。其实我没有做什么事情，如果大家真觉得我做这件事有意义的话，我希望更多的人加入进来，挽救更多人的生命!”

是的，在人生的航线上，需要做一次又一次选择。在高考和救人发生冲突的时候，善良而勇敢的张文驰做出了正确选择。他生命的航班因此飞扬高举，直冲云霄，写出了一份壮丽答卷!

陈学国：润物无声传精神

天灾无情人有情，当灾难来临时，受灾民众的渴求与期待，是红十字人栉风沐雨的动力。将每一份善意和爱心都高效、及时地传递给灾区民众，则是每一位红十字人应有的使命担当。

只要群众需要，我们红十字会就要组织。

——陈学国

爱心如歌从不负

红十字会专职工作者陈学国，数十年如一日奋战在人道事业第一线，兢兢业业传播红十字精神，扎扎实实践行红十字事业，被誉为红十字运动的"领跑者"。

他的故事，可以从2008年说起。

2008年5月12日，汶川大地震爆发，无数家园被毁。噩耗传来，14亿人民纷纷行动起来，大家化悲痛为力量，众志成城，捐款捐物，与灾区同胞共度时艰。

当时的陈学国，还是湖北荆门钟祥市红十字会的一名新兵。他至今还清楚地记得："钟祥市红十字会第一时间做出响应，向全市发出为地震灾区募捐的紧急呼吁，并加急编印2万份募捐倡议书，分发到市直各单位和市民手中。"

陈学国亲身经历了这一次全国性的抗灾救灾行动，切身感受着从四面八方汹涌汇聚的爱心洪流，内心的震撼可想而知。

有一天早上，陈学国刚刚走进办公室，就接待了一位白发苍苍的老人。他是钟祥市皇庄社区的一名老党员，从电视上得知汶川大地震的情况后，大清早就骑着自行车赶到红十字会来了。老人家连水都没顾得上喝一口，径直从兜里取出100块钱，郑重地交给陈学国说："这是我的一点心意，请你务必转交给他们。"

按照红十字会的制度，收到的所有善款都必须登记，要做到收入有出处、支出有去处，哪怕是一分钱也不能马虎大意。陈学国赶紧接过善款，对老人说："老人家，请您先坐下来，休息一会，我把您的名字登记一下。"

老人却摆了摆手说："我是个老党员，捐款不是为了图什么虚名。四川受了灾，我能尽一份力，就应该尽一份力。"说完，他就骑上自行车走了。

望着老人渐渐远去的背影，陈学国感到了沉甸甸的信任，也更加清晰地认识到了作为红十字人肩上的责任。

那段日子，陈学国被太多的凡人善举所感动，内心深深铭刻下永不磨灭的人道烙印。他暗暗下定决心："天灾无情人有情，当灾难来临时，受灾民众的渴求与期待，是红十字人栉风沐雨的动力。将每一份善意和爱心都高效、及时地传递给灾区民众，则是每一位红十字人应有的使命担当。我一定要扎根红十字会，在岗位上奉献和成长。我要让红十字精神在钟祥发扬光大，要让爱心温暖钟祥，让爱流淌汉江两岸。"

作为一名红十字会专职工作人员，他在工作中无数次见证了爱的伟力。这是一种神奇的力量，每一次都能挽狂澜于既倒，救危情于水火。他汲取着这种力量负重前行，传递着爱的火焰，引领着越来越多的人认识红十字运动，吸引着越来越多的人加入志愿者行列："我和那些奉献爱、被关爱、相互关爱的人们一起，共同搭建起了一个人道公益的平台。大家携手共助，扶危济困，帮助他人。"

因为工作勤奋，成绩出色，不久他担任了钟祥市红十字会秘书长，肩头的担子也变得更重了。

2016年7月，钟祥市遭遇特大暴雨袭击，受灾严重。灾情就是命令，时间就是生命，陈学国顶风冒雨奔走在抗洪救灾一线。他淌着齐腰深的水，深入灾区详细了解灾情；他火线联系上级红十字会，上报灾情，争取救灾物资。翌日，省红十字会第一批救灾物资运抵钟祥。陈学国立刻带人赶赴各灾区民众安置点，第一时间分发衣物和棉被，为灾区民众解了生活物资紧缺的燃眉之急。

陈学国（右二）到受灾群众集中安置点发放红十字家庭包

灾情面前，社会之爱再一次发挥了神奇的力量。在钟祥市红十字会的倡议下，广大市民、爱心企业和爱心人士纷纷伸出援助之手，短短几天时间，钟祥市红十字会共收到88个单位、65家企业和近3万人次的捐款，共计3212187元。这批饱含着浓浓爱意的善款，在钟祥市政府的统筹安排下，悉数用于受灾乡镇重建家园，帮助灾区群众渡过难关。

筹措善款期间，钟祥市一位姓江的女士找到陈学国，希望为东桥镇福利院的老人们捐献生活急需物资。“她找到我，是想通过红十字会了解到老人们的需求。”陈学国当即联系东桥福利院，请工作人员逐个询问老人的需求并尽快反馈。陈学国根据院方收集的信息，列出了一个详细的清单，从大米、面条等食品，到毛巾、脸盆等日用品，巨细无遗。江女士按照清单备好物资，送到东桥福利院。

分发物资时，江女士看着快乐得像孩子一样的老人们，感动得连连夸赞陈学国：“谢谢你，你的工作做得非常周到细致。”

陈学国回答说："这是你们的一片爱心，我不敢辜负，也不能辜负!"话很简单朴实，却道出了红十字精神的真谛。

陈学国（右二）带领红十字志愿者为小学生送书包和书籍

大爱真诚点明灯

在陈学国和红十字会同人的宣传奔走下，钟祥市无偿献血、造血干细胞和人体器官捐献工作也如火如荼地开展起来。截至2018年底，钟祥市无偿献血人员已达6.6万人，累计献血1785万毫升。全市有400名志愿者登记加入中华骨髓库，其中2名志愿者成功捐献了造血干细胞。钟祥市人体器官、遗体志愿捐献工作也形成了良好氛围，有近80人做了咨询，15人进行了登记。

这些来之不易的成绩，是陈学国和同事们用真心和诚心，一点一滴换回来的。

2014年，钟祥市洋梓镇肖山村村民李卫华不幸患上了白血病。他是一名积极参与无偿献血的志愿者，累计献血超过1000毫升。如果不是身患重症，他本打算将无偿献血长期进行下去。陈学国闻讯后，带着荆门血站的2000元善款，加上自己个人捐献的1000元现金，赶到李卫华家中探望。

在寒暄中，李卫华妻子有怨言。原来，根据《荆门市无偿献血管理办法》的规定，凡是无偿献血量累计达1000毫升以上的，本人可终身免费用血。依照规定，无偿献血者用血时需要先垫付相关费用，然后再凭票据到荆门血站报销。李卫华妻子抱怨说："我们家离血站远，来去报销耽误时间不说，每次还要花四五十块钱的车费。这些钱看起来不多，但是报销的次数多了，攒起来也是一笔不少的钱呢。我们家现在急需用钱，每多花哪怕一分钱，也是雪上加霜啊。"

陈学国坐不住了，当天就赶到荆门市中心血站反映了这个情况。他恳切地说："志愿者的事就是我们的事，再小的事也是天大的事。请血站为李卫华开辟直通车，帮助减轻他们家的经济负担。"血站十分重视，经核实后，专门为李卫华开辟了绿色通道。李卫华只需将相关票据寄到荆门血站，血站就会把报销费用直接打进指定账户。这大大方便了李卫华，也让李家减少了一笔开支。

李卫华的妻子为此给陈学国打电话表示感谢，陈学国回答说："李大哥当初无偿献血，帮了很多人。我不能让有爱心的人寒心。"

陈学国深感红十字工作是个需要爱心、细心和耐心的工作。他说："我们红十字人只要设身处地为他人着想，为志愿者着想，就能赢得大家的信任，很多难题也就会迎刃而解。"

2011年，钟祥市中医院医生张明雄报名加入中华骨髓库。2015年，张明雄与天津一位白血病患者配型成功。张明雄本人愿意捐献造血干细胞，他父母却坚决不同意。老人家认定捐献造血干细胞对捐献者身体有极大的伤害，所以无论如何也不答应让自己的儿子"捐髓救人"。

儿子是娘身上掉下来的一块肉，娘生爹养的拉扯大都不容易，哪个做父母的会愿意让自己的孩子无故遭罪？做儿子的理解二老的心情，既然他们强烈反对，张明雄也没辙。经数次劝说无果后，张明雄深感力不从心，无奈只得求助陈学国。

说服造血干细胞捐献者的家属，不是一件容易事，但陈学国有自己的办法。

他的"水磨功夫"称得上一绝。第一次登门拜访，两位老人情绪相当激动，看架势，天王老子来也没得谈。

一次不成，那就两次。两次还不成，那就三次。陈学国变着法儿，换着话题跟老人拉家常、问冷暖。人心都是肉长的，一来二去，二老也不好意思再成天板着个脸。在取得老人的信任后，陈学国才慢慢尝试着给他们解释捐献的原理和过程：“就跟献血差不多，只是时间稍微长一些，不会对捐献者身体造成伤害。”

他告诉老人说：“在荆门，已经有了很多造血干细胞捐献者。现在他们一个个都身体好得很，生龙活虎着呢！”

老两口半信半疑看着他，一副欲言又止的样子。陈学国笑了，说：“您二老要是不相信啊，我打电话给你们看。”当即拿出电话，和荆门的一位捐献者现场对话——您看，真的没问题吧！经过他和张明雄反复做工作，老两口最终打消了顾虑，同意儿子捐献救人。

张明雄前往武汉市捐献时，陈学国陪着他走完全流程。在去武汉的路上，张明雄略微显得有些紧张。陈学国是个眼明心亮的人，一见他突然变得沉默，就敏锐地捕捉到了这种情绪变化。于是打开话匣子，一边陪他说话解闷转移注意力，一边劝说他放宽心：“你放心吧，没事的。在你的背后，不仅有家人的鼓励，还有红十字会的支持。”

捐献前的准备过程，也是一个十分难熬的过程。张明雄对动员剂出现了正常的药物反应，感觉腰酸乏力，吃不香、睡不好。陈学国立刻找到院方协调：“张明雄现在状况不佳，请争取把他换到更安全、更舒适的病房，这对捐献有利。”接下来几天，他变着花样从附近饭店买来不同口味的饭菜，尽量让张明雄每顿都能多吃点。

张明雄看在眼里，记在心里，感动地说：“陈哥，你对我就像家人一样好。红十字会有你这样的人，何愁不能发扬光大啊！”

陈学国的细致周到，也给张家父母留下了深刻印象。当他们向陈学国表达感谢之情时，陈学国回答说：“您的儿子挽救了一个生命，这是了不起的义举。作为红十字会工作人员，为做出义举的人服好务，这是应该的。”

不居功，不自傲，凡事为大家着想，朴实的陈学国有他的大格局。他发自内心地把志愿者当作亲人，志愿者也就把他当作亲人。

2014 年 4 月，钟祥市柴湖镇女子宁玉凤患食道癌晚期，养女张遥遥不离不弃，守在病床前服侍。宁玉凤生前立下遗愿，要捐献遗体器官，回报社会。她们的感人故事经媒体报道后，引起了广泛关注。

宁玉凤住院期间，陈学国多次去医院探望，为母女俩忙前忙后张罗，帮着处理各种琐事。最开始，医院病友都以为陈学国是宁玉凤的家人和亲戚，对他夸赞有加。宁玉凤也是感激不尽。

4 月 17 日，当宁玉凤处于弥留之际时，陈学国寸步不离守在医院，和她女儿一起陪着她走完了人生最后一程。宁玉凤是钟祥市首例人体器官捐献者。她去世后，捐献的眼角膜被连夜送往武汉市保存，用于其他患者身上，帮助他们重见光明。

善行义举广流传

陈学国的工作，一直是从点点滴滴的细节做起，从最细微的日常工作做起。作为红十字会工作人员，钟祥各乡镇、村庄有哪些贫困家庭需要救助，在他心里有本明细账。他的家人和朋友都知道，他随身总是带着一个笔记本，里面密密麻麻记录着他的日常行程，几乎每天都排得满满的。

陈学国（左七）带领红十字志愿者在乡村组织应急逃生演练

“3 月 4 日，和红十字志愿服务队去长滩福利院看望老人。”

“6 月 8 日，和‘救在身边’志愿服务队去裕盛体育用品公司，进行为期两天的应急救护知识培训。”

……

自从陈学国加入红十字会，就没了节假日，家里人难免有抱怨，他却总是歉然一笑：“我也没办法啊。医疗机构和志愿服务队要进乡村，进养老院，进贫困家庭，为他们开展义诊、捐赠、健康咨询活动。我得照看着点。”

陈学国是一个心细如发的人，每次去福利院看望老人前，他总会提前跟院方联系，再根据老人们的真实需求募集物资，“只有老人们最需要的东西，才是最值得送到他们手里的东西。”

有一次，陈学国得知长滩福利院两位老人的生日就快到了，他悄悄为两位老人定做了生日蛋糕和蜡烛，组织志愿者陪他们过了个热热闹闹的生日。两位老人感动得直掉眼泪，抓着陈学国的手久久不放。目睹这一幕，志愿者们也感动得热泪盈眶。一个志愿者对陈学国说：“今天是我第一次参加志愿活动。看到老人们的高兴劲，我很感动，觉得这样的活动真的很有意义。我要去填表，注册成为红十字志愿者。”

陈学国朴实无华而又细腻真挚的工作方式，润物细无声地改变着周边人的观念，像磁铁一样吸引着所有传播人道、传承博爱、践行公益、服务群众的组织和个人，吸引着大家紧紧团结在红十字周围，最大化地传播了红十字精神。

2016 年，钟祥市大柴湖经济开发区大同村被确定为全省 600 个红十字社区基层组织建设试点单位之一。按照省红十字会要求，经陈学国多方联系推动，同年 7 月，钟祥市红十字会成立了大同村红十字服务站，并招募 30 名爱心人士组建了大同村红十字志愿者服务队。

2017 年，陈学国发起并倡导开展“爱心行动+百姓救助”活动，在钟祥现有红十字志愿服务队的基础上，又成立了健康卫士、救在身边、无偿献血志愿服务队。

加入红十字会这么多年来，陈学国究竟发起成立了多少个志愿组织，吸纳了多少名志愿者，组织了多少场次的公益活动，他已经记不清了。但是，他一直记得：“只要群众需要，我们红十字会就要组织。”

陈学国（右一）参加钟祥市红十字志愿者服务队成立暨授旗仪式

陈学国（后排右一）带领钟祥市红十字健康卫士志愿服务队在福利院开展服务活动

一直以来，红十字运动所倡导与弘扬的“人道、博爱、奉献”精神，在神州大地薪火相传。一代又一代红十字“领跑者”，沿着前人的足迹奋勇前行，以红十字人坦荡无私的胸襟，为世人点亮了一盏又一盏心灯，感染着所有人携手同行。

陈学国就是这样一位“领跑者”。他说得最多的一句话是：“社会的文明进步，离不开爱心人士、先进组织、广大志愿者的参与和贡献。”这些年来，他用实际行动不断把红十字会的工作和各项活动做实、做新，让红十字精神在钟祥不断发扬光大。

看到越来越多的人参与红十字事业，陈学国倍感欣慰：“我们要以情感人，诚心助人，才能更好地传播红十字精神！终有一天，善行义举将如涓涓细流汇成大江大河，在荆楚大地广为流传。”这，也是每一个红十字人的真切愿望！

周小会：我心永为你跳动

我是心脏移植的受益者，同时也是灾难的经历者。我最大的心愿，是希望通过我的真实经历，让大家看到心脏移植当中最真实最感人的一面。这样才会给社会带来很强的影响力，才能让经受磨难的人对未来充满信心和希望！

在这条公益之路上，我将勇往直前地坚持下去！

——周小会

周小会一家三口其乐融融

脆弱的生命

2014 年 9 月 1 日，对周小会和她的丈夫而言，本应是幸福的一天，因为这一天，他们的第二个孩子出生了。送走前来祝贺的亲朋好友，还在坐月子的周小会发现襁褓中的宝贝有点不太对劲，每次他大小便的时候，不仅哭闹得无法呼吸，甚至全身的皮肤都会紧得发紫。周小会对丈夫说出了自己的担心，丈夫则不停地安慰她，让她别多想。夫妇俩给孩子取名“天佑”，寓意天佑平安，健康成长。

出了月子，周小会就在家人的陪伴下，抱着天佑来到乡镇卫生院，把她的担心向医生倾诉了一番。受条件所限，乡镇卫生院的医生建议周小会夫妇带着天佑到市医院确诊。

枣阳市第一人民医院确诊了天佑的病情：“天佑患有极其复杂的先天性心脏病，我们这里的医疗条件收治不了，建议你们去武汉治吧。也许武汉都治不了，甚至很可能要去北京、上海。这是一个无底洞，你们要想清楚。”紧皱眉头的主治医生一边摇头，一边如是叹息。

回到家，周小会感到了前所未有的茫然，她双腿发软，不知所措。于是，她以百倍的耐心和细致去照顾天佑，尤其是晚上，她不敢轻易入睡，要时时关注天佑的情况。

在天佑出生后第 65 天的夜里，周小会担心的事情发生了。深夜两点，天佑哭得撕心裂肺，浑身哆嗦，呼吸困难，身体发紫。周小会忍住眼泪，心疼地抱着天佑，一边轻轻地摇晃，一边试着用低缓的小曲安慰天佑，希望让他的情绪尽快平复下来，让心跳恢复平静。过了很长一段时间，天佑终于累了，在母亲的怀抱里沉沉睡去。

周小会不敢放下天佑，担心把他弄醒了。时已初冬，下半夜已经明显降温。她深深地呼吸，连吐一口气都不敢大声。在这个漆黑的夜里，她望着窗外，等待天明。

周小会一夜未眠。她不能再等了，她必须尽快赶到武汉去给天佑治病。毋庸置疑，这需要很多钱。所以，当天刚亮时，她就出门筹钱去了。

四处奔波一整天，周小会终于借到几万块钱。夫妻俩准备第二天前往省城武汉。是夜，天佑的病再次发作，又一次出现了痉挛和乌紫的病征。周小会又是彻夜未眠。

2014 年 11 月 5 日，天刚蒙蒙亮，周小会夫妇就抱着天佑踏上了前往武汉的路。经过长途跋涉，下午 5 点多，他们来到武汉，租了一个很便宜的房子。躺在床板上，周小会轻轻舒了一口气。她期待着第二天能够有好消息，她希望武汉的医生能够治好天佑的病。

11 月 6 日，星期四，狂风大雨。挂号问诊一整天，随着各项检查的逐个展开，周小会又从昨晚略微带有希望的念想，逐步陷入极大的失望与痛苦中。生命很脆弱，现实很残酷。她从早上天未亮就在医院门口排队挂号，经过一整天的各项检查，到下午 5 点专家门诊快要下班。她从心外科被建议转到儿科，又从儿科被建议转到急诊科……

天快黑了。在医院人来人往的走廊里，渺小的周小会感受到了彻彻底底的绝望。她抱着危在旦夕的天佑，坐在冰凉的地上，痛哭流涕。

一个路过的好心人告诉她，你这样哭也没有用啊，你可以去武汉协和医院试试。

从他们所在的医院到协和医院，也不过 3 公里的距离。协和医院明亮的 LED 灯就在不远的前方，在路上可以很清晰地看到，可是与天佑的生命赛跑相比，又显得那么遥远。这时已经是下午 6 点了，晚高峰时期，根本拦不到出租车，周小会只能选择步行。她忘记了当时的雨有多大，她只记得哗哗直下的雨水和着她的泪水、和着她的汗水，顺着她的脸庞，不停地往下流。她一路狂奔，一路哭泣。在这无情的风雨里，举目无亲的周小会心里一直有个声音在呐喊，不要放弃，永远都不要放弃。

这是周小会永生难忘的 3 公里。当周小会夫妇赶到协和医院的时候，已经是将近晚上八九点了。武汉协和医院给了她一丝前所未有的温暖。

当周小会呼喊着“医生，救命，快救救我的孩子”的时候，协和医院的护士已经第一时间为她打开了绿色通道。不一会儿，穿着手术服的心外科医生就已经赶到了急诊大厅。

曲折的换心之路

2014 年 11 月 6 日晚 11 点，天佑进入武汉协和医院重症监护（ICU）病房。

一周以后，天佑的检查结果出来了。“先天性心脏病：右室发育不良综合征，肺动脉闭锁伴室间隔完整，三尖瓣发育不良，三尖瓣下移畸形，三尖瓣狭窄并轻度关闭不全，冠状动脉供血异常，右室依赖型冠状动脉供血，心功能 IV 级，反复心衰。”

医生告诉周小会夫妇，天佑的这个情况无法进行常规手术，且随时有猝死可能。要治这个病，只有进行心脏移植。但是心脏配型极其困难，要求配型的各项指标也非常高，对于配型指标不符合的供体，是绝对不能移植到患者体内的。否则即便植入了心脏，身体的免疫系统也会识别出移植来的器官不属于自己，从而对其发起猛烈的攻击。如果产生严重的排异反应，导致移植的心脏损伤、坏死，仍然挽救不了他的生命。因此，心脏移植是一项极其复杂精密的手术，其难度几乎等于为一辆高速行驶的摩托车换下它的发动机。

这无疑是一个让人沮丧的消息。如果不接受移植，基本上等于放弃了天佑最后一丝生存的希望。周小会夫妇陷入了艰难的抉择。

经过再三考虑，周小会夫妇最终还是选择登记并等待心源，进行心脏移植手术。“这是孩子唯一的生路，难道我们做父母的就看着他等死吗？就算把家里的房子卖了，也要救他！”周小会说。

在漫长的等待心源的过程中，每一天，小天佑都要依靠打针、吸氧和基础营养维持着脆弱的生命。一个成年人都难以承受的痛苦，不足百日的小天佑全部都承受了。他的头部、手臂、大腿、小腿满是针眼。即使是静脉留置针头，也只能管几天，否则其间会发生漏针现象，甚至引起血管发炎，后果更麻烦。而每一次打针，短则几分钟，长则两个多小时，经验丰富的护士轮番上阵，才能把针艰难地刺入小天佑脆弱的血管。一个多月以后，甚至连留置针都打不进去了，只能靠穿刺，直接把大头针刺入天佑大腿的腿根。疼在儿身，痛在娘心。医生在病房里累得满头大汗，周小会也在病房外哭成了泪人。

周小会心急如焚，每天都在追问医生何时能等到心源。医生一遍又一遍不厌其烦地告诉她：

“心源的本质是生活在别处的一个人。别人在生命的尽头，愿意在死后拯救另一条生命，于是他的心脏就成了心源。所以，心脏移植，你的生就同时意味着另一个人的死。”

“即便是成年人，能等来合适心源的幸运者也只有不到五分之一，天佑这样的婴儿供体更是大海捞针。”

医生的一番话，让周小会明白了治疗的难处。每一天，她都在祈祷，祈祷她的孩子能够挺住。

幼小的天佑是幸运的。在等待心源的1104个小时之后，2014年12月21日，天佑终于迎来了生命的曙光。

2014年12月22日，上午10点，小天佑被推入手术室，进行心脏移植手术。手术进行了4个小时。手术室外，周小会走来走去，她在不断地祈祷，祈祷她的孩子，平安！

从早晨到下午，一整天时间，她颗米未进，一直在手术室门口焦急的等待。当看到心外科董主任从手术室一脸平静地走出来时，周小会悬着的心终于看到了一丝希望，她轻轻地松了半口气。

“手术顺利完成。这次手术孩子身上缝合了数百针，3天之后才‘关胸’，回到ICU病房继续观察。”董主任说道。

周小会每天蹲坐在ICU病房的门外，心里不停地为天佑祈祷。3天之后，在病危通知书面前，天佑闯过了“关胸”这道生死关卡。30天之后，在病危通知书面前，天佑再一次闯过了脱离呼吸机、进行自主呼吸的这道生死关。

在武汉协和医院的多方帮助和专业化的救治下，天佑终于从死亡之崖捡回一条命。不满3个月的天佑在经历了换心和历时半月之久的机械通气、监护后终于恢复，这不可谓不是一个奇迹。天佑带着这颗勇敢的心创造了生命奇迹，创造了生命之最，成为当时亚洲年龄最小、体重最轻的换心儿。

当天佑从重症病房转到普通病房的时候，周小会这个自强自立、坚强勇敢的母亲，终于放下心中的那块石头，安心在医院给其他病人做护

接受心脏移植手术后的小天佑健康成长

工，以补贴医疗费用和日常开支。

日子一天天过去，天佑终于可以回家了。

做完心脏移植手术，只是万里长征第一步。出院以后，没有了医护人员的协助，喂药成为周小会每天最大的挑战。她需要每天在喂奶前一个小时和喂奶后的两个小时期间，给天佑喂10次8种不同的抗排斥药物。周小会把喂药时间打印出来，每天上午7点、8点；中午11点、12点；下午3点、4点；晚上7点、8点以及夜里11点、12点，她要用8个注射器，把8种不同的抗排斥药物碾碎，分成不同的剂量，喂天佑服用。

除了每天多达20次的喂药喂奶，她还要把房间内所有物体的表面擦洗消毒两遍，任何人不能随便进出房间。

做过母亲的人都知道，不满周岁的婴儿，除了吃喝拉撒，每天最大的任务就是睡觉，他们在安稳的睡眠中成长。周小会何尝不知？但是，她必须打破小天佑的生物钟，坚持按时按点喂药，并定期回武汉复查。长久的经济消耗和日夜劳累，折磨得夫妇二人近乎崩溃。

可是，他们坚持下来了。

从2014年11月6日天佑进入协和医院的ICU病房，到12月22日进行换心手术，再到2015年1月23日天佑呼吸机拔管以后恢复自主呼吸，再到10月天佑完成半年期的术后隔离治疗，再到2019年的5年期康复治疗，这一条路走得太曲折、太艰难。对于周小会而言，每一天都来得太不容易。

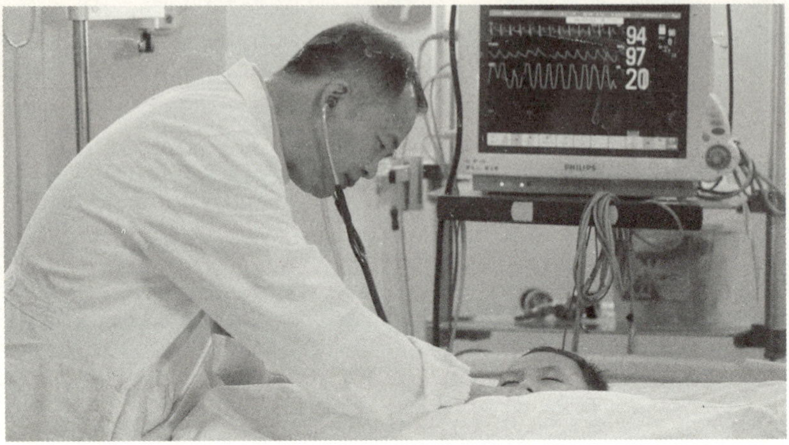

医生细致地为小天佑复查

病友的精神领袖

当天佑慢慢恢复健康越来越好的时候，周小会便登记加入了湖北省红十字志愿服务组织，她要帮助那些和她有相似经历的朋友。

周小会感同身受地告诉病友，要信任医生，要坚持努力，永不放弃。她详细地给重症心衰患者讲述她当时那种伤心、痛苦、绝望和煎熬的心理过程，告诉他们坚持就是胜利。在周小会的安慰鼓励下，4个患者看到了生的希望。其中最小的是个4岁的小女孩，最大的是一位60多岁的老大妈，还有一位39岁的宜昌病友和一位需要心肺联合移植的23岁女孩。她们都幸运地等到了心源，顺利地做了心脏移植手术。

看到她们手术成功，重获健康，摆脱病痛的折磨，周小会感到无比幸福和满足，也深深体会到了帮助他人的快乐。她说："希望全天下的人都能够健康快乐的生活。"

2019年5月底的一个下午，周小会接到一个电话。这是来自湖北枣阳一位年轻母亲林女士打来的电话，她的孩子睿睿也是刚满月就被查出先天性心脏病。

睿睿的主要症状是先天性心脏病、心脏房缺和室缺、合并主动脉狭窄、心肌致密化不全。更糟糕的是，孩子心脏的射血分数只有17%～19%，不到正常值的三分之一。也就是说，两个月大的宝宝心脏有成人心脏那么大，占满了整个胸腔，左肺被挤“消失”了，右肺只剩一点。左支气管被压得只剩一条缝，小患者出现呼吸困难。

电话的那头，年轻的母亲泪如雨下。电话的这头，周小会感同身受。她不断安慰不知所措的年轻母亲，告诉她一定要相信医生，一定要相信孩子。只要坚持配合医生的专业化救治，就一定有存活的希望。只要有一丝存活的希望，家长就不要放弃。

后来，出生仅66天的睿睿顺利完成心脏移植手术，协和医院再次刷新了亚洲年龄最小、体重最轻“换心儿”的纪录。在这期间，作为一个有相同经历的母亲，周小会更能感受到这份心痛，她巨细无遗地将自己照顾天佑的经验全部告诉林女士，并不断地鼓励她。

“我是人体器官捐献的受益者，同时也是灾难的经历者。我深切地体会到病痛对于一个家庭的打击和伤害，所以这个社会太需要有奉献精神的人，来帮助这样的家庭。我愿意尽全力宣传‘人道、博爱、奉献’的红十字精神，让更多患者看到希望！我最大的心愿，是希望通过我的真实经历，让大家看到人体器官捐献当中最真实最感人的一面，尽可能给社会带来正面的影响，为更多饱受磨难的人带去希望和力量。”周小会无限感慨地说。

人体器官捐献的宣传员

很多人对人体器官捐献存在误解，周小会所在村子里就有一位人体器官捐献者的家属，周小会就不止一次听到村民对她议论纷纷。

“这家人想钱想疯了吧，为了赚钱，把器官都卖出去了。”备受委屈，频遭白眼，邻居心情低到谷底。

周小会作为人体器官捐献的受益者，自然懂得邻居的苦楚与无奈，更钦佩邻居的博大胸怀，她觉得有必要站出来把真实情况告诉大家。为此，她多次到邻居家里，安慰她，劝她不要理会别人的闲言碎语，坚持做自己，不忘初心，对得起自己的良心就好。

周小会开始成为人体器官捐献义务宣传员，通过志愿服务回馈社会对她的关爱。她向枣阳市红十字会申请，为村民们播放关于人体器官捐献和奉献爱心的宣传片，让大家了解这一善举。“用一个人的爱，许一个家的未来。”这是周小会常告诉大家的话。

在枣阳市七方镇的 73 个村里，她身体力行地告诉父老乡亲，人体器官捐献是一件伟大的事情，受捐者会一辈子感恩捐献者。

她还组织了“器官捐献，我愿意”的主题宣传活动。活动中，她向大家普及人体器官捐献的相关知识，同时表示对捐献者的深深缅怀。她说：“器官捐献是生命的延续，也是爱的传递。当生命不可挽救时，自愿、无偿捐献器官已经被越来越多人接受。希望有更多的人加入志愿捐献队伍中来。”周小会将自己的故事讲给大家听，并通过诗歌朗诵向观众传达对人体器官捐献者的崇敬之情和对捐献者家人的感恩之意。她还和志愿者一起，用手语表演“感恩的心”。很多观众深受感动，活动还没结束，就在“器官捐献，我愿意”签名墙上留下自己的名字。

周小会把这些曲折的经历和艰难的过程，以及她心底的呼唤写成了一首歌《永不放弃》，感谢社会各界对她的帮助和关爱，同时也鼓励那些和自己有相同经历的父母永不放弃。

永不放弃

2014 年的那个秋天，
我把宝贝带到美好人间，
看着宝贝那黑黑皱皱的笑脸，
心中隐隐不安。
宝贝满月的那天，
证实了不好的预感，
宝贝的生命进入了倒计时间，
老天彻底颠覆了我的世界，
热情如火的人生降到冰点，

宝贝扎针时撕心裂肺的呼喊，
我却不能替代。
伤心的眼泪，
打湿了我和宝贝的衣衫。
有人说，宝贝向我来讨债，
不该救他到现在，
既然老天让他来到我的身边，
我怎能放手不管，
就算倾其所有我也心甘。
这时“心”来了，
获得新生的宝贝，
带着这颗炽热的心，
行走在这美好人间，
宝贝，我爱你，
对你永不放弃，
永不放弃，不放弃。

2017 年 11 月，在湖北省红十字会举办的“因爱不凡 · 朗读者”
红十字故事汇公益活动现场，周小会讲述小天佑“换”心的故事

周小会的大爱行为得到了社会的肯定，2017 年，她被评为助人为乐的“襄阳好人”，并应邀出席由湖北省红十字会和湖北广播电视台联合举办的“因爱不凡·朗读者”公益活动，深情讲述儿子小天佑“换”心的故事。

现如今，周小会也在枣阳市红十字会正式登记，成为一名光荣的人体器官捐献志愿者。在周小会看来，没有人体器官捐献，就没有人体器官移植！天佑接受了人体器官捐献者这份珍贵的生命礼物，就要更好地活着，这是对捐献者最大的回报！

她说，在这条公益之路上，她将继续勇往直前地坚持下去！

宗晓斌：公益先锋“兵哥哥”

无偿献血可以挽救一个人的生命，没有什么比生命更重要。

作为一名红十字志愿者，20 多年来，我的人生早已与人道公益融为一体。这样的人生，值！

——宗晓斌

在湖北公益界，宗晓斌是个传奇人物。他是一个媒体人，以媒体为平台把志愿工作做到了极致，很多人把他视为草根公益领袖。他曾是湖北红十字志愿服务队队长，也是武汉市无偿献血志愿者服务队的发起人和武汉市无偿献血志愿协会会长，长期参与无偿献血及造血干细胞捐献宣传。他还是《长江日报》公益团队的一员，涉足多个公益领域的志愿宣传活动。

宗晓斌

从解放军战士到“献血先锋”

宗晓斌的首次无偿献血是在1998年。

那年夏天，长江遭遇百年未遇的特大洪水，全流域掀起了一场波澜壮阔的防汛抗洪战役。有一天，宗晓斌在电视新闻中看到一面熟悉的红军团的旗帜在长江干堤上高高飘扬，这才知道自己的老部队奉命赴江西九江参加抗洪救灾了。

宗晓斌的网名叫“兵哥哥”，以纪念他的行伍生涯。1992年冬，他参军入伍，离开武汉来到浙江杭州。宗晓斌所在的部队是一个有着光荣传统的红军团，涌现了很多战功赫赫的战斗英雄。他所在的新兵连政治指导员徐高虎，曾在南疆边境自卫作战中用身体在雷区中为战友开辟前进的通道，被原昆明军区授予“爆破英雄”荣誉称号；团政治处主任范洪庆，曾是全军闻名的“硬骨头六连”指导员；宣传股长熊靖华曾在老山前线的战斗中浴血奋战，火线报道战况……一个个浑身充满着铁血色彩的传奇英雄，就好像是从电视新闻或者电影里走出来的一样。作为“新兵蛋子”多多少少都有一些英雄情结，宗晓斌对英雄们发自内心的仰慕。

这些身边的英雄，为宗晓斌树立了崇高的榜样。耳濡目染之下，刚入行伍的宗晓斌，就开始自觉向英雄们看齐，并很快融入了部队这个大家庭。

在同一年入伍的新兵里，他是唯一一位大专在读生。因为文化程度比较高，第二年他被调到团政治处当文书，从事机要文件处理工作。在这里，他生平第一次接触到了电脑：“我至今还记得曾使用的那台老旧286电脑，基本只能打打字，跟现在的电脑完全没得比。但在当时，那可是了不得的先进设备。”

优秀战友的熏陶，文书工作的锻炼，还有浙江开风气之先的公益氛围，为宗晓斌积累了宝贵的生活财富，对他的人生产生了不可磨灭的积极影响。他提及自己矢志不渝做红十字志愿者的初衷时，曾直言不讳地说：“就是想着要和部队的前辈们一样，敢担当，冲在前，当先锋，多为社会做好事。”

入伍3年，宗晓斌年年受到部队表彰，并光荣地加入了中国共产党。1995年底，宗晓斌依依不舍地告别军营，退伍回到了武汉，分配到市直某事业单位工作。在这里，他把部队的光荣传统带到了日常工作中。

在军营的那段经历，是宗晓斌最珍贵的回忆。军旅生活塑造了他的良好品质和坚韧品格，时时激励着他奋发有为。回忆军旅生涯，宗晓斌深有感触：“有人说‘当兵后悔三年，不当兵后悔一辈子’，但我在部队的每一天都很充实，没有一丝后悔，刚回来的那几年，还经常做梦重返老部队。”

当在电视里看到那面熟悉的红军团军旗，宗晓斌耳畔仿佛又响起了军营嘹亮的号声，又听到了和战友们拉练时高亢雄壮的歌声。战友在泥浆和雨水中与洪魔战斗的英姿，让他热血沸腾。因为不能和他们并肩作战，遗憾之余，他生平第一次走上了献血车，以献血这种方式来表达对战友的情谊：“身不能至，心永远和你们在一起。”

从此以后，定期无偿献血成为他的习惯。2002年7月，他又自愿加入中华骨髓库湖北分库。截至2019年9月，宗晓斌累计无偿献血达195次，献血总量超过8万毫升。宗晓斌回忆说：“我虽然从1998年开始献血，但只是个人行为，对社会上关于献血的认知程度并无了解。当我献血超过2000毫升的时候，武汉血液中心组织多名献血者召开了一次座谈会，让我更加了解了献血这项拯救生命的人道主义事业。”这次座谈会之后，宗晓斌在坚持个人无偿献血的同时，全身心投入无偿献血、造血干细胞捐献和红十字精神的宣传工作。

现在，宗晓斌组织和管理着十几个无偿献血和造血干细胞捐献QQ群，还成为百度贴吧中“献血”吧和“造血干细胞”吧的吧主。他以“献血者”为名注册微博，尽自己所能宣传无偿献血与造血干细胞捐献的知识。他每天都花相当长的时间耐心回答网友的各种提问，为网友答疑解惑。宗晓斌说：“我面对的不是冷冰冰的网名，而是屏幕后面一个个鲜活的人。”在网络上、在QQ群里、在论坛中，只要看到有人散布“献血有害健康”的不实言论，他都会及时回复，摆出各种科学依据，向大家证明事实并非如此。

“我们是献血志愿者，我们为自己代言”。宗晓斌（右一）参加无偿献血宣传活动

宣传无偿献血的“志愿先锋”

宗晓斌为人谦和，但骨子里却非常执着，认准的事情八头牛也拉不回。在他看来，无偿献血远比其他大多数公益活动都有着更特别的意义。他说：“无偿献血可以挽救一个人的生命，没有什么比生命更重要。所以我觉得献血特别有意义，特别需要社会大众参与。”血液不能被替代，不能被制造，一个人一生中可以捐献的血液量是有限的，因此，只有更多人参与到无偿献血中来，才可能救助更多鲜活的生命。

这些年来，宗晓斌以网络媒体为平台，不遗余力宣传无偿献血。这已经变成了他的一种本能。他平时很安静，看起来沉默寡言话不多，但是一聊到献血，就变得分外活跃起来。

有一次，宗晓斌乘坐公交车，看到一位老大爷背着一个印有无偿献血宣传语的背包，就主动上前搭话：“老人家，您这个背包挺别致啊，上面还有献血的标识呢！我曾经献过血，看到这个觉得格外亲切。”

大爷闻言开始抱怨起来："这是我女儿的献血纪念品。一个女孩子献什么血？对身体又不好。"

大爷的回答表明，还有许多人对这项事业不了解，他便坐到大爷身边，问："您看我的身体怎么样，算不算健康结实？"在得到肯定答复之后，宗晓斌开始以自身为例，耐心地和大爷聊了几十分钟，慢慢消除了老人家对无偿献血的误解和质疑，更重要的是让他对无偿献血的意义和价值有了全面了解。

那一天，宗晓斌因此坐过了站。

一直以来，血液中心和无偿献血志愿者服务队经常走进高校为大学生举办无偿献血科普知识讲座。随着科普与宣传的日渐深入，越来越多的年轻人开始接受并参与无偿献血。

在同伴眼中，宗晓斌是宣传无偿献血的"急先锋"。每当受邀到高校作献血科普讲座，无论路程多远，无论观众人数多少，他都会欣然应约。而且每一次登台讲座，他都会精心准备课件，从无偿献血到造血干细胞捐献，再到其他社会公益事业，他以自己的亲身经历为例，与大学生真诚交流。很多大学生和他面对面接触、交谈以后，深受感动和启发，纷纷成为热心公益的红十字志愿者。

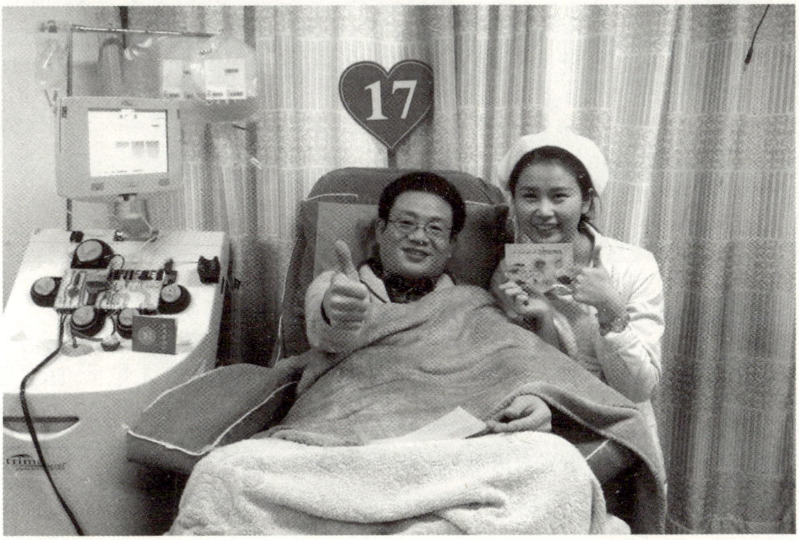

春节献血已成习惯

除了为无偿献血和造血干细胞捐献宣传造势外，他还利用网络平台广泛传播红十字精神，推动人体器官捐献工作，宣传参与白血病重症患儿救助等公益项目。因为工作出色，他受聘成为省、市红十字会有关人道救助项目的社会监督员。

这些年来，宗晓斌在无偿献血、造血干细胞和人体器官捐献宣传方面的付出逐渐得到社会的广泛肯定，并在全国献血志愿者中形成了较大影响力。他先后多次获得“全国无偿献血奉献奖”金奖和中国红十字会“红十字志愿者之星”奖章。2008 年，他被共青团武汉市委授予“五四青年奖章标兵”称号，2010 年获湖北省“优秀志愿者”称号，2012 年获中华骨髓库“五星级志愿者”称号，2014 年获“无偿献血志愿服务终身荣誉奖”，2015 年获湖北省首届“最美献血者提名奖”，2017 年获“湖北省优秀红十字志愿者”称号，2018 年获湖北省红十字会“博爱之声优秀通讯员”称号。

宗晓斌荣获 2012—2013 年度全国无偿献血志愿服务奖终身荣誉奖

宗晓斌成为全国无偿献血的先进典型，引领着无数无偿献血志愿者前行。2005 年 10 月，他受邀在全国无偿献血招募经验交流会上发言。2007 年 8 月和 11 月，他两度被原卫生部邀请参加全国无偿献血志愿工作经验交流会议并做大会发言。同年 11 月，中国红十字会总会举办首届全国红十字志愿服务工作会议，他作为湖北省唯一一名志愿者代表，再次与会并做大会发言。

热衷公益事业的“媒体先锋”

宗晓斌参与红十字事业的精神原点，来自他的家庭。他的母亲是一名中学语文老师，作为家里的老幺和唯一的男孩，他打小就受到母亲和3个姐姐的悉心照顾。所以，宗晓斌的童年时代与少年时代，充满着快乐和阳光。他说：“我们家人之间，都是为对方着想，有什么好东西都是留给其他人。家庭生活让我学会了换位思考，推己及人，分享快乐，这对我后来做志愿者影响很大。”

学会推己及人的宗晓斌，从小就勇敢善良，乐于助人，甘于奉献。1991年，他曾经在武汉小南湖公园救过一对落水的母子。

那个年代的武汉，楼还没有现在这么高，车也没有现在这么多。盛夏的小南湖公园，夕阳渐落，暑气未消，市民三三两两围着小湖散步纳凉。一位年轻的妈妈怀抱着幼子在湖边漫步，不小心一同落水。千钧一发之际，宗晓斌正好路过，眼见情况危急，他紧跑几步跳进湖里，奋力把她们母子救到岸边，并在其他热心人的帮助下合力把母子俩拉上岸。

2001年，宗晓斌响应政府“精兵简政”的号召，自愿放弃了事业单位的工作。从单位离开后，他不等不靠，凭借在部队练就的精湛电脑技术和文字美术功底，正式踏入文化传媒行业。2005年，他加入汉网论坛，担任民间“版主”。从这时开始，“兵哥哥”的网名开始慢慢叫响。2009年，他成为汉网专职管理员。

汉网是长江日报报业集团旗下一个公益性网站。以汉网为平台，宗晓斌的志愿服务工作就像烟花被引线点燃，一发而不可收。他致力为省内外志愿者和公益社团牵线搭桥，促成了很多人道公益事业方面的合作。迄今为止，除了无偿献血、造血干细胞和人体器官捐献等红十字宣传服务外，他还参与了文化遗产保护、扶贫助学等志愿工作，成绩同样可圈可点。因为推动民间公益事业卓有成效，曾经有人评价宗晓斌是湖北草根公益联络的“总枢纽”。

2006年，为了解决当地农民群众“买书难、借书难、看书难”的问题，湖北省丹江口市土台乡农民学者王朝印在湖北发起建立农家书屋。武汉一名志愿者获悉此事后，在汉网论坛教育版发出捐书倡议。宗晓斌率先响应。他认为这事非常有意义：“书籍应该是每个人都能享受到的精神食粮，农民也不应该例外。”他将该倡议加精置顶，并且不断发起讨论。在他的推动下，论坛网友们踊跃参与，几个月时间共募集约2000册图书送到了土台乡。

2014年3月，湖北省红十字志愿服务队无偿献血分队举行成立8周年主题活动

宗晓斌和王朝印当时并不知道，他们做的这件事，正好应和国家正在酝酿执行的一项重大文化利民工程：农家书屋工程。在翌年的国务院《政府工作报告》里专门指出，要突出抓好农家书屋工程，以满足农民日益增长的文化需要。同年3月，国家新闻出版总署会同中央文明办、国家发展改革委等部委联合发布《关于印发〈农家书屋工程实施意见〉的通知》，开始在全国范围内推行实施“农家书屋”工程。王朝印开办农家书屋的事迹由此引起全社会的广泛关注，经《农民日报》《半月谈》等国家级媒体报道后，产生了深远的影响。

以网络论坛为平台，宗晓斌先后策划、推动、参与了多起助学助贫公益活动。汉网网友发起“希客”助学行动，集资捐助十堰市房县的贫困学生，宗晓斌参与了组织策划工作；他深入宜昌五峰山区调查走访乡村教育情况，参与实施“一杯奶温暖山里娃”公益助学活动；他还和湖北各地的义工团队保持着联系，为县域公益团队做宣传，介绍对接各种公益资源。

江城武汉，在历史的长河中一步步走向繁荣。武汉的历史建筑，见证了武汉的风雨变迁，沧桑巨变。作为土生土长的“老汉口”，宗晓斌从小穿梭在武汉的大街小巷，对江城的历史建筑有着特殊的感情，他很早就开始倡导和参与文保志愿者寻访活动。

武汉共享遗产研究会人文武汉学会，是武汉市唯一一个获得国家文保基金会第九届“薪火相传——寻找中国文物故事杰出传播者”的文保组织，其前身就是汉网论坛“人文武汉”版块，宗晓斌则是早期的活动组织者之一。这些年来，宗晓斌团结数以百计的武汉历史人文爱好者，组织、参与了蛇山下的古井、金口老驳岸、英租界、昙华林、华清街和汉正街等考察活动。他们发现并保护武汉文化遗产，挖掘、记录和保存武汉历史记忆，同时著书立说，先后出版了一批城市文化研究专著。

“我们还运用互联网的力量，广为传播这些活动和理念，让更多人认识武汉，了解武汉，爱上武汉，建设武汉。”宗晓斌说。

2005年，是抗日战争暨世界反法西斯战争胜利60周年。宗晓斌作为“人文武汉俱乐部”的一员，收集、整理并冲印了100余张抗战历史照片，自费制作了十几块展板，先后在武汉图书馆、世贸中心及中山公园受降堂展出，在社会上引起强烈反响。同年中秋，恰逢“九一八”事变纪念日，有两名日本大学生来武汉寻找抗日遗迹。宗晓斌放弃与家人团聚的机会，带着远道来汉的日本朋友遍访了武汉市区与抗战有关的历史遗迹，同时也让他们把武汉青年牢记历史、追求和平的愿望带回日本。忆及往事，宗晓斌无限感慨，也无比自豪。

“作为一名红十字志愿者是，20多年来，我的人生早已与人道公益融为一体。这样的人生，值!”这是宗晓斌常说的一句话。

胡利民：丹心利民40年

人生最宝贵的是生命，生命最大的财富是健康。作为一名医务工作者，大半辈子都在宣传和推广无偿献血，不知不觉都40多年了，想想时间也挺快的。

癌症并不可怕，就算咱上过两次手术台，不一样能发挥余热为群众服务嘛！

——胡利民

28年医务生涯

68岁的胡利民一直很乐观。他出生于1950年，风华正茂的时候，积极响应“上山下乡”的号召，来到广阔的农村贡献青春和力量。

“人生很多事儿说不准，若是当年认认真真跟老乡们学习，成了种田的好把式，也许一辈子就扎根农村了。”忆及往昔，老爷子自己也不免莞尔，“那时候就喜欢看书啊，白天种地，晚上读书。什么书都看，哪怕是缺头缺脑的纸片儿都不放过。也得亏读了不少书，这不，1972年的时候，我都已经22岁了，居然还考入了卫校。”

20世纪70年代，胡利民在卫校踏踏实实学了两年医学专业，从此开启了人生的另外一种模式——医务工作者。

从卫校毕业后，胡利民被分配到原郧阳地区卫生防预站，从事公共卫生工作，一干就是28年。

“基层工作者，赤脚医生，没什么好夸的。”胡利民常这样自谦地介绍自己。

党的十一届三中全会之后，农村的基础医疗底子还非常薄，一些现在看起来很普通的流行病，当时很可能引发大面积的传染，譬如流脑、疟疾、结核病等，严重时甚至能致残致死。

正是因为有许许多多像胡利民这样的基层医护工作者，挎着医疗箱，带着防疫药，一个村一个村地推进着普查、普治、防疫，才遏制住病菌的肆虐。

“那段日子很忙，先后参与了许多大型疾病的防治工作，如头癣、甲状腺肿等等，大约跑遍了全市80%的乡镇，从小胡跑成了老胡。”

2002年，原郧阳地区卫生防预站实行机构改革，胡利民调到十堰市中心血站任副站长。“领导将重担委托给我的时候，其实感觉压力还蛮大的。”他大致介绍了当年的情况：“在1999年，十堰市已获得‘全国无偿献血先进城市’的称号。但实际上当时十堰市中心血站只负责城区和郧县的临床用血，一年也就是两三吨的用血量。”

“可十堰是一个地级市啊，下辖丹江口、郧西、竹山、竹溪、房县等地区，这两三吨的用血量，哪里够啊？民众对无偿献血也不够了解，推进献血工作十分艰难，临床用血也难以保证需要和安全。而且‘全国无偿献血先进城市’的光荣称号，每过几年就会有更高的标准来核查。可不能在咱手上，把这份荣誉弄没了啊。”

“另外，血液也是一把双刃剑，既可以挽救生命，也可以传播疾病。若采集、运输、保管的过程中，任何一个环节出现疏忽，都可能导致严重的后果！”

20多年基层工作的经历，胡利民积累了丰富的经验。为保障全市临床血液安全，且逐步扩充血液库容，他沉思良久，设计了一个“宏伟的蓝图”。

他当时想，无偿献血工作既要推广，又要注意安全，必须稳扎稳打，为此他就提出了“三年三步走”计划，逐步实现全市血液“三统一”。

在各级领导的关心下，胡利民的方案很快得到了市政府和省卫生厅的同意批复。2004—2006年，胡利民除了负责无偿献血的宣传和志愿者招募外，还马不停蹄地奔走在5个县（市），逐步沟通，挨个协调，协助建立分站。

问及建立哪个分站最辛苦的时候，他憨厚地笑笑：“都辛苦，做事哪有不辛苦的哟。不过只要有信念，就一定能办成!”

听一起工作的人说，最难忘的，应该是竹山分站的成立。

竹山县地处鄂西北山地，这里风景秀丽，可是山路蜿蜒，交通不便，县城距十堰市城区将近200公里!

“选址、购房、装修、搬运设备，都够呛。”胡利民道，“那是2006年，大热天，为了保证竹山分站在8月1日前顺利完成建设，大家一起睡地铺、吃食堂，清洗墙面、地面，苦干了一个多月，终于完成了任务。”

竹山分站成立之后，作用很快显现：十堰市临床用血走上100%来源于无偿献血的轨道。

在大家的共同努力下，2010年，十堰市再次获得“全国无偿献血先进城市”的称号。就在上级单位考核的时候，胡利民却因常年劳累，腰痛复发，整整治疗了一个月。

胡利民（右六）参加十堰市无偿献血志愿服务表彰大会

疏通南三县之血脉

从胡利民调入血站的那一年起，他便成了一名无偿献血志愿者，一直到60岁，每年献血，从未间断。

“自参加工作到退休，我基本没有公休日。”他如是说。

“对工作和志愿者，他有的是时间，唯独对家人没有。为实现一例捐献，无论志愿者们的大事小事，他都惦记操心，唯独对自己不上心。”同事这样评价。

到血站工作后，越是节假日，胡利民就越忙。

十堰市中心血站有个惯例，就是每年要做春节备血。到了农历腊月，很多企事业单位都不怎么忙了，胡利民和他的团队却要冒着严寒，到机关、厂矿动员组织职工参加无偿献血。

“起初不少人对无偿献血有些误解，工作就得慢慢做吧。反复宣讲，耐心解释，一点一滴地消解群众的疑虑。无偿献血于己于人，都是好事。人家慢慢就明白了，都会支持咱啦。”他的诚挚和热情，感染了诸多素不相识的人。

只是天不遂人愿，因为年纪逐渐大了，又长期处于寒冷的环境中工作，一次小感冒未能及时治疗，他落下了慢性哮喘的毛病。而未能为母亲送终，则成为他终生的遗憾。

那是2005年农历腊月十六，在河北石家庄的妹妹打来电话，告知母亲头疼了一段时间，正在入院诊治。妹妹说，母亲颅内有一个小肿瘤，希望哥哥能去一趟，商量治疗方案。胡利民建议妹妹：目前工作很忙，给母亲先做保守治疗，等春节休息时去看一看再做决定。

没想到，还没等他忙完，老人家便走了。“母亲的去世，让我抱憾终生。”每每提及此事，胡利民双眼便泛着泪花，“母亲生前一直教导我们，做人要善良，做善事就会有善报。”对母亲的思念，后来成了他全身心投入献血工作的最大动力。

人心向善，世事却难料。2008年5月，在一次体检时，胡利民检查出患有膀胱癌。对此，他却显得十分豁达：“生老病死，人之常情，人这一辈子，唯有志向不可废弛。”手术第10天后，他觉得自己恢复得不错，居然偷偷背着家人出院，又去了血站。后来经过大家的反复相劝，领导甚至“下了命令”，他才在家休息了一阵子。

胡利民闲不住，2009年他主动请缨，调配分管竹山分站的工作。

“在十堰也是一样的工作，离家也近，为什么要去竹山呢?”有人这么问他。

“竹山偏，人员不足，有许多事情等着我啊。”他这样回答。

“胡站长不容易!”竹山分站的同事们说，“到任之后，他经常一个人奔波在十堰、竹山、竹溪、房县之间，找相关部门苦口婆心地协调，逐步落实了竹溪、房县采血车的停靠点。”

在平日里，胡利民非常照顾同事们。竹山分站两个司机的家都在十堰城区，为了让他们节日能回家团聚，他经常自己代替值班，负责给竹溪、房县送血。

在胡利民和同事们的悉心经营下，2010年十堰市南三县——竹山、竹溪、房县构建了完善的交互系统，首次实现了临床用血采供持平。“这都是大家的功劳。”他说。

胡利民和同事们不懈的努力，加强了十堰南三县的联系，在关键时刻发挥了巨大的作用。

胡利民（中排左五）带领志愿者参加无偿献血纪念活动

一次，竹溪县妇幼保健院某孕妇产后出血，急需输血救命，且属于稀有血型，竹山分站没有，只能从十堰调！胡利民正好在竹山，便紧急调配，安排接力送血。十堰送，竹山接，接到血液后，他又与司机一起连夜紧急送到竹溪。

时间及时，孕妇母子平安。胡利民返回竹山时，已是第二天凌晨。

“我也没起到很大的作用，就送了一趟血而已。”他说。

这条生命接力的爱心线路，正是由他和他的同事们构建的。

春风化雨，为爱护航

“人之初，性本善。”胡利民一直很认可儒家这句话，结合工作，他有着更深层次的理解，“每个人都有善良的一面，没有什么能比善良更能激发别人的善良了。”

“无偿献血工作也就是一个激发善良，唤醒爱心的过程。当人们感受到来自他人的善良，当人们意识到自己举手之劳就可能救助一个濒临死亡的生命，当人们意识到血脉相连，我为人人、人人为我时，他们就会伸出手臂。”

胡利民这样说，也是这样做的。他一直用自己的热血去帮助那些陷入困境的人，用自己最朴实的爱去关心那些需要关心的人。在其人格感召之下，十堰市的红十字志愿者们走到了一起，彼此之间有着超出血缘关系的信任。

这群可敬的志愿者，感动着别人，也被别人感动。

2002 年的一天晚上，胡利民接到某医院求助，急需 Rh 阴性“熊猫血”救命。

事不宜迟，他立即联系了当时几名熟悉的无偿献血志愿者。有位叫刘辉的志愿者，是十堰某单位的领导，他当天正在丹江口市出差，得知急需献血，连晚饭都没吃，连夜赶回十堰，直接去了医院。

胡利民和他身边的志愿者们，俨然成了十堰地区的生命守护神，诸多医院一旦遇到困难，就会想到他们。

2007 年 9 月的一天晚上，十堰某医院一个病人，也是急需 Rh 阴性

"熊猫血"，胡利民联系了一位叫作刘伟的志愿者。"当时他在郧阳区一家货运公司当司机，工作特殊，常年在路上奔波。他接到电话后二话没说，立即找同事代班，自己连夜赶往血站，献完血后又马不停蹄地赶回公司。"

在胡利民的记忆中，这样的事例有很多，这样的志愿者也有很多。提起这些无偿献血志愿者的名字，他如数家珍：王卓、董雨萌、张春、杜亚宾、杨子豪……每个人的声音相貌，脾气性格，他都能叙述得亲切翔实。

"他们那种关爱他人、无私奉献的精神，值得我学习。与他们相比，我感觉到自己非常的渺小。"胡利民说，"因此我尽力向他们靠近，我坚持献血到60岁。献血有益健康，救人功德无量！"

平常的日子里，胡利民也非常乐意和志愿者们交流，时间久了，大家宛如老朋友。2009年10月1日，他带着30多名志愿者到竹山、房县、竹溪3个县举行了4场"庆国庆、做奉献、促和谐"纪念《献血法》颁布实施11周年文艺演出。"联系场地，布置舞台，安排食宿，虽然辛苦，但非常有意义"，他说。

2011年2月，胡利民正式退休。

很多老朋友劝他，是时候颐养天年了，遛遛鸟、打打牌、健健身多好。他不以为然："人生最宝贵的是生命，生命最大的财富是健康。作为一名医务工作者，大半辈子都在宣传和推广无偿献血，不知不觉都40多年了，想想时间也挺快的。是爱让我和大家走到了一起，走在献血路上，为爱护航，这才是我想要的生活！"

退休后的胡利民，又主动挑起了十堰市红十字志愿服务总队队长的担子。这一干，又是9个年头。在十堰市红十字会系统乃至医疗界，人人都知道有这么一位"胡利民老爷子"。

新的使命：造血干细胞捐献

2012年，作为十堰市红十字志愿服务总队队长的胡利民，开始接触造血干细胞捐献。

志愿者黄晶，是胡利民负责协调的第一位造血干细胞成功捐献者。

当时武汉某医院的一名患者与黄晶匹配成功，黄晶本人既激动又担心，胡利民则全身心陪护，采血、体检，鞍前马后。到了正式捐献的前夕，他又陪同黄晶一起前往武汉，除了陪护，也想了解流程，以便于日后的宣传推广工作。

就在准备捐献的前一天，黄晶有些打退堂鼓，胡利民鼓励道：“明天上午就要捐了，对方病人血液中细胞已全部杀死，现在已进入无菌仓，等待着你捐献的造血干细胞，给他送去生命的希望。若放弃捐献，病人生存的希望便十分渺小了。”在他的劝说下，黄晶决定咬牙坚持。最终成功捐献。

当晚，胡利民自掏腰包请黄晶吃饭庆功。席间，心情大好的黄晶说：“胡老，为了捐赠，我已经有 40 多天没沾一滴酒了，能不能我们今晚喝一点?”“这样，我们少喝一点，一瓶劲酒分了!”胡利民笑呵呵里从怀里拿出一小瓶劲酒，一人斟上半杯，“我也想庆祝一下啊!”

其实退休后，因为癌症，胡利民又做过一次手术，医生一再告诫他不能沾酒。这次成功捐献，实在让他高兴坏了。

胡利民（左二）陪同十堰第三例造血干细胞捐献者完成捐赠后返回十堰

“那时候我就给自己定下了一个小目标，以后只要还跑得动，十堰的每一例造血干细胞捐献，我都要参与!”

胡利民勤勤恳恳地推动十堰市红十字志愿工作，很多事情，老人都是亲力亲为。

2017 年 5 月，郧西县青年柯贤成与武汉某医院的一名患者造血干细胞配型成功，胡利民又是忙前忙后，带着柯贤成做了系列准备工作。就在前往武汉的头一天，柯贤成却发来短信告知，称不愿意捐献了。

“这是怎么回事?”为了弄清情况，胡利民连忙赶到柯贤成工作的地方，得知是他的女友不愿意。他又找到柯的女友进行交流，对方主要担心会对身体有影响。胡利民说：“我是医生，我怎么可能会做为救一个病人损坏一个正常人身体的事情呢?”他还请来了捐献者黄晶，通过现身说法来彻底打消其顾虑。

在胡利民的耐心劝解下，2017 年 5 月 25 日和 26 日，柯贤成两次成功捐献造血干细胞。

截至 2019 年夏，十堰市已有 9 名志愿者成功捐献了造血干细胞。其中 7 例捐献都有胡利民的一份功劳。

2019 年 7 月，胡利民（右一）陪同造血干细胞捐献者体检

“捐献成功，挽救了患者的生命，自然可喜可贺。然而那些未成功的案例，却一直是我脑海里抹不掉的记忆。”胡利民也有一些惋惜。

曾经有位竹山的捐献者配型成功，他前后配合志愿者做了大量准备工作，临出发前，对方却说不捐了，家人不同意。了解情况后，胡利民亲自开车去竹山，可对方的妻子将其拒之门外：“如果男人去捐献，就离婚！”此事最终无果。

“还是有很多人不了解，也说明我们工作还没做好……”在返程回来路上，胡利民反复琢磨着如何才能进一步有效宣传，动员更多的人参与捐献。

其实，在胡利民和同事们的热忱和努力下，越来越多的爱心人士和志愿者加入到这支可敬的队伍中。逢年过节、志愿者生日及其家里大小喜事，胡利民都会发个短信、打个电话，甚至亲自到场送上红包表示祝贺。

在任十堰市红十字志愿服务总队队长期间，胡利民成立了十几个分队：无偿献血服务分队、造血干细胞捐献服务分队、宣传分队等等，还在城区 4 所高校分别成立了高校分队。有些献血者和捐献者远道而来，没来得及吃早饭，他便第一时间为他们送上面包、豆浆；献血和捐献过程中，为了避免志愿者心理、身体出现不适，他总是一边和志愿者聊天，一边观察他们的状态……

“胡老就是我们的‘后勤部长’”，志愿者们这样评价。

胡利民（后排左六）参加十堰市红十字会纪念第五个世界骨髓捐献者日主题宣传暨欢迎十堰第十一例造血干细胞捐献者凯旋活动

胡利民笑呵呵地接受，“能为志愿者们做点事情，就是我最大的追求，我愿意当这个‘后勤部长’。只要身体允许，这个‘部长’我就一直当下去!”

这些年来，德高望重的胡利民先后被十堰市委、市政府授予“十堰市防治非典先进个人”“十堰市无偿献血促进奖”。2018 年，胡利民又被国家卫生健康委员会、中国红十字会总会、中央军委后勤保障卫生局授予“全国无偿献血志愿服务终身荣誉奖”。

胡利民（右一）参加广东韶关中心血站活动

“在他心里，工作比命重要，现在红十字会就是他的家。”老伴说。“我爸对啥都上心，就是对自己不上心。”女儿埋怨道。

而在那些得到胡利民关怀和帮助的人眼里，他就是一位侠客。

侠之大者，利国利民。

姜素平：懒顾小家为大家

40年的社区警务和10多年的红十字志愿服务，都是围绕“人”而工作，久而久之成为彼此的依恋和牵挂。

从最初当志愿者的冲动与激情，渐渐变成一种责任和信念。我在这个过程中不断收获幸福，哪怕遇到艰难险阻也会砥砺前行。

——姜素平

荆州市红十字志愿服务队队长姜素平嘴角噙着一丝苦笑。这苦笑里，有歉疚，有温情，有感动，有调侃，五味杂陈。他深情地望着妻子，不经意间却发现，原来她的鬓角不知何时也已染霜。虽然经过精心而不着痕迹的梳理，但岁月的风霜已是遮掩不住。

今天是他的生日。妻子在电台为他点了一首歌庆生，歌名叫作《爱上一个不回家的人》。这个倾诉委屈的方式，很巧妙，很温情。

姜素平的生日在10月。10月，金秋正好，不冷不热，有凉爽的秋风，有明艳的秋阳，还有澄澈明净的秋水，一如40多年前，他迎娶妻子时，如电一样烙在心中的，那一抹含羞似嗔的眼神。

那时候的姜素平，刚刚参加工作，正式成为一名基层民警不久。他的腰杆像青松一样挺拔，走路像风一样轻快，工作像火焰一样热情。这些年来，姜素平把毕生精力献给了那支红十字志愿服务队，献给了社区这个大家庭，为自己的小家则做得太少太少，亏欠妻子的却太多太多。妻子理解他，默默支持着他，家里家外操持着家务。

夫妻俩携手相伴，不知不觉间慢慢变老了……

潜移默化传播爱

大年初三，年味正浓，荆州城里不时传来零星的鞭炮声。临街的店铺大部分还没开张，家家户户仍沉浸在新年的喜悦中。

姜素平的妻子早早起来，精心准备好了丰盛可口的饭菜。一年到头，老姜没日没夜的工作，难得在家待几个囫囵日子，妻子想让他打打牙祭。

热腾腾的饭菜端上桌，香气扑鼻。一家人边吃边聊，其乐融融。刚刚吃了没两口，姜素平口袋里的手机就呜呜震动起来。电话那一头，一个声音哭着求助："姜警官，我的儿子精神病又犯了，你得帮帮我啊。"

姜素平接听电话的当儿，妻子已经默默起身，帮他把外套取来递到手里，低声叮嘱说："外面天冷，小心冻着，早点回来。"姜素平歉意地点点头，就出了门。这些年来，只要社区百姓有事，姜素平随叫随到，谁也拦不住他。妻子早就习惯了。

送病患就医的事，姜素平经历过很多次了，清楚得很。在赶往患者家的路上，姜素平就已提前联系好了医生，叫好了救护车。在随车送医时，患病的人精神狂躁，全身扭来扭去就是不配合。姜素平不得不和医生、家属一起牢牢抱住他，一不提防被死死咬了一口。至今，他的手上还留有一道牙痕。

姜素平就是这样一个热心公益、乐于助人的人。他是一名优秀的基层民警，还是一名出色的红十字志愿者，兢兢业业扎根社区，促成了邻里和谐。从20世纪90年代初开始，他就开始暗中资助素不相识的人。这些年来，在妻子的支持下，他用自己并不丰厚的收入资助贫困生和困难家庭超过30个，累计资助款项超过20万元。

2007年11月，姜素平倡导发起成立了荆州市红十字志愿服务队。在他的带领下，服务队迅速发展壮大，从最初的20多人发展到100多人，登记队员更是超过1000人。志愿项目也从无偿献血、应急救援、人体器官捐献，扩展到金秋助学、"发现爱"、"忙能帮"等，越来越专业，越来越接地气。姜素平说："我们的志愿服务工作要有始有终。比

姜素平（左二）参与爱心募捐活动

如对贫困大学生的资助，一帮就是4年，要一直帮到大学毕业。”

2018年6月，一个受助学子行将毕业，打电话给姜素平报喜：“姜叔叔，我本科马上就要毕业了，还分别收到了清华、北大、香港科大这些大学的读研夏令营邀请函，非常开心。”

孩子主动和他分享成长的喜悦，姜素平当然感到高兴。高兴之余，他也听出了孩子声音里的犹豫：“你是不是有什么心事？”通过不断追问，这个孩子才说出了实情。原来他想去那几所学校实地考察，但是差旅费用不够。

姜素平告诉他：“别着急，我们来帮你想办法。”放下电话，他立刻联系服务队队员，大家集资给孩子筹了7000元钱。

这个孩子后来选择到香港科大继续读研深造。2019年春节前，他从迪拜实习回来后专程看望姜素平，讲起了这一年的学习经历：“迪拜那边有个日本导师挽留我，并许诺每年10万美元奖学金，我谢绝了。”

姜素平问：“这是好事啊，为什么拒绝呢？”

孩子认真地回答说：“在你们的教导下，我有了明确目标。我热爱祖国，学成后报效国家，我不能辜负你们对我的期望。”

滴水穿石，非一日之功。爱，其实也是一种积累。姜素平常说：“我虽然不能改变这个世界，但希望可以影响周围的人。”他做到了。

在他潜移默化地影响下，他的两位姐姐也成为他的同行者。大姐姜素珍还曾获得过“湖北省红十字优秀志愿者”称号。提到大姐，姜素平感情深沉：“大姐后来身患癌症，还是念念不忘参加志愿服务。她最后一次住院的前一天，还拖着病体到街头献血车上为捐血者服务。”

“从最初当志愿者的冲动与激情，渐渐变成一种责任和信念。我在这个过程中不断收获幸福，哪怕遇到艰难险阻也会砥砺前行。”

这些年来，为了传播红十字精神，姜素平进社区、进校园、进乡镇，用自己的亲身经历和平凡小事感动了许多人。在他的组织下，服务队每年都要开展服务活动100多场次。每一次活动，从策划、评估到执行，无不倾注了他的心血和精力。而且只要有活动，哪怕身体抱恙，他也一定会出现在现场。他也先后被评为“湖北省先进志愿者集体”和“荆州市优秀志愿者组织”等称号。

姜素平（左四）在“感动荆州”颁奖现场与无偿献血志愿服务队队员合影

大爱温暖民族情

迎喜门社区是荆州市城区最大的少数民族聚居地，常住人口 2100 多户、5300 多人，生活着汉、回、满、蒙、壮、哈萨克等 8 个民族。沙市清真寺也坐落在迎喜街区。每逢开斋节、古尔邦节时，这里就会聚集上千名信奉伊斯兰教的回族同胞，其中还包括来荆州留学的巴基斯坦留学生。久而久之，回族渐渐成为社区最大的少数民族，共计有 400 多户、1600 多人。

由于民风民俗的差异和语言交流上的障碍，邻里间难免会引起一些误会和纠纷。这种情况一般人都能理解，但是作为社区民警，作为红十字志愿者，姜素平看待问题的角度不一样："民族矛盾无小事，必须及早发现矛盾苗头，及时化解矛盾纠纷，尽力确保在社区大家庭里，各民族同胞和睦共处。"

解决办法有千百种，但万变不离其宗。姜素平抓住了关键："要想更好地服务他们，就得懂他们，就得发自内心地接纳他们，为他们着想。"在社区从事红十字志愿服务这么多年，他为维护社区安全与稳定摸索出了一些新思路和新方法，也结交了很多不同民族的好兄弟。

为感受与体验少数民族的生活习俗，姜素平买来《古兰经》等书籍仔细研读学习，还曾经自费三赴新疆。他得空就到少数民族居住区和清真寺走访串门，和管委会主任、阿訇们谈天说地，沟通感情。

"每逢伊斯兰节日，特别是开斋节、古尔邦节，我会和社区的穆斯林兄弟一起捐善款、宰牛宰羊，共同欢庆圣节。"姜素平说。很快，他就掌握了伊斯兰教的基本常识，了解了他们的风俗习惯和生活特性。他还特别注意尊重伊斯兰教的信仰和习惯，只要到清真寺，他一定提前数小时不抽烟、不喝酒，而且还要换好便装。

他用诚心真情和大家交朋友，换来了少数民族兄弟的信任和支持。时间长了，少数民族居民不再把他当外人，纷纷向他敞开心扉。姜素平说："穆斯林居民把我当成他们的'朵斯提'（可以信赖的朋友和兄弟）。"清真寺的阿訇，还有那些有威望的、有正义感的穆斯林乡佬们召集起来开了个协调会，和“朵斯提”约法三章：遵法守规、相互尊重、邻里和谐。在大家的共同努力下，各民族同胞和睦相处、守望相助。他的同事们为之深深叹服：“能够赢得不同民族兄弟的共同信任，姜素平的社区工作真是做到家了！”

2008 年，姜素平被医院诊断出患有糖尿病和肾结石。医生告诫他需要静养，不能劳累过度。姜素平却没有停下参加志愿服务的脚步：“妻子担心我，也苦苦相劝，不过说了也没用。我是这支红十字志愿服务队的组织者、亲历者和见证者，我比其他很多人都了解红十字人的无私努力，也更懂得红十字人的博爱情怀。我想通过我们的努力，塑立红十字会积极、正面的形象。”

姜素平和志愿服务队的付出，擦亮了红十字这面高高飘扬的旗帜。他用 40 多年来的坚持不懈，换来了社区的安定和谐，换来了大家的幸福安康。

社区工作铸丰碑

荆州市沙市区迎喜门社区有个“姜素平警务室”，这是荆州市第一个以警察名字命名的警务室，在很长一段时间里，也是全市唯一的一个。这里就是姜素平每天上班的地方，也是他联系社区百姓、提供社区警务服务的纽带和平台。他平均每天工作时间在 10 个小时以上，待在警务室的时间比在家里还多。其实警务室离家并不远，但是姜素平很少回家吃饭：“为了工作方便，我习惯了中午一顿快餐应付了事。”

警务室不大，大约 30 平方米，在屋外临街窗口处，有一块 42 英寸的显示屏，滚动播放着“今日说法”“金牌调解”等节目，有声有色地为居民传播警务知识、法治知识和安全知识。这些视频节目，有些是姜素平从网上精心挑选出来的，有些是他用 ppt 模板一页一页亲手制作出来的。

警务室内，无阻碍通道、无间隔接待室、便民吧台等，每一处细节都倾注了姜素平的心血：“我是个完美主义者，想把警务室设计成独具特色的接待群众的地方。从规划设计到功能布局，都是为了尽可能给老百姓提供便利。”为了警务室的这些布置，他还自掏腰包，前后拿出了 5

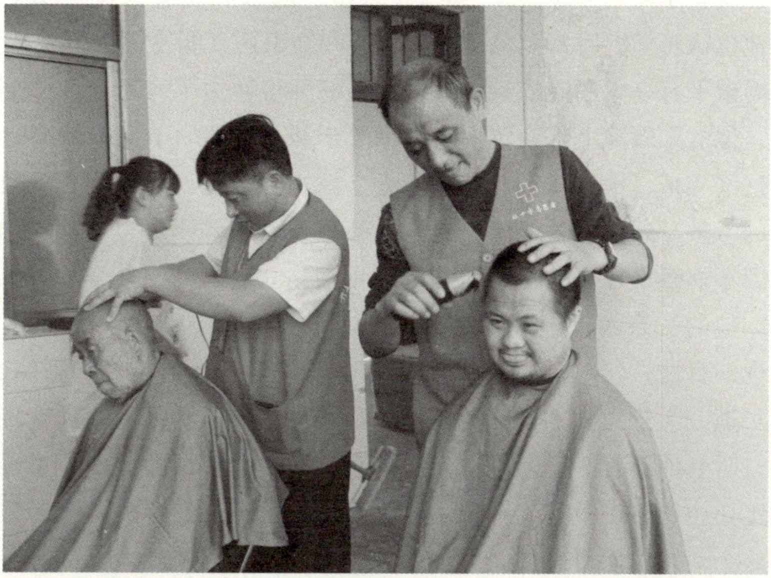

姜素平（右二）在福利院为老人和残障人员义务理发

万元钱。对于基层民警来说，这不是一笔小数目。妻子贤惠善良，知道他“傻”，工作中很多地方要花钱，因此成家以后就没管过他的工资。

室内最引人注目的，是墙上的“老姜说和”四个大字和大字底下摆着的那张三角木桌。木桌和各占一边的三把椅子，早已被磨得油光铮亮。“居民双方有矛盾纠纷，就坐这桌旁，我参与调解。三方各占一边，公平说理讲法，最终达成和谐。”社区工作无小事，姜素平为居民调解纠纷时总是先耐心倾听。等街坊们把牢骚发够了，气出得差不多了，姜素平也找到了问题的症结，这时候再对症下药施良策，效果出奇的好。

几十年如一日，“老姜说和”已经成为社区的一块招牌。邻里闹纠纷、办事有疑虑、落户口办证明……只要遇到麻烦事，社区居民习惯来这里找他想办法。姜素平笑着说：“有人半夜睡不着觉，也会给我打电话求助。我又不是医生，只好在电话里引导他：‘深呼吸，跟着我数，1、2、3、4、5、6……’妻子睡梦中被惊醒，还以为我梦魇了呢。”

警务室成立之初，姜素平就意识到，为民服务光有热情还不够，更需要有扎扎实实的本领，要用知识武装头脑。他开始下功夫学习。“社区外地人多，听不懂方言，我就学习讲普通话；小区居民要成立业主委员会，我就学习《物业法》……”很多看起来和民警工作不相干的知识，他也认真学。每每到关键时刻，这些知识还真能发挥作用。

姜素平有一本厚厚的亲属簿，页码都翻得卷边了。无论在哪个社区工作，他的亲属簿上都会留下一大串“干爹、干妈、干兄弟姐妹”的名字。这些年来，他给孤寡老人齐可清“妈妈”养老送终；关心照顾父母双亡的帮教对象伍孝生“弟弟”；帮特困户李玉新“哥哥”打理生活；引导因车祸瘫痪在床的王红“妹妹”重新站立起来开始新生活……天长日久，他的“亲戚”多得数也数不清。

他的真情，“亲戚”们都瞧在眼里，记在心里。有一个智障的街坊，父母早逝，无依无靠，自己丧失劳动能力，仅靠“低保”勉强度日。姜素平打听到他还有一个亲哥哥，住在荆州另一个较远的城区。姜素平便多次走访协调，说服了他哥哥，把他接到身边，帮他解决了饮食起居问题。这个街坊也懂得感恩，曾有一次从住处步行 10 多里地，就为了送姜素平一个橘子。路上有人开玩笑要他的橘子，他捂着橘子说：“谁都不给，这是给我姜哥的。”

姜素平（右）在志愿服务活动间隙与队友合影

姜素平想方设法帮助街坊邻居排忧解难，还用自己微薄的收入资助特困家庭。对于社区百姓来说，他不是亲人，胜似亲人。他以社区为舞台，把红十字志愿工作做到了细处，做到了贴心处。老百姓调侃他是“‘卖’到社区的人”，而妻子提到他时，有些无奈也分外自豪：“他是属于社会的人”。

这些年来，姜素平先后荣立个人二等功 1 次、个人三等功 3 次，荣获“全国特级优秀人民警察”“全国五一劳动奖章”“中国红十字志愿者之星”“湖北省模范公安民警”“湖北省优秀人民警察”“湖北省荆楚十大爱民警察”“湖北好人”“荆州市五一劳动奖章”“感动荆州年度人物”“荆州好人”等荣誉称号。他珍惜这些来之不易的荣誉，却把获得的奖金和奖品一分不留，全部捐献出来帮助那些最需要帮助的人。

姜素平在长江大学参加“无偿献血爱心宣讲团走进高校”活动

姜素平曾经说过：“40 年的社区警务和 10 多年的红十字志愿服务，都是围绕‘人’而工作，久而久之成为彼此的依恋和牵挂。从最初当志愿者的冲动与激情，渐渐变成一种责任和信念。我在这个过程中不断收获幸福感与成就感，哪怕遇到艰难险阻也会砥砺前行。红十字成为一种愿景和信仰，已经深深铭刻在我的骨髓里。我马上就要退休了，其他可以放下了，但红十字志愿者的身份将伴随我终老。”

他的言行传递着满满的“志愿者”正能量，就像一把火炬，灿烂了自己，温暖了他人，为社会铸就了一座精神丰碑。

祝伟：平生最爱管“闲事”

放下手术刀，拿起笔杆子，我用新闻眼，执新闻笔，描绘人间真善美，引导人们积极向善。

我精心描绘着“人道、博爱、奉献”的习习春风，从中收获了满满的幸福感。

——祝　伟

老祝开始锻炼了

2013年8月中旬，一个关于锻炼的话题在祝伟的朋友圈炸开了锅：坐性好的老祝最近跑起了步，这可是了不得的稀奇事。

身为《孝感晚报》的一名记者，祝伟还身兼孝感市红十字会应急救援志愿服务总队副队长和孝感市红十字无偿献血者志愿服务队副队长的职务。他古道热肠，好管“闲事”，所以朋友特别多，对他的评价也特别高：“凡是能搭把手的，祝伟绝对不会袖手旁观。”

但凡祝伟的朋友，都知道他天性喜静，平时工作又忙，想让他参加体育运动，除非太阳打西边出来。但是这年8月以来，祝伟好像突然转了性，每晚坚持运动一小时，不管刮风下雨，雷打不动。他甚至还调整了饮食习惯，不食辛辣，加强补钙，连烟酒也都戒了。

风乍起，吹皱了一池春水。好奇心强的朋友开始用各种办法，旁敲侧击地向他打听。偏偏祝伟变成了闷葫芦一个，只是抿嘴微笑不回答。好奇心就像野草一样，越撩长得就越疯。他的朋友中很多很有才气，于是各种版本的“故事”流传开来，一个个有鼻子有眼跟真的似的。祝伟既不“辟谣”，也不抗议，只当从来没听过这些故事。

然而，天下没有不透风的墙，无论什么事，总会有水落石出的一天。很快，大家通过各种渠道都知道了祝伟运动的真相。原来，他是在为捐献造血干细胞做准备。

孝感市红十字会工作者及志愿者欢送祝伟（右六）赴武汉捐髓

祝伟不仅是业务突出的新闻从业者，也是红十字精神的传播者，更是一位献身红十字事业的志愿者。他从 2001 年第一次无偿献血至今，累计献血 20 多次，献血总量达 8000 多毫升。在 2008 年 7 月，他就报名加入了中华骨髓库。

他多次参与过造血干细胞捐献的报道。孝感市已有 15 名造血干细胞捐献志愿者完成捐髓，每一例捐献背后都有一个感人故事，传播这些故事，祝伟从未缺席。而这一次，轮到他亲自上阵了。

2013 年 6 月 21 日，祝伟接到中华骨髓库湖北分库工作人员的电话，称他与温州一名白血病小伙初次配型相合。

8 月 13 日，高分辨率配对成功。为了给患者提供最优质的造血干细胞，作为捐献救人事件的主角，祝伟开始了每天挥汗如雨的锻炼。

10 月 11 日，祝伟来到武汉同济医院，在一周内连续两次共捐献出 430 毫升造血干细胞悬液送往温州，挽救白血病小伙。当得知温州小伙家庭情况比较困难，祝伟利索地捐出了全部 5000 元营养费，帮他贴补医疗费用。

当年，祝伟以自己的不凡之举，感动了孝感，并荣登“中国好人榜”。

祝伟（右）荣获孝感市“杰出青年志愿者”称号

他管过红岩英烈的“家事”

2009 年 10 月，汉川市连日阴雨。雨脚如麻，路上行人稀少，但是祝伟没闲着。他身披雨衣，背着一个沉重泛黄的采访包，用了整整两天时间，在早已变得泥泞不堪的乡间小路上，深一脚浅一脚地顶风冒雨跋涉了 200 多公里。

他先后跨过汉江，前往马口镇同兴村，马鞍乡陡山村、高观村、高岭村，又横渡汉北河，走进凉亭村、麻河镇街道等，只为帮助逝世多年的红岩英烈寻找亲人。

“红岩英烈”，是一个具有史诗般意义的英雄群体。他们为了救国救民的崇高伟业，视死如归，从容就义。他们的高尚情怀和英雄气概，至今仍然让人铭记，催人奋进。然而，祝伟了解到，在慷慨就义的红岩英烈中，有 3 名孝感籍烈士至今没有找到亲人。

巍峨青山已埋忠骨，而英烈的后代现在又在哪里？他们知道自己先辈的英勇义举吗？得知这个消息后，祝伟打定主意要帮红岩烈士寻到亲人和后代。他联系上重庆红岩革命历史博物馆，随即在报纸上推出“为红岩烈士寻亲”系列报道。报道刊发当日，就为吴正钧和张国维两位烈士找到了亲人。但是，汉川籍刘家彝烈士的亲人却音信全无。

管“闲”事，不能半途而废，祝伟决定启程寻找刘氏后人。他一路奔波，走访群众，翻阅族谱，察看墓碑……当他走进麻河镇街道时，早已经一身水，两脚泥，疲惫不堪了。

祝伟顾不上休息，打起精神走家串户找老人聊天。在这里，祝伟终于欣喜地找到了答案：“还有刘姓老人知道烈士，他们翻出了刘氏族谱，刘家彝烈士的名字赫然在列。”

老人激动地握着祝伟的手说：“谢谢你啊。刘家彝烈士是我们刘家人的光荣。他还有个亲侄子，已经定居在武汉了。”祝伟向老人拿到了刘家彝烈士侄子的联系方式，这才如释重负地松了一口气。两天的奔波劳累，值了。

“帮三位英烈找到在世亲人，也算另外一种意义上的叶落归根吧！烈士英灵如果泉下有知，一定也会倍感欣慰的。”祝伟无限感慨。

翻开祝伟的工作履历，从医生、乡镇干部再到记者，无论在哪个岗位，他都兢兢业业，勤奋努力，正事也做，“闲事”也管。他的工作，从始至终闪耀着人道主义的光辉，做出了情怀，也做出了影响。

1988 年，年仅 18 岁的祝伟从孝感市卫校农村医师班毕业，被分配到孝南区三汊镇卫生院，成了一名拿手术刀的外科医生。他每天除了坐堂问诊，救死扶伤，就是忙前忙后管“闲”。久而久之，四里八乡的乡亲只要提到他，都说这是个“好伢”。

1992 年，三汊镇组建计划生育服务站，祝伟被抽调进站工作。他在这里成功操作了 1000 多台结扎手术，无一例事故发生。5 年后，因为工作能力出众，他被任命为镇计生办主任。2002 年，祝伟调任三汊镇党政办。

2005 年，祝伟成为《孝感晚报》的一名记者。他那好管“闲事”的个性在报社如鱼得水，很快成长为骨干记者，先后上百次获得市、省乃至国家级各种新闻奖，并获评“孝感市首届优秀文化人才”。

在新闻工作中，祝伟接触到了红十字志愿者群体，他被震撼了，“他们自愿为社会、为他人服务的精神，深深打动了我。从那以后，我开始积极参与各种红十字活动，认真采写稿件，向社会广泛宣传红十字精神。”

湖北省首例捐髓媒体记者祝伟（左）与孝感市首位女性捐髓者余志凌一起参加无偿献血

孝感，自古以来孝子昌盛，因孝而得名。在这里，各类爱心群体如雨后春笋般不断涌现，整个城市拂面而来的是崇德向善的春风。祝伟用新闻笔描绘出孝感人道事业的璀璨星空，字里行间，一股英风侠气扑面而来。在他的笔下，红十字志愿者群像如群星闪烁，熠熠生辉。这些闪烁着大爱大美之光的道德群星，凝聚成“中华孝文化名城”的独特城市精神。其中就有他一直关注的孝感大悟县宣化店的献血志愿者群像。

宣化店是著名的革命老区，1946 年，人民解放军中原军区部队在这里打响了解放战争的第一枪。在这片红色的土地上，革命精神代代传承，红色基因融入了血脉。

宣化店是距离孝感城区最远的乡镇。但是，孝感市流动采血车每个月都会来这里一次，平均每次能采血 40 多人次。祝伟通过采访发现：

“这种踊跃献血的盛况，源于一位名叫孙公立的农民。在孙公立的宣传和带动下，宣化店镇固定义务献血农民的人数长期稳定在300多人。”

2018年，祝伟据此创作了长篇通讯《1个带动10个，10个就可以带动100个——大悟一农民带动300多村民无偿献血》。当年底，该作品获得2018年度湖北省红十字好新闻作品一等奖。红十字志愿者孙公立也光荣入选2019年“孝感楷模”及“湖北省优秀无偿献血志愿者”。

在无偿献血现场，祝伟（左）总是能通过与献血者的聊天和沟通来消除他们心中的顾虑

新闻报道是他最强有力的“武器”

因为工作关系，祝伟结识了许多无私的红十字志愿者。祝伟说：“他们每个人都是一本书，感人至深。他们也会遭遇人生的风风雨雨，有时也需要大家的无私救助。”已故“献血英雄”汪炎平曾是这样一个需要救助的红十字志愿者。

汉川鸡公洲村是闻名遐迩的“无偿献血第一村”，汪炎平则是村子里当之无愧的“献血英雄”。他曾连续6次获“全国无偿献血奉献奖”金奖，还先后获得“全国无偿献血促进奖”个人特别奖和“全国无偿献血志愿服务终身荣誉奖”等。他在世时，累计献血量相当于15个成年人的血液总量。

2016年，45岁的汪炎平突遭意外，导致颈椎骨折伴脊髓损伤，全身瘫痪。祝伟听到这个消息后，着急了：“一位长期无私奉献的英雄，不能就这样倒下去。”他把感情倾吐在笔尖，连续跟踪报道汪炎平的事迹和现状，呼吁全社会关心救助汪炎平。同时，他开始积极组织救助汪炎平的志愿活动。

3年来，汪炎平的病情逐渐稳定，家庭状况也慢慢好转。但是，2019年7月，厄运再度降临。汪炎平的爱人脑梗死中风。祝伟获知消息后，立即在孝感市红十字会支持下，迅速协调相关媒体进行采访。当年7月底，一组有关汪炎平家庭遇困的报道陆续推出，引发全社会广泛共鸣。

“爱人者，人恒爱之；敬人者，人恒敬之。”这是祝伟最喜欢引用的一句话。这一年12月，汪炎平溘然辞世。噩耗传来，祝伟悲伤之余更相信爱的力量：“只要大家携手同心，我们就一定能帮助汪炎平家庭摆脱困境。”

新闻报道，是他从事志愿服务最强有力的“武器”。祝伟利用自己媒体从业者的身份，像黏合剂一样紧密团结着周边的志愿者，把“闲事”管到了细处，也做到了实处。他精心描绘着“人道、博爱、奉献”的习习春风，从中收获了满满的幸福感。

有一年5月，一位22岁的瑞士华裔女孩希望找到她在湖北的亲生父母。她的诉求经由北京志愿者团队“宝贝回家”电话联系上孝感市红十字志愿者鲁锋，再由鲁锋第一时间告知了祝伟。祝伟当天即在报纸上刊登了相关消息。在他的推动下，这个亲情故事从孝感地区开始发酵，并且迅速扩散，引起了社会关注。最后，在多家省级媒体的大力帮助下，女孩终于圆梦，在湖北天门找到了魂牵梦绕的亲生父母。

2013年11月，祝伟推动《孝感晚报》成立了红十字志愿者便民服务队。这支便民服务队先后走进孝感市100多个社区，为数万名社区居民提供多项免费服务。“我们服务的内容包括记者帮办、义务理发、健康体检、法律咨询、家政服务、家电维修、投资理财和应急救护知识讲座等等。”祝伟欣喜地发现，在队员们的共同努力下，便民服务队散发出磁铁般的吸引力，越来越多的公益团体和爱心企业参与到便民服务中来，服务的项目也因此变得越来越丰富全面。

无偿献血宣传服务的现场，总少不了祝伟（左二）的身影

2015 年 5 月，《孝感晚报》红十字志愿者便民服务队因志愿工作出色，荣获“孝感市第二届志愿服务活动先进集体”。

祝伟趁热打铁，在《孝感晚报》开办“公益工作室”专栏，广泛收集求助信息，积极为弱势群体排忧解难。以专栏为平台，祝伟多次开展“微心愿”公益活动，迄今已为全市 1000 多名留守特困孩子圆梦“微心愿”。祝伟还会定期组织“酷暑高温送清凉”活动，他说：“盛夏时分，天气酷热，我们要为在高温中坚守岗位的劳动者送去清凉。”

以专栏为窗口，祝伟与孝感市红十字会工作人员一起推动孝感市的人体器官捐献工作。“我们先后协助湖北省最年轻的多器官捐献者安陆小姑娘高巧巧、孝感媒体人张君安、81 岁的安陆退休教师敖永才、孝感义工魏宏袁彩霞夫妇、孝南区 94 岁老兵杨少云、孝南区新华街原计生主任陈金霞等 20 多人完成捐献遗体，帮助那些器官末端衰竭的人民摆脱了病痛折磨。”

因工作出色，影响巨大，“公益工作室”先后获评“孝感市第三届学雷锋最美志愿服务组织”“第五批湖北省学雷锋示范点”和“中国晚报优秀专栏”等。

2017 年 11 月，祝伟被借调到孝感市网信办工作。他在继续扎实开展工作之余，结合网信工作特点，积极策划了多项志愿服务活动。借调期间，由于工作表现突出，祝伟受到了中央网信办和湖北省网信办的多次通报表扬。

2019 年 5 月 8 日，在中国红十字会总会事业发展中心、湖北省红十字会、孝感市人民政府联合举办的“博爱中国 · 走进孝感——纪念第 72 个世界红十字日暨曜阳养老志愿行动启动仪式”上，祝伟作为志愿者代表领誓

鲁迅先生曾说过：“道德这事，必须普遍，人人应做，人人能行，又于自他两利，才有存在的价值。”多年来，祝伟行走在责任和爱心的路上，用实际行动践行着“人道、博爱、奉献”的红十字精神。中国好人、第四批湖北岗位学雷锋标兵、全国无偿献血奉献奖金奖、全国无偿献血志愿服务终身荣誉奖、全国无偿捐献造血干细胞特别奖、中华骨髓库五星级志愿者、湖北省优秀红十字志愿者、湖北省优秀造血干细胞捐献者……一系列荣誉的背后，是他弘扬人道、践行博爱、无私奉献的无悔征程。

耿艳：情系社区映晚霞

红十字工作和社区工作是相辅相成、相互促进的。

社区工作集中整合社会力量，教育引导居民提高自我服务意识，而红十字工作则正好搭建起了这样一条通道，能通过传递红十字精神激发居民爱心，提升居民社会责任感。

——耿　艳

最美不过夕阳红

2016年重阳节，秋高气爽，阳光温暖舒适，银杏叶也渐渐染上了金色。宜昌市伍家岗区万寿桥街道港务社区服务中心门前人声鼎沸，不时爆发出阵阵欢笑。

社区党委书记、居民委员会主任、社区红十字会会长耿艳在人群中格外惹眼。她满脸洋溢着热情笑容，一双漂亮的眼睛闪着幸福的光，一口一个“爹爹、婆婆”的亲密叫着，领着社区的老人们一起品尝重阳糕，一起品尝爱心菜，想不引人注意都难。

耿艳特别高兴，因为社区“晚霞食堂”今天正式开业了。一个困扰她多年的心病，今天终于有希望彻底得到解决。为此，社区特地举办了“品百家宴，庆重阳节”的活动，与辖区老人们共庆节日。

耿艳心里美着，便比平常笑得更加大声。她高兴地招呼老人们说：“爹爹婆婆们，以后你们在晚霞食堂用餐，如果没吃好，就来找我，如果吃得不开心，也来找我。要是谁服务不用心，我就说她们。”她一边说，一边望着忙前忙后的食堂工作人员笑。工作人员手脚不停，来去如风，纷纷朝她点头：“您就放心吧，有您盯着我们，哪敢不用心呀！”

港务社区开展端午节活动，耿艳（右一）与社区群众一起包粽子

在基层，耿艳是出了名的做事干练，但是面对那些触及底线的人和事，她一定会把原则坚持到底。社区工作“上面千条线，底下一根针”，大事、小事、杂事一箩筐，没点辣子脾气，怕镇不住场。她是一个生长在荆楚大地的北方女人，为人豪爽大气，平时极好相处，有时嬉皮笑脸起来，也没个正形。但是如果有人事情没做好，还死犟死犟地顶嘴，她一旦发起脾气来，那电闪雷鸣的阵势，一般人还真招架不住。共事多年，社区工作人员都摸透了她的脾气，知道她是一心为社区好，为大家好，都敬重她。

港务社区是个非常特殊的社区。全社区2500多户5240多位居民中，老年人占到35%还多，其中大多是宜昌市港务局和宜昌交运集团的离退休职工。另外还有20%是外来务工人员，他们主要居住在棚户区内。

“社区老旧杂居，超过一半的人口是老人和流动人口，需要帮扶的情况多，却缺少经费，治理难度非常大。”耿艳刚担任港务社区党委书记时，这种状况她看在眼里，急在心里。

幸好，这个北方女人的字典里，从来没有“服输”两个字。她在基层工作30年，千头万绪，总能找到解决问题的方法。上任伊始，耿艳便发挥自己的“自来熟”属性，每天走家串户，了解具体情况，解决实际问题，很快便和社区居民打成了一片。现在，港务社区的居民只要提到“耿艳妹子”，都会跷起大拇指交口称赞：“是一个实实在在为大家排忧解难的贴心人。”

晚霞食堂开业前，如果提起港务社区最难解决的“痼疾”，非社区老人就餐难问题莫属。辖区老人多，子女又大多不在身边。老人们孤孤单单一个人在家，做饭做菜就成了非常麻烦的事。耿艳为这事操碎了心，想了很多办法，都不能妥善解决。

2016年9月，宜昌市红十字会下基层调研，耿艳看到了曙光，“市红十字会在调研时，给我们介绍了一个名叫‘博爱家园’的公益项目。我仔细研究了项目内容后，觉得有一扇门向社区敞开了，春风即将拂面而来。”

干什么事情都风风火火的她，立刻带领社区工作人员入户走访，宣传项目内容，征求居民意见。通过充分的前期调研，耿艳摸清了社区的三大需求：“老人有就餐的需求，外来务工人员有家用维修工具的需求，社区残疾人有康复治疗的需求。这让我对‘博爱家园’项目充满了信心。”

2016年10月，仅用一个月时间，耿艳依托社区居家养老服务中心完成了红十字“博爱家园”建设，开办起了晚霞食堂，为社区65岁以上老人提供平价正餐。同时开办的还有图书阅览室、健康小屋等便民设施。

对于晚霞食堂，耿艳只有一个要求：“要让社区老人都能吃上舒适、放心、平价的正餐。”

要求很少，标准很高。食堂必须采购最优质的食材，任何偷工减料都是不可原谅的。鸡肉、猪肉这样的荤菜要细心地切成丁，方便下口。青菜必须多焖一会。凡是老人就餐，还要额外加送一碗养生汤或者蒸菜。

食堂必须提供最贴心的服务，工作人员笑要露齿，还不能露得太多。厨房实行透明化管理，做菜流程看得见，食堂的地面和灶台必须每天清洗。食堂的菜品每天要换花样。如果经常只是“老三样”，让老人们吃腻了，耿艳就会提出整改意见。

晚霞食堂开办不久，平均每天用餐人数就达到了50多人，有效破

港务社区举办 90 岁以上老人生日会，耿艳为老人戴生日帽

解了社区老人就餐难的大问题。食堂开门迎客，街坊邻居在这里边吃边聊，不仅解决了老年人的用餐问题，还为他们聊天交流提供了场所。“晚霞食堂进一步满足了社区多样化的养老服务需求，老年人从此感觉有了着落、有了依靠。”看到老人们开心的笑容，耿艳发自内心地高兴。

高擎旗帜传灯火

“博爱家园”项目的落户，为社区的婆婆爹爹们提供了一个老有所养、老有所依的“家园”，也让大家伙的生活变得更加方便。越来越多的热心人自觉自愿加入社区服务：“耿书记，让我们也加入吧，总不能只让你一个人受累。”

志愿者多了，耿艳就寻思着成立社区红十字会，更好地把大家组织起来：“成立社区红十字会，可以团结更多人，大家拧成一股绳，为社区提供更多更好的帮助。”

在成立社区红十字会这件事上，她对孙子兵法是“无师自通”，把“守正出奇”4 个字表现得淋漓尽致。

正，是规矩；奇，是方法。无规矩不成方圆，规矩不能乱，否则就是瞎搞乱来，要不得；守着规矩不干活，那是庸才，也要不得。

耿艳成立社区红十字会，该讲规矩的时候讲规矩，该讲方法的时候有方法。她严格按照《中华人民共和国红十字会法》的规定程序，发起成立红十字会，组织召开理事会议，建立相关工作制度……她立规矩，讲规矩，身正才不怕影子斜。

十几个热心快肠的社区居民积极响应，成为社区红十字会的首批会员。这是社区红十字会的核心班底。他们挨家挨户上门，拉家常，讲感情，愣是把宜昌交运集团等辖区单位变成了红十字会会员单位。他们还热心张罗，广泛宣传，带动、影响更多的人加入红十字会。“现在，我们社区有会员 220 多人，而且这个数字还在不断增长，几乎所有会员都按时、自愿、主动地缴纳会费。”耿艳觉得这份成绩单相当了不得。

随着社区红十字队伍不断发展壮大，耿艳遇到了很多新问题：“服务内容及项目在持续增加，人手和专业知识都跟不上去。水电安装、知识培训、急救护理等，这些方面的技术人才尤其缺。”耿艳开始琢磨新方法，尝试着把红十字会工作与社区工作有机结合起来。

2018 年 5 月，耿艳（右四）参加社区地震应急演练暨防灾减灾宣传活动

她把发展壮大志愿者队伍作为考核社区工作的一项重要指标，发动会员广泛宣传，积极吸纳从事水电工、教师、医生等职业的居民入会。她还鼓励居民互动互荐，积极对接辖区以外的社会公益组织加入社区红

十字会。

志愿者人数如滚雪球一样增长，耿艳及时成立了港务社区红十字志愿服务站。“志愿服务站实行细化分类，分出了文艺活动志愿服务队、扶老助残服务队、技术服务队、医疗保健服务队等8支志愿者分队，分工各有不同。”服务站还设置有专门的服务窗口，形成了收集、反馈、解决、回访的循环服务机制。

社区红十字会以志愿者为主导，高擎爱的灯火，传递人道温度，成为社区文明创建的宣传者、参与者和带动者，成为湖北省基层红十字组织的一面闪亮旗帜。“社区居民年均献血人数超过30人，会员单位交运集团150人参加义务献血，冬泳协会动员协会成员100多人义务献血……数十名居民加入中国造血干细胞捐献者资料库。”提起这些志愿者，耿艳满脸自豪。

“服务活动是我们社区的一大特色。每年社区要开展近30场文体服务活动，其中红十字专题公益活动就占了一半。”耿艳掰着指头如数家珍。服务活动既丰富了居民的业余文化生活，也提高了他们对红十字会的认识。“人道、博爱、奉献”的红十字精神在社区内外影响广泛，形成了浓厚的互帮互助氛围。

伍家岗区中南路社区有一名网格员，突遭意外导致大脑受损，必须入院手术。港务社区红十字会获悉此事，发起了募捐行动。“仅仅两个多小时，我们就募捐了善款近6000元。有些出差在外无法赶回的会员，也通过社区红十字会微信群‘红心汇’进行了网络捐款。”耿艳说。当耿艳将善款送到网格员家人的手中时，他们眼中泛起了感激的泪花。

2018年12月底，天气寒冷，港务社区“低保”老人李芬修在家使用取暖器时，不慎将被子引燃。因为家中堆放了很多垃圾，火势很快蔓延。尽管及时得到控制，无情大火还是把老人的家洗劫一空。老人年纪大，又惊又吓又被烟熏火燎，被火速送到医院急救。志愿者闻讯而动，为老人捐衣捐物、清理家中杂物，帮她装修房屋、办理保险理赔。“老人家出院回到家一看，家里干净又整洁，簇新的大花棉被也早已经铺好，温暖舒适。志愿者们还给了她一个安全、温暖的家。”

通过几次募捐“试水”，耿艳感触很深：“红十字工作和社区工作是相辅相成、相互促进的。社区工作集中整合社会力量，教育引导居民提

耿艳（左一）组织社区爱心募捐活动

高自我服务意识，而红十字工作则正好搭建起了这样一条通道，能通过传递红十字精神激发居民爱心，提升居民社会责任感。如果没有基层红十字会，或者基层红十字会没有形成常态化管理，社区救危解困的速度不会如此之快!”

为了让困难人群在需要的时候及时得到救助，耿艳进一步升级管理模式，在社区红十字会设立了储备金机制。所有募集到的善款，一分不少，悉数纳入储备金账户，专人专款，实行公开透明管理。

社区维稳“铁娘子”

深耕社区30年，耿艳尝遍了基层工作的辛酸苦辣。面对社区千头万绪的琐碎事务，她默默把一腔热血倾注在各项工作上。30年来，她调解的各类邻里矛盾纠纷不计其数，小到楼上楼下漏水，大到辖区改造拆违、棚户区拆迁和社区维稳工作等。

老百姓说她“是社区的稳压器，是一个不知疲倦的社区‘铁娘子’”，“有问题，找耿艳，再大的困难也难不倒她。”

在港务社区，原本有一个环境很差的卫生死角。现在这里安装了一批健身器材，变成了一个休闲健身场所，成为社区人气最旺的地方之一。居民们每天聚集在这里休息、娱乐、锻炼，人们津津乐道地讲起它从无到有的经历，为社区环境的改善发出由衷赞叹。

港务社区人口密集，曾经是一个没有电梯住房和成型物业管理的小区，环境和经济条件一度非常差。耿艳担任社区书记后，计划逐步改变社区老旧的环境面貌："我打算借宜昌市改造老旧小区的东风，从居民最关心和反映最大的港前路环境整治入手。"

港前路是块硬骨头，路口有个临时集市，很多小商小贩聚集在这里，摆起各种临时摊位，通过做小生意来维持生计。这不仅导致了周边环境脏乱差，也给社区居民通行造成极大不便。事关小商贩生计，港前路拆除违建和环境整治工作的难度之大，超出了想象。

港务社区红十字志愿服务队开展活动后留影

社区有个 50 多岁的居民，脾气和生铁一样硬，又是这里的一"霸"，居民都背着叫他"铁匠"。因为生意不好做，他就把门面转让了，还在门面后搭了个"小偏栓"。为了让杂居小区改造工作继续推进，就必须拆了他的违章建筑。社区工作人员找他谈，没有好声气不说，还把门关得山响。多次交涉无果后，他们无奈找到了耿艳。

耿艳有她的办法。"找他本人找他亲人，能找的都找来谈了。一次不行就两次，两次不行就五次，多次的交涉后，他向我诉说了自己的困难和诉求，在不违背原则的前提下，能帮就帮上一把。"精诚所至，金石为开，这个油盐不进的糙汉子，最终被耿艳的坚持打动，同意拆除这个搭了20多年的违建。

对耿艳来说，办法总比困难多："拆违要拔'硬钉子'，而拔'硬钉子'的关键，就是真心实意帮助他们解决实际困难。"她采取双管齐下的办法，一面带着社区红十字会会员，挨家挨户找居民和小商小贩做思想工作，劝说他们支持工作，拆除违建，还路于民；另一面设身处地地为商贩们着想，想方设法帮助他们在附近菜场寻找摊位安置。最终，"硬钉子"们纷纷心悦诚服，拆违难题迎刃而解。违建在较短时间里全数拆除，社区环境很快旧貌换新颜。

因为本职工作出色，耿艳被社区百姓推选为宜昌市伍家岗区人大代表，她身上的担子变得更重了。"我需要倾注比以前更多的时间和精力，才能做到本职工作和代表履职两不误。当然，区人大代表的身份，也为我们社区的面貌改变提供了很多助力。"成为人大代表以后，她多次以代表身份向有关部门反映问题，如加快港务棚户区的"棚改"进度、老旧小区的改造、安装天然气管道、辖区粉尘污染处理等问题，得到了相关部门的重视和采纳。这些社区群众特别关心的问题，大部分都得到了妥善解决。

耿艳经常说："红十字事业要在基层扎根、开花、结果，需要一个漫长的过程。"社区事务繁杂琐碎，她坚持带领基层红十字会员和志愿者，广泛发动社区力量，绵密编织了一张服务群众的志愿者网络，把"全心服务，幸福港务"烙在了每个居民心中。她的付出得到了社会的认可，先后获得"宜昌市三八红旗手""伍家岗区三八红旗手""伍家岗区优秀共产党员"等荣誉称号，并入围了"荆楚楷模"。2017年底，她受邀出席湖北省"红十字故事汇"，讲述社区里的红十字故事。2019年9月，她作为湖北省基层红十字工作者代表参加了中国红十字会第十一次全国会员代表大会。

"社区大变样，是对我最大的褒奖。"面对荣誉，耿艳的话说得朴实，也有无限的"想象空间"。

通过耿艳的努力，红十字之花在港务社区灿烂绽放。放眼神州大地，如果每个社区都有一个像耿艳这样的带头人，那将是一幅怎样姹紫嫣红的美丽景象啊！

夏穗生：器官移植拓荒者

让我国医学立于世界医学之林，必须开展器官移植，这是祖国的召唤、患者的嘱托。

我一生只做了“一件事”，唯愿不负国家培养。

——夏穗生

夏穗生教授

泰戈尔说：生如夏花之绚烂，死如秋叶之静美。

鲜花、翠柏，静静簇拥着“中国器官移植拓荒者”、华中科技大学同济医学院附属同济医院夏穗生教授的遗像。500余名各界群众默默走进武汉汉口殡仪馆静雅厅，悼念这位杰出的外科学家。

悬挂在追思会会场的一副挽联：育杏林英才，着传世经典，一代宗师风范永存；开移植先河，领外科潮流，医界巨擘名垂千古。它诠释了夏穗生甘为人梯、夯实医学之基、为中国器官移植事业鞠躬尽瘁的一生。

时间停留在2019年4月16日14时，我国杰出的外科学家、器官移植学主要奠基者和创始人、医学教育家、华中科技大学同济医学院附属同济医院教授夏穗生在武汉与世长辞。而17日便是夏老95岁生日。家属遵其遗愿，捐出其眼角膜，并向他亲手创立的新中国第一个器官移植研究所——同济医院器官移植研究所捐献100万元积蓄，用于器官移植研究和人才培养。

以移植为生，以捐献谢幕。老人对中国人体器官移植事业做出了开创性贡献，而两个遗愿的完成，成为他与这个世界最有意义的告别。

一个甲子兑现誓言

从出生仅4个月的婴儿，到古稀之年的老者；从单独的肾脏移植到多器官联合移植。在我国，每年有超过两万名患者因为各种疾病接受人体器官移植手术，实现包括心、肺、肝、肾、胰腺、小肠在内的胸、腹腔脏器移植，让生命之花再次绽放。

每每读到一个个重获新生的故事，人们常常为那些人性的温暖、惊心动魄的救治过程感动落泪。而被誉为“医学之巅”的人体器官移植，在我国是如何一步步从实验室走向临床应用的呢？这一切，都离不开夏穗生教授用近70年时光的默默躬耕与不懈奋斗。

20世纪六七十年代，国内医学人才极其匮乏。1958年，34岁的夏穗生，因发表中国第一篇关于肝切除的文章而崭露头角；作为新中国培养的第一批医生，夏穗生开始进行肝移植研究。他与老师裘法祖一起创建了腹部外科研究室。一台病理切片机、一台血常规计数器、一台光电比色计和一台开放式麻醉机，中国人体器官移植研究就此起步。

1963 年，美国施行了世界首例人体原位肝脏移植手术。“让我国医学立于世界医学之林，必须开展器官移植，这是祖国的召唤、患者的嘱托。”夏穗生从此立下壮志。

1973 年起，在没有国外经验可以借鉴的情况下，他和同事们在艰苦的条件下摸索前行。在开展了 98 次分解手术、实施了 130 次狗的原位肝移植手术后，手术核心模式最终被确定下来。这是中国人第一次自主掌握哺乳动物大器官移植的完整手术。

在同济医院档案馆里，一张发黄的手术照片定格着那段尘封的历史。一幢古旧的两层小楼，刻录着夏穗生和同事们最艰苦的几年时光。看似平淡无奇的实验室，注定惊心动魄。一个直径约 70 厘米的小型消毒锅，是实验室里最先进的“家当”。这个靠一盏煤油汽灯点火、不停往打气口打气才能升温的设备，仅术前消毒就需要耗费一天的时间。

其后，从实验室到人体，中国人体器官移植事业实现大跨越，并不断创下新纪录：1984 年，成功进行国内首例胰腺移植；1989 年，在国内率先开展亲属活体脾移植；1995 年，成功实施亚洲首例腹部多器官移植……

夏穗生教授在做报告

上苍总是眷顾奋斗者。此后十余年时光，夏穗生带领团队，建立了新中国第一个器官移植研究所，实施了亚洲第一例肝、肾、胰腺等多种器官的移植，特别是培养了中国第一批器官移植研究生。

“中国器官移植事业发展壮大的关键是人才，必须让年轻人站在前台，我的任务是‘搬梯子’。”正当医学界为他屡创移植纪录而惊叹时，他却选择悄然“转身”，转而培养器官移植事业的“接班人”。

“转身”后的他，有几句话便从此成了口头禅：“你们大胆做，成绩是你们的，失败是我的，责任我来担。”鼓励之中，饱含着担当。

如今已是同济医院器官移植研究所所长的陈知水教授，在33岁时就成功主刀一台肝移植手术，成为当时全国最年轻的主刀医生。而他回忆说，如果没有夏教授，他不可能有这样的机会。

陈知水清楚地记得，那是1999年的一天，他首次主刀肝移植手术，已是75岁高龄的夏穗生专程赶到手术台边坐镇，鼓励他说：“你安心做，失败了我来担责任。”那天，5个多小时的手术，夏穗生就守在手术室，没离开半步。“我当时只有33岁，说内心不忐忑一定是假话。夏老不仅把难得的手术机会给我，还守在一旁，鼓励我大胆手术。”忆及恩师当年的指导与关爱，陈知水内心总是充满力量。现如今的他，已是同济医院临床部主任、教授、主任医师、博导，并帮助全国20家大型医院开展过肝移植手术，同时还身兼中华医学会器官移植分会常委、湖北省器官移植学会主任委员等多个职务。科研成果丰硕的陈知水，已是国内器官移植界名副其实的“大咖”级人物。

而另一位“大咖”级人物、武汉大学中南医院肝胆疾病研究院院长、武汉大学移植医学中心主任叶啟发也是夏穗生的学生。提及夏老，他说得最多的就是“治学严谨”和“淡泊名利”。“80年代中期，我曾写过一篇关于肝硬化门静脉高压出血的论文，夏老师反复修改了十余次，还当面指导我为何要这么修改。论文发表前，我希望把老师列为署名作者，但他坚决不肯，经我再三恳求，最终他只同意在文末注明‘夏穗生曾对本文进行修改’的字样。他指导每个学生都是非常细致，但在名利面前总是退避三舍。”这篇被老师反复修改的论文，叶啟发至今珍藏，时时拿它勉励自己。

夏穗生提出：研究生培养的远期目标是学术领域的尖子，器官移植的研究生在未来应该成为本专业的“将才”，有的更要成为“帅才”。围绕这一目标，他开始了精心育才之路。在科学研究上，他要求学生研究国内空白的课题和国际最先进的课题，挺起中国医学的脊梁。

夏穗生教授在家中办公

天道酬勤。夏穗生引领的科研几乎涉及器官移植领域的各个方面，同时，他培养的不少学生陆续成为我国器官移植和外科学界的领军人才。面对人才辈出的局面，他由衷欣慰。他曾形象地说：“我们这一代是中国器官移植的拓荒者，目的是为后来人开辟一条通往顶峰的道路，这条路拓得越宽阔越有利于后来者攀登。”

如今，经过一代又一代医学专家的努力，中国人体器官捐献移植事业不仅走上了世界舞台，创造出一个又一个令世界惊叹的奇迹，而且探索出了世界瞩目的全新模式，得到国际社会广泛认可。2011 年，夏穗生主编的《中华器官移植医学》专著出版。著名器官移植专家、中国器官移植发展基金会理事长、原国家卫生部副部长黄洁夫教授欣然为其作序。序言写道：“夏穗生教授是我国器官移植事业的开创者，他从医 70 年的奋斗史也是我国器官移植事业的生动写照。作为我国器官移植的奠基者，他鞠躬尽瘁，参与、推动和见证了我国器官移植发展至今的全过程。”

夏穗生（左一）作为大陆移植专家代表访问台湾

1959 年，夏穗生曾许下铿锵誓言：“自愿把自己一生的一切连同生命献给中国共产党，为党的伟大事业奋斗一生。”面对无数的“首次”“第一”，这位医龄与共和国同龄的老人，却以淡定与谦逊表明初心：“我一生只做了‘一件事’，唯愿不负国家培养。”

时光荏苒，他用一个甲子兑现了誓言。

为器官捐献鼓呼

没有人体器官捐献，就没有人体器官移植。在同济医院，夏穗生躬耕中国器官移植事业；在院外，他为人体器官捐献事业大声鼓呼，充分利用自己在医学界的巨大名望和地位，影响和推动湖北人体器官捐献事业的健康、科学发展。

作为湖北省会的武汉市，每年约有 4 万人苦等救命器官，饱受病痛折磨，很多人最终只能抱憾离世。而在武汉，协和医院、同济医院等 6 家医院均具备人体器官移植资质，移植水平全国领先。

2010 年，一则湖北麻城农家女魏霞在武汉逝后捐献多个器官的新闻，刷爆了当年的各大媒体。

这年11月17日，因患恶性脊髓瘤救治无效的魏霞，在武汉长航总医院成功实施人体器官综合捐献。之前，她与武汉市红十字会签下了遗体捐献协议，无偿捐献了自己所有可以捐献的器官和遗体整体，成为当时全国捐献器官最多的人，也成为湖北非活体非亲缘性人体器官综合捐献第一人。她的器官最终让3名患者获得新生，而她的名字被镌刻在了石门峰武汉遗体捐赠纪念碑上，供亲人缅怀，供世人铭记。

魏霞捐献第二日，《湖北日报》便开始连续11天在其一版显著位置推出“霞光照耀　爱心传递”专栏，并发表评论、深度报道，新浪、网易、腾讯等众多门户网站纷纷转载后，引起广大读者的广泛热议和社会的极大关注。在武汉乃至全省范围内，许多群众纷纷申请加入人体器官捐献志愿者行列，荆楚大地涌现出一股爱心传递的热潮。

2014年12月1日，《湖北省人体器官捐献条例》正式颁布施行。此后，湖北人体器官捐献工作迈入快车道，其社会环境、工作环境发生显著变化，形成了“六有”工作格局，即有法规制度支撑、有专门机构管理、有充足的经费保障、有团结协作机制、有宣传传播阵地、有人文关怀平台。

最难能可贵的是，“器官捐献、生命永续”的道德新风尚在荆楚大地日趋形成，继魏霞之后，先后涌现出了“大爱医生靳军华”“最美押钞员陈刚”“安陆罗平波逝后捐献器官挽救五人生命”等被媒体广泛报道的捐献代表。

当你离开这个世界时，你是否愿意以另外一种方式让生命延续？多年前，遗体和器官捐献还不为人知，鲜被接受。经过10多年的普及宣传，拥有千万人口的湖北省会武汉，几乎人人皆知遗体和器官捐献的大爱善举。

国家卫生健康委发布数据显示，2018年，中国器官移植数量跃居世界第二位。截至2019年1月，我国公民累计实现人体器官捐献21688例，捐献器官61902个，挽救和改善了近7万名器官衰竭患者的生命和质量。如今，器官移植的“中国模式”，已成为世界医学楷模。

在湖北，同样有一组引人瞩目的数据：截至2019年11月10日，全省人体器官捐献志愿登记累计33462人，累计实现捐献2745例，共挽救和改善了8055名器官衰竭患者的生命和质量。湖北人体器官捐献数量和质量走在全国第一方阵。

面对一个个“生命接力”的捐献故事，除了捐受双方亲人，最欣慰的人该是夏穗生了。

以捐献眼角膜谢幕

2013年3月26日是个特别的日子。这天，武汉市遗体器官捐献工作中心的工作人员骆刚强与同事一道赶往同济医院器官移植研究所，因为有位89岁高龄的老人在这天将完成捐献登记。老人颤颤巍巍地掏出身份证，一笔一画认真填写人体器官捐献登记表时，时间仿佛定格在那一刻。这位老人就是夏穗生。

2013年3月26日，夏穗生教授填写逝后器官捐献志愿书

“要别人捐献遗体器官，自己不做出榜样，只讲空话，不做实事，不行。”完成登记后的夏穗生意味深长地对周围人这样说，他希望有越来越多的人因为器官移植获得新生。在他的感召下，当天便有320名医护人员、医学生和普通市民现场登记报名，自愿身后捐献器官。这一

天，是武汉遗体器官捐献者纪念日。

这是一个杏林之家。夏穗生和妻子石秀湄是同济医院有名的模范夫妻，两人育有一儿一女。在父母的影响下，儿女也都从医。女儿夏丽天随母亲从事影像学，如今是深圳市保健办影像学主任医师；儿子是同济医学院附属协和医院心血管硕士毕业，如今在加拿大一所大学做博士后科研工作。

女儿夏丽天回忆："爸爸干了一辈子移植，培养的学生恐怕连他自己也数不清了。而他又是个特别严谨认真的人，他撰写的那些论文以及他带研究生做的课题，每一次实验、每一个论点、每一组数据，都经过了反复推敲和检验。生前他捐出了自己的全部积蓄，我猜想，除了让器官移植事业后继有人，让同济涌现出更好更尖端的人才外，大概没有比这更好的理由了。他的精神一直感召着我，我决心效仿他，在身后捐出遗体、器官。"

拳拳父爱，总是最扣人心弦。忆及与父亲的过往，夏丽天的内心充满感动："打小的时候，我们家最不容易见到的就是父亲的身影，但我和弟弟并不缺少父亲的关爱……记得那年，我下乡插队，父亲冒着大雨从武汉赶来探望我，他到达时已是深夜，可第二天清早我才见到他。为了不打扰我们休息，他竟然在公厕待了一整夜。父亲一辈子身体力行，不仅教会我们做人的道理，还教我们正直善良、严谨认真。"

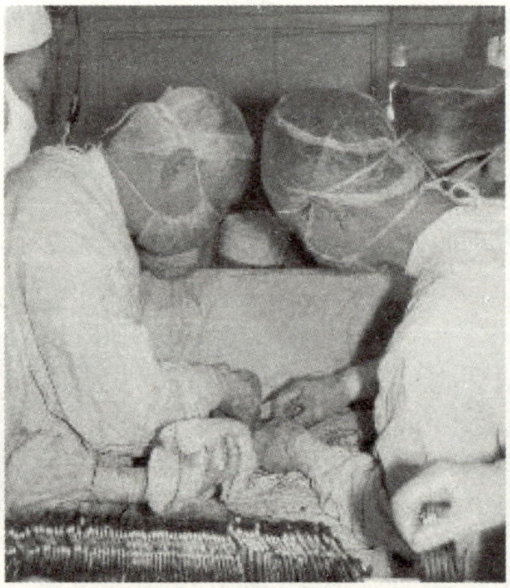

夏穗生（左一）在手术中

生命中有一种东西，用最平凡的爱贯穿人的一生；用点滴深情铸成生命的每一天，它就是"相濡以沫"。2019 年 4 月 16 日，夏穗生走完他躬耕奋斗的一生。在捐出眼角膜的同时，他捐献 100 万元积蓄，用于器官移植研究和人才培养。这 100 万元中大部分是老人的积蓄，还有部分由儿女补足。

夏穗生走后，老伴石秀湄常常凝望着他的遗像，内心涌起无尽的思念。“陪了70年，老夏走了，我也空了，没人陪伴了……”老人喃喃自语。

夏穗生逝世后，曾为其专著作序的黄洁夫在悼念视频中动情说道：“夏穗生教授是我国器官移植的奠基者和开拓者。他不仅在器官移植技术上奠定了我国器官移植发展的基础，也是我国器官移植改革的践行者，致力于推行我国公民自愿捐献成为器官移植供体的唯一合法来源。”

对于失明者而言，眼睛代表光明。2019年5月的一天，63岁的陈爹爹来同济医院复诊。一个月前，他因角膜溃疡进行角膜移植手术，曾经“混沌的世界”现在变得一片光明。家住湖北仙桃47岁的王先生，也是角膜移植术后复查，他已经能感知这明媚的季节了。在接受角膜移植手术前，他做出了一个令人感慨的决定，在病房填写了《武汉市遗体捐献志愿者申请登记表》，表示身后愿意捐献自己的角膜。而帮助两位素不相识的患者重见光明的角膜，来自同一个人——夏穗生教授。

按医学常理，王先生的角膜因为病变不能再移植给别的患者，但对科学研究和教学还有用途。作为角膜捐献的受益者，他觉得应该支持角膜捐献事业，于是毅然填写了登记表。尤其值得欣慰的是，在后来的复查中，王先生的视力从术前的0.05提高到了0.3。

“夏老把一双健康的角膜捐献出来，不仅帮助患者重见光明，他的表率作用还引领着更多爱心人士加入到器官捐献的队伍中来，也是为了早日改善我国器官移植供体不足的困境。作为一名眼科医生，我特别感动，也为夏老自豪。”夏穗生教授角膜捐赠的直接参与者、同济医院眼科主任医师李贵刚感慨不已。

“以前的角膜移植，要求捐献者年龄在2岁至70岁之间，年龄不够或者超龄，角膜都没法移植。”李贵刚解释说，“夏老捐献的角膜，在显微镜下检查发现透明、结构完整，经血清学检测无传染性疾病，角膜质量符合板层角膜需要的质量要求。因此，两名受捐者移植了夏老的角膜板层，与他们自身的部分健康角膜结合，成功复明。”

2019年6月，夏穗生入榜“荆楚楷模”。《湖北日报》为此再次刊发了他的事迹，湖北省楹联学会余德智先生特此撰联写道：创回生术，移肝常续他人命；怀济世心，植杖甘为后辈梯。横批：妙手仁医。

1993 年 12 月，第三届亚洲器官移植学术会议在泰国举行，
出席会议的夏穗生（右二）与国际同行合影

央视、新华网、《湖北日报》、湖北卫视等多家媒体纷纷聚焦夏穗生生前及逝世捐献器官的事迹。作为我国器官移植事业的拓荒者和奠基者，他被媒体誉为“搬梯子”的人。

斯人已去，而众多网友为他写下留言。留言中，有感慨，有致敬，还有令人动容的感恩——

老韩：大医精诚！如雷贯耳的名字，一生拼搏，只为患者康复，离世了，还留光明在人间。大师一路走好，安息吧！

一川溪水：我是器官移植手术的受益者，深切感受到这项技术的重要性！祝祖国的医学事业越来越发达，致敬夏老。

段斌炜（肝胆外科 DUANG 大夫）：夏老曾是我硕士答辩时的答辩主席，认真、严谨、睿智、平和、谦逊、风趣是夏老给我的印象，我想这也是一代医学大师应该具有的风范和行事准则吧！

来树荣：夏穗生老先生是我 17 年前换肝的医师，为了记住他，我特意用穗中树作我再生的名字。

…… ……

郭莉芳：红花开在山峰上

我虽然调离了林区红十字会，但我还是一名红十字志愿者，如果有需要，我会一如既往地发挥自己应有的作用。

把群众装在心中，时时依靠群众，事事为了群众。从点滴的工作中，充分阐扬“人道、博爱、奉献”的红十字精神。播下希望，总有芳香，让林区的每一片土地都沐浴着爱的光芒。

——郭莉芳

立足自己，拓展局面

2011年，时任神农架林区妇联副主席的郭莉芳，调任林区红十字会常务副会长。

赴任之前，相关领导反复嘱咐：“咱们林区红十字会起步比较晚，条件有些差。而且林区山阔人稀，交通不便，有些群众的实际困难也很多，亟待救助。希望你能挑起重担，一步步把工作做好。”郭莉芳性格素来干练，信心满满地答道：“一定不让组织和领导失望。”

到岗的第二天，郭莉芳就遇到了一件不大不小的尴尬事：红十字会办公室那台又老又破的传真机，彻底罢工了。副会长吩咐工作人员去买一台，不然收不到传真就没办法开展工作。工作人员嘟着嘴不愿意去，说账上根本没钱可支，得赊。副会长也无奈，说没办法，只能先赊着，一台传真机1000元左右，承诺人家年底一定支付吧。

郭莉芳苦笑，看来“条件有些差”，还真不假！

郭莉芳到任时，林区红十字会刚刚成为独立法人单位，干部职工总共只有4人，全年办公经费仅6000元，莫说救助困难群众，连日常工作的基本开支都没办法维系。

换做其他人，可能就被眼前的困难给吓住了，但郭莉芳比较好强，心中暗暗发誓：一定要打破僵局，就算筚路蓝缕，也要把工作干好！念及此，她迅速召集员工开会，鼓舞士气："即便困难，也要主动作为，只有做出实事，赢得社会的认可，才会拥有话语权，从而取得相关部门的关注和领导的支持。""希望大家有多少热，就发多少光！"

当天下午，郭莉芳就来到林区会计核算中心，认真查看财务报表，详细了解红十字会的经费收支、资产管理等情况。

当年林区地方财政预算经费有限，红十字会没有收入来源，自身财力严重不足。如何提高红十字会的影响力？经费又从哪里来？郭莉芳陷入沉思。她给自己定下目标：事无巨细必躬亲。她掌握红十字会的所有资料台账和基本情况后，边学习边结合林区实际，寻找突破口。

此后，郭莉芳带着她的团队从点滴做起，到处走访，一是慰问困难群众，二是寻求社会力量支持。通过点点滴滴的努力，红十字会在林区逐渐有了影响力。

这年11月，经过大会选举，以干实事闻名的郭莉芳光荣担任林区政协副主席职务。她发挥政协委员参政议政优势，积极为红十字会工作创作条件。

"承诺要把红十字会的工作做好，还没达到目的，怎能一走了之?"她说。接着，郭莉芳策划了一个大动作：组织赈灾募捐义演。

为了这次义演，她恳请林区文化名人吴承清老师作词、神农架本土歌手胡迪作曲，专门创作了义演主题曲。通过多方筹备，神农架林区首场赈灾募捐义演成功举办，现场募集善款37万元，为林区红十字会开展社会救助工作奠定了坚实的经济基础。

此次义演成功，让林区红十字会名声大振，筹资工作也顺畅多了。

2012年全年，林区红十字会募集资金500万元；2013年、2014年连续两年募集资金数上升，从全区人均4.5元增加到5.4元。

社会各界对林区红十字会的认可度也越来越高，红十字会各项工作更开展得是如火如荼。多年来，林区红十字会共筹集大病救助资金143万元，其中救助白血病患者5名，救助其他大病住院患者214名。

郭莉芳（左一）慰问贫困留守儿童，为他们发放书包书籍

人道精神，博爱万家

神农架林区，是全国唯一以“林区”命名的行政区。

这里有地球上中纬度地区保存最为完好的原始林区，也是国家重要的生态功能区。同时，它还拥有 3 张世界级名片：联合国教科文组织“国际人与生物圈”保护区成员、世界地质公园和亚洲生物多样性永久性示范基地。它也是我国国家生态旅游示范区、国家5A级景区。

也正因为群山巍峨，森林密布，住在山里的居民交通不便，传统的耕种模式经济效益低下，故而林区也是国家新一轮扶贫开发的重点地区。

最近几年，神农架大力推进旅游“裂变式”发展，逐步走上了转型跨越、绿色崛起之路。

从贫困到崛起的蝶变中，有着纷繁复杂的工作要做，其中救助救援便占据着重要的地位。郭莉芳带领的林区红十字会，一直发挥着重要的作用。

林区有一名年仅21岁的孕妇张波，家住农村，家庭生活比较困难，小夫妻平时在外打工为生。前些年，张波经常不舒服，在医院检查出患了白血病，全家几乎陷入绝境。林区红十字会得知情况后，郭莉芳和同事们迅速筹划，面向社会呼吁动员，捐资捐物救助。后来，区内爱心人士捐款28万元，内蒙古药业集团股份有限公司捐赠治疗白血病辅助用药5万元，使病魔缠身的张波平安产下一个健康的宝宝。

初中女生郑万丽出生于农村，也查出患有白血病。确诊之后，家境贫寒的小姑娘甚至放弃了治疗。林区红十字会得知后，也是持续关注，多方筹措善款，共募集15万元帮助她渡过难关，并资助她继续完成学业。

林区红十字会所做的工作，远远不止这些。

郭莉芳在红坪镇调研时，得知武烟集团有一笔10万元的定向捐款，用于资助神农架品学兼优的学生。为了惠及更多的贫家子弟，她多方联系，努力争取，后来将资助范围延伸到家庭困难学生，以此推开“关爱农村贫困留守儿童救助行动”和“贫困学生博爱助学活动”，全区共有数千名贫困家庭学生从中受益。

已持续多年的“红十字博爱送万家”活动，郭莉芳都亲自安排，带头参加。每逢新年元旦、春节之际，神农架大雪纷飞，气温降到零下，道路成冰。无论遇到什么阻力和困难，在寒冬腊月里，红十字会都会组织志愿者穿山入林，将一批批物资送到困难群众手中，让他们过上一个祥和温暖的春节。同时，林区红十字会还对麻风病、艾滋病等特殊人群及“两癌”母亲开展人道救助，让他们都能享受到社会关爱。

郭莉芳（左一）组织红十字志愿者穿山入林将物资送到困难群众手中

平时，郭莉芳还带领同事深入企业、农村、街道、社区广泛动员，走乡串户，着力改善困难群体境况，努力搭建惠及民生的爱心平台；联合民政局、纪委、机关工委、团委、社区等单位组织开展的“迎三八”联谊晚会、庆“五一”演讲比赛、庆“七一”社区共建文艺演出等，以活动为载体，加大宣传力度，使林区红十字会的知名度和美誉度不断提升。

景区救护，特色培训

时代在发展，神农架林区也慢慢找到了适合自己的腾飞之路。自从政府部门大力倡导发展旅游经济以来，神农架的美景也被世人广泛知晓。2013 年，林区实现旅游直接经济总收入 18.6 亿元，旅游总人数 520 万人次，是神农架总人口的 65 倍。

旅游业的兴旺，也引起了郭莉芳新的思考：核心旅游区游客流量巨大，安全如何保障？如果发生自然灾害，林区 8 万居民能否及时有效自救？如何发挥红十字会优势为旅游服务？

反复思量之后，郭莉芳又有了新的目标：全力推进“旅游景区应急救护培训”。

旅游业是林区经济发展主导产业，全区 8 万人口当中，约 60% 的人员间接或直接为旅游服务。郭莉芳决定以旅游行业为重点，组织开展应急救护实操培训，以点带面，实现林区全覆盖。

计划拟定，困难接踵而至：林区红十字会连培训课本、三角巾、绷带这些最基本的教材、教学模具都没有，如何培训？另外，培训的师资力量从哪里来？

郭莉芳有着不达目的不罢休的脾气，她利用到省政协、省红十字会学习的机会，见缝插针，积极向上级如实反映情况和困难，争取各部门的支持。经过多次沟通，在省红十字会的帮助下，第一批教学模具送达神农架林区红十字会。

林区红十字会举办的首届户外应急救护师资培训，引起了巨大的反响，积极报名参与的单位和个人非常多，其中既有红十字志愿者，也有基层巡护监测员、景点管理者，还有森林公安民警、消防队员，更有旅游公司导游、景区商家服务人员，等等。

郭莉芳请来了许多专业医护老师，给大家细心传授常见意外损伤救护处置和心肺复苏等技能，并将授课内容制成光碟，发放到各景点上。

郭莉芳（右二）参加应急救护师资培训

此次培训，郭莉芳还请来了北京蓝天救援队，他们对于山地救援有着丰富的经验。救援队的老师们向大家讲授野外生存、通信技术和山地救援的现场操作技能，让志愿者和学员们大开眼界。培训期间，神农架林区还由此组建了全省第一支户外红十字救援志愿者队伍。

持续培训让很多人受益匪浅，林区旅游行业应对突发事件的整体能力得以提升，民众特别是高危行业和一线工作人群自救互救能力也得以提升。

2014 年 6 月，郭莉芳陪同“以爱育爱”公益扶贫计划
湖北在行动项目人员走进神农架林区

近些年来，林区红十字会在“全国旅游明星镇”——木鱼镇多次开展大规模初级应急救护员培训，先后为该镇25家旅游经营企业培训了235名初级救护员。受训的志愿者、救护员曾在一年时间里，对景区游客实施了应急救护30多例。

在郭莉芳的积极推动下，林区红十字会与相关部门展开了更为深入的互动：红十字会将应急救护知识送进各单位，包括区委党校课堂，林区各个部门抽调中青年干部作为骨干，作为普及应急救护知识的重点对象。聚是一团火，散为满天星，应急救护培训很快覆盖到林区的方方面面。

在技术日新月异的时代，郭莉芳和林区红十字会的同事们不断探索新的办法。

2014年，林区红十字会将红十字“急救掌上学堂”推广列入重点工作，让个人在手机上就能学习各种急救常识。红十字志愿者们还深入农村、社区、机关、学校，手把手教大家下载、操作，确保在遇有突发疾病或自然灾害等紧急情况时能开展自救互救。

结合行业特点，林区红十字会制作发放了多媒体课件、教材和现场救护知识宣传资料30000余册。

通过不懈努力，林区红十字会已经建立了一支强大的志愿者师资队伍。他们经常参加总会和省红十字会组织的培训，然后将自己学习到的新知识新技能带回神农架，一传一教，遍地开花，使得全区应急救护培训普及率逐年上升，为建设“美丽幸福神农架”发挥了红十字会的独特作用。

结合实际，项目多元

郭莉芳和同事们风风火火，成绩有目共睹。林区党委、政府给予了高度赞扬和支持，从人、财、物等方面提供了充分的保障。

而今，神农架林区红十字会可谓兵强马壮：有专职工作人员7人，其中常务副会长1人、秘书长1人、工作人员5人；全区团体会员64个，个人会员3224人，红十字学校11个，红十字会青少年志愿者1132

人，红十字志愿者320人，红十字志愿服务队4支！

工作局面打开了，工作环境改善了，郭莉芳和同事们都倍感欣慰。但是他们毫不松懈，依旧奔忙在红十字博爱周、全国防灾减灾日、世界急救日、世界献血者日、红十字进校园、“救在身边进社区”等大型主题活动中和人道救助、无偿献血、造血干细胞捐献、人体器官捐献等宣传活动中。他们辛劳的背影闪现在大山里的每个村镇。

在工作过程中，郭莉芳和同事们就如何结合林区具体情况，让公益项目模式尽可能多元化，让需要帮助的群众更多地感受到祖国大家庭的温暖、中国红十字会的关怀，而不停地探索着。

2012年，在林区红十字会的协助下，中国红十字会总会“博爱家园”项目在松柏镇八角庙村落地。当时，该村符合项目落地的4项条件，即“一种社区精神文明建设模式”“一项利民工程”“一笔致富基金”“一个基层组织和一支志愿者队伍”。

其中“一笔致富基金”即生计基金，基金有7.5万元，镇政府另配套2.5万元，合计10万元。每年村镇上报、林区红十字会核实批准后，主要用于对该村弱势群体的帮扶和人道救助。接受帮扶的村民渡过难关后，又捐出与接受资助等额的款项存于基金账户，“我为人人，人人为我”，循环往复。基金运作2年间，项目点22户、110余人受益。

多年来，林区红十字会争取博爱家园、博爱卫生院（站）、幸福天使红十字救护站等多个公益性项目落地，并依据自身实力引进“天风爱心助学”“关爱留守儿童”“关爱两癌母亲”等特色公益项目。项目累计投入资金517万元，直接受益2万余人。

有一件事情，至今让神农架林区红十字会的所有工作人员感到自豪：2014年7月，由中国红十字基金会援建的华中地区海拔最高的红十字救护站，在神农架神农顶景区投入使用。《光明日报》、光明网副总监到站点专访，并以“在神农架海拔2590米红十字救护站采访”为题，第一时间向社会发布了此消息，全国媒体广泛转载。目前，另一个红十字救护站已落户神农架生态景区。

“我们不敢说是华中地区最好的红十字救护站，但是我们的确是最高的。”郭莉芳笑着介绍，“我们以景区红十字救护站为基点，开展旅游景区救护培训，普及应急救护知识与技能，向数百万游客宣传红十字精神。”

2015 年 5 月，郭莉芳作为神农架林区红十字会代表参加了中国红十字会第十次全国会员代表大会，并受到习近平等党和国家领导人的接见。会议表彰了 32 个全国红十字会系统先进集体和 10 位先进工作者，神农架林区红十字会获先进集体殊荣。

“如今，我虽然调离林区红十字会常务副会长岗位了。但是，我始终是一名红十字志愿者，如有需要，无论风雨，随时出发！”在谈及红十字工作时，郭莉芳依然笑得很亲切，既有对自己努力的认可，也有对那段岁月的怀念。

黄春华：春华秋实医者心

作为一名普通的高校辅导员，也许做不出什么丰功伟绩，我只求尽职尽责，克己奉公，润物无声，为学校和社会贡献自己的微薄之力，也就知足了。

在大学生中组建一支红十字志愿者队伍，让他们在奉献中成长，在学习、教授急救技能中磨炼，弘扬并践行“人道、博爱、奉献”的红十字精神，这是我们服务队成立的初衷，大概也是我这个医学院辅导员贡献微薄之力最好的方式了。

——黄春华

成立医心医意志愿服务队

2016年，时任湖北理工学院医学院团总支书记的黄春华参加了黄石市红十字会举办的红十字应急救护师资培训班。湖北理工学院位于黄石市，是一所省属普通本科高等学校。出生于1980年的黄春华，凭着勤勉努力担任医学院团总支书记，这也是学校对他一贯工作表现的肯定。

“那次培训对我的影响很大，虽然之前也接受过红十字救护员培训，但那是我第一次全面系统地了解中国红十字运动的发展史以及红十字运动的七项基本原则。”

短短几天培训，给了黄春华很大的启发，他在学校工作之余一直在思考着一个问题：如何将红十字精神与医学院学生们的课外实践有机结合起来？若能顺利实施，一方面可以更好地传承红十字精神，另一方面也能陶冶学生情操，还能为社会多做贡献。

黄春华以多年从事大学生思想政治工作的敏锐性，慢慢梳理出了脉络——依托黄石市红十字会，以医学院的优秀学生骨干为主体，建立一个具有创新性、可持续发展的社会实践组织。

构思成熟后，他立刻撰写了详细的方案，向学校和黄石市红十字会分别阐述自己的想法，得到学校领导和市红十字会的高度认可。

在各级领导的关心和协助下，黄春华在湖北理工学院医学院 2013 级临床医学专业和 2012 级护理学专业中选拔了 30 名大学生，组建了“医+公社——自救互救社”，又名“医心医意自救互救志愿服务队”。

湖北理工学院医学院自救互救社红十字志愿者开展拓展训练

“我是一名高校辅导员，如何做好大学生思想引领工作是我一直思考并寻求答案的问题。当我成为一名红十字志愿者，并参与到红十字会应急救护培训工作中来的时候，我发现了一条有助于大学生思想成长的引领之路，那就是在大学生中组建一支红十字志愿者队伍，让他们在奉献中成长，在学习、教授急救技能中磨炼，弘扬并践行‘人道、博爱、奉献’的红十字精神。这是我们服务队成立的初衷。大概也是我这个医学院辅导员贡献微薄之力最好的方式了。”回忆志愿服务队组建历程，黄春华一脸幸福的表情。

医学院的学生们本来就有着相关专业知识，加以实战培训，更能发挥专长。黄春华的方案非常完善，医心医意志愿服务队成立之后，他立即与黄石市红十字会联系，严格按照实操要求组织应急救护员培训，让每一个队员都能成为一名合格的救护员。

黄春华（右二）带领医学院红十字志愿者开展送医下乡活动

红十字会应急救护培训走进校园，让学生们大开眼界。大家踊跃报名，纷纷加入医心医意志愿服务队，成为红十字志愿者。

“以前对红十字会不怎么了解，感觉志愿者们都很高尚，可是离咱们又有着说不清的距离。参加了红十字会在学校组织的培训之后，才明白这是一个传递爱心、传播文明的公益组织，其实大家都可以加入。”医心医意志愿服务队的学生们感言，“大学生应该加入红十字会，‘爱心’和‘文明’从一个人身上传到另一个人身上，最终会汇聚成一股

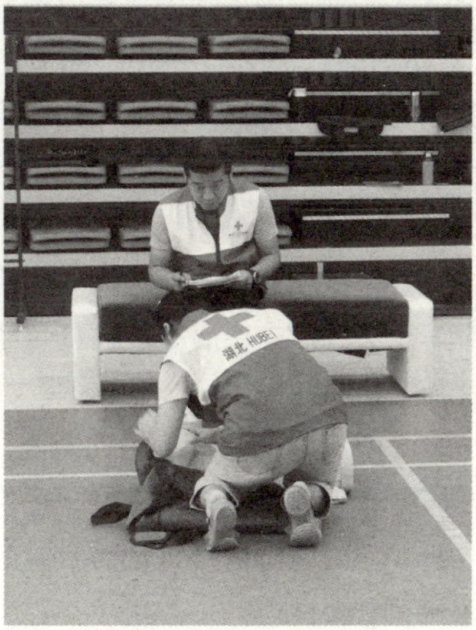

黄春华在应急救护师资培训中参与考核工作

强大的社会暖流；我们学生在其中能促进人与人之间的交往及关怀，减低彼此间的疏远感，促进社会和谐；通过志愿服务，能有效地帮助服务对象扩大社交圈子，增强对社会的信心。不论个人还是社会，在这个过程中都可受益或进步。”

为了更好地在校园里开展培训工作，黄春华还建议黄石市红十字会在医学院建一个培训基地，面向全校和社会开放。

这个建议很快被黄石市红十字会采纳。2017 年初，黄石市红十字会在湖北理工学院医学院一楼建成应急救护培训中心，为广大师生传播红十字精神，传授应急救护技能，再由师生们把红十字精神传播到社会的各个层面。

救护培训在路上

医心医意志愿服务队成立以来，为社会不同群体培训超过 200 场次，近 2000 人参加，其中有近 400 名大学生通过专业培训，取得红十字救护员证。每一场培训中，都闪现着黄春华忙碌的身影。

“咱们的救护培训不只是局限在学校，或者社会阶层的某一个方面，黄老师的思维非常活跃，他往往从大局着手，把很多事情联系起来，既体现了我们服务队的价值取向，又能满足社会的需求。”学生们这样评价道。

医心医意志愿服务队连续 3 年组织湖北理工学院医学院学生参加黄石市马拉松医疗志愿服务。而且每个月有组织、有计划地为不同地区的居民普及急救知识。

2017 年，黄石市教育局组织在中小学学生中开展研学之旅活动。当教育局到湖北理工学院联系时，黄春华将医心医意志愿服务队的实践活动与研学之旅进行对接，让医学院的大学生在活动中为中小学生传授急救知识和急救技能。

中小学生对大学生活充满向往，对医学方面的知识更有着天生的好奇。医学院学生对自己能传授中小学生知识，体验一回老师的角色也非常乐意。

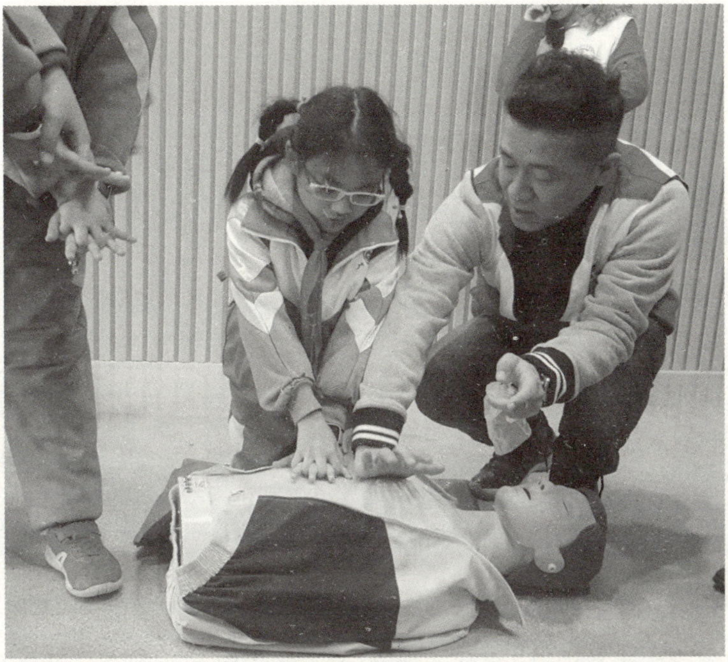

黄春华（右）和医学院志愿者向小学生传授应急救护技能

这场活动从组织到实施都充满欢声笑语，效果很好。参与的学生们很高兴：“大学生教中学生、小学生，少了代沟，没了隔阂，更容易亲近，小学生们学起来更起劲，效果更好。大学生也能很好地提升自信心和工作热情。”

“客观而言，中小学生们能够学习和运用急救知识，对发生意外的身边人进行自救和互救，绝对是一件‘超赞’的事。”教育局相关负责人大为赞赏。

2017 年 12 月，黄石市举办磁湖国际半程马拉松比赛。当时报名十分火爆，有英国、法国、意大利、埃塞俄比亚、肯尼亚、巴基斯坦 6 个国家 32 名外籍选手，以及国内多个省、市和黄石市内的马拉松爱好者共计 1.2 万人报名参赛，年龄最大的选手已经 81 岁。为保障赛事顺利有序进行，组委会需要大量的医疗人员和医疗护理志愿者，湖北理工学院医学院当仁不让地肩负起部分责任。

为了提升医疗志愿者急救技能，增强他们的综合素质，医学院还利

2017年12月，黄春华（左一）带领红十字志愿者为黄石国际半程马拉松保驾护航

用当年刚建成的救护培训中心，组织了一场志愿者培训会，黄春华作为医学院团总支书记，一直忙前忙后。

培训会由美国心脏协会责任导师主讲，主要从理论培训和实战演练两方面展开，通过资料讲解、视频观看、自主提问、个人体验、互动交流等多元方式对志愿者进行了系统培训，就急救设备使用方法、心肺复苏基础操作等知识进行了深入细致的讲解。

黄春华介绍说："导师着重讲解了心肺复苏的适应场地、合适情况和具体流程，确保现场参加培训的志愿者都能胜任并圆满完成医疗志愿服务。通过系统的培训以及实践操作指导，他们较好地掌握了马拉松急救知识和技能，这极大地增强了他们施救的能力和信心。"

美国专家深入浅出的讲解，让志愿者们收获颇丰，大家都基本掌握了马拉松运动必备的急救知识，为赛事顺利举行提供了强有力的医疗保障。

当年12月底，黄石国际半程马拉松如期开赛。黄春华组织330余名经过专业培训的医疗志愿者为赛程保驾护航，出色地完成了志愿保障任务。

2018年10月，湖北省第十五届运动会在黄石奥林匹克体育中心举行。根据湖北理工学院党委的指派，黄春华带领医学院的学生们积极参与医疗保障志愿服务工作，展现了医学院大学生的真我风采，荣获赛会颁发的集体三等功荣誉。

黄春华（右二）和红十字志愿者参加黄石港“三减三健”志愿服务活动

近几年，医心医意志愿服务队曾赴黄石市第七医院对登山爱好者进行自救互救培训，为万达嘉华酒店员工开展自救互救培训，赴黄石市妇幼保健院为医护人员开展应急救护技能培训……在短短 3 年时间里，服务队的足迹遍布社区、酒店、医院、学校等不同场所，社会影响力与日俱增，多次被媒体宣传报道。

关爱残疾儿童

黄石市有一个残障儿童康复中心——兰之心，与医学院一直有着紧密良性互动。黄春华担任医学院团总支书记后，多次组织康复中心的工作人员参加急救培训，让他们开拓知识面、掌握急救技能，更好地照顾那些残障儿童。

“其实我和许多老师及学生一直都在思考着，如何更有效地让那些可爱的孩子们尽快康复。公益慈善大家都在做，有很多组织或者个人去兰之心捐钱捐物，体现着人文关怀。可作为医学院的师生，不仅要关怀，更要有方案。所以我经常鼓励学生与孩子互动，从交流中总结经验。”黄春华说。

“黄春华是个热心人，身边的同事、朋友有事儿，他都很热情地给予帮助。自从他担任医学院团总支书记以来，就积极地投身于社会实践和公益活动，并结合医学院的专业特色，带领学生开展各种适合医学生的志愿服务项目，服务于社会。”同事这样评价道。

黄春华（右二）带领红十字志愿者到农村送物资

在黄春华的督促下，湖北理工学院在兰之心成立了一个爱心基地，以医心医意志愿服务队的学生志愿者为主，定时到基地提供服务，对肢体残疾、智力残疾的儿童进行生活护理和智力开发；针对脑瘫所致的肢体残疾患儿进行康复治疗引导。

在兰之心，经常能看到这样的场景：一群和颜悦色的大学生和残障儿童玩着简单的游戏，一遍遍耐心地教他们踢球、堆积木、识数字；有些大学生还带着自己准备的手工教学道具，亲手教他们制作。欢乐与笑声，洋溢在学生和孩子们之间。

一次小小的活动影响力也许有限，但是服务队所传达的能量却是无穷的，在校大学生践行着服务社会弱势群体的道德理念，在给孩子们送去欢乐的同时，也让他们多了份康复的信心和对未来的希望。

医心医意志愿服务队的留言册上，写满了队员们参与志愿服务后的祝福与心声。

“到兰之心做志愿者，我很激动也很荣幸。看见那么多孩子虽然有先天性障碍，但是却很开朗向上，热爱生活，给了我很大的触动。我陪她们玩耍，照顾他们，虽然很微不足道，但是我相信，这都是我们对他们的爱！”学生陈慧颖写道。

“每一个人都是天使转世，她们只不过是从天上降临人间时折断了翅膀，但天使就是天使，她们依旧如此美丽多彩。这不禁让我们惭愧不已，想想我们现在拥有的一切，还有什么不满足的呢？还有什么值得怨天尤人呢？好好珍惜自己的生命，才真正是极好的！祝福每一位天使都能笑对生活中的点滴！”学生韩晓庆写道。

2019 年 5 月，黄春华（左一）带队参加首届黄石市红十字应急救护大赛

“兰之心有很多儿童，但是他们都是有很严重的先天性疾病的，我们去帮他们按摩，带他们练习走路，虽然这并不能从根本上解决他们的问题，但是我们还是应该尽己所能去关爱他们。”学生胡伦灯写道。

面对媒体一次次的采访，黄春华只是简单地表达了自己的心愿：“我希望医心医意志愿服务队能一直发展下去，将‘人道、博爱、奉献’的红十字精神传承下去，学生们能有所收获，社会能得到回报。”

在红十字志愿服务和学校工作之间，黄春华有着很好的切换和结合，诸多荣誉体现着他的努力和勤奋：连续三年的学校“优秀辅导员”及“优秀辅导员标兵”，2016 年黄石市关爱健康志愿者协会优秀志愿者，2018 年湖北省红十字优秀志愿者……

医者仁心，春华秋实，种一颗善良的种子，他日自有花香。

曹嘉：仁者爱人守情怀

企业发展到一定程度，就需要履行社会责任，扶贫济困。

马应龙在不断壮大企业的同时，积极践行红十字精神，奋力推进人道公益事业的发展，持续谱写着马应龙400年惠民济世的医药传奇。

——曹　嘉

2017年，中国人道公益事业的最高荣誉“中国红十字勋章”首次面向全国范围颁发，具有400多年历史的中华老字号企业马应龙药业集团股份有限公司（以下简称“马应龙”）被中国红十字会总会授予此勋章。这一年，恰好是“马应龙慈善基金”成立10周年。

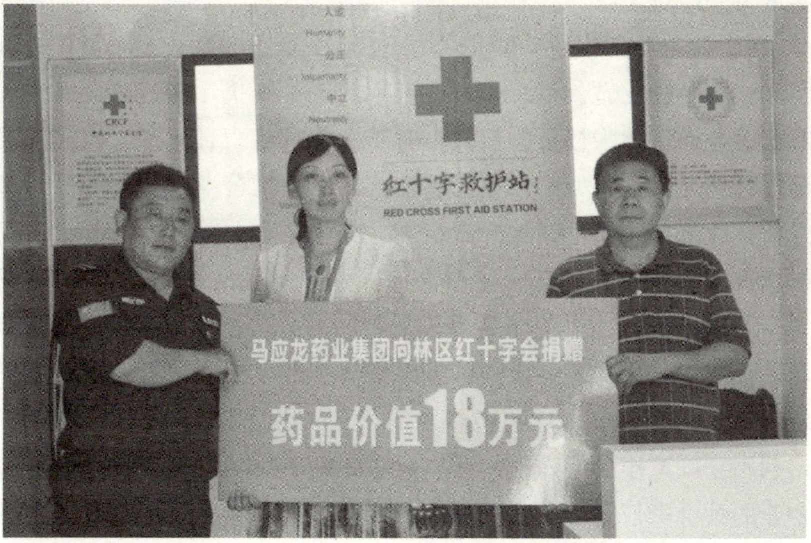

2016年8月，马应龙药业集团股份有限公司向神农架林区红十字会捐赠药品

10年来，马应龙公司始终秉承“弘扬人道主义精神，帮扶救助弱势群体，履行企业公民责任，推动社会和谐发展”的宗旨，积极参与红十字事业，持续开展扶难帮困、公益助医、捐资助学、赈灾救危等公益活动，迄今已累计向湖北省红十字会系统捐药捐款价值超过6000万元，为弘扬“人道、博爱、奉献”的红十字精神做出了积极贡献。

在马应龙公司党群部部长曹嘉看来，这离不开公司董事长、马应龙慈善基金理事会理事长陈平的倡导和推动：“陈平董事长不仅是一个出色的企业家，也是一个卓越的慈善家。他在执掌马应龙的20余年里，不断壮大企业的同时，积极践行红十字精神，奋力推进人道公益事业的发展，持续谱写着马应龙400年惠民济世的医药传奇。”

她把善事做到实处

如果说陈平是马应龙人道公益事业的谋划者，那么，曹嘉便是坚定不移的践行者。在她看来，人道公益事业不仅对社会和个人具有无可比拟的价值，而且对于企业的品牌建设、文化建设乃至对员工的教育都有着非常重要的意义。

“对于公益慈善来说，难的不是一次公益慈善施济，而是始终如一的坚守；对于企业做公益慈善来说，难的不是一掷千金，而是如何把金钱财富更好地转化为社会的价值；对于企业社会责任来说，难的不是如何选择利他还是互利型的公益慈善方式，而是把公益慈善当作一项事业来经营，让公益慈善不断地开花结果。如何结合公司实际和优势，切实做好扶贫济困工作，是马应龙一直在探索和实践的课题。”她深刻认识到，企业倡导成立“马应龙慈善基金”的初心，正是希望由一个完备的运作平台统筹公司的慈善事业，进而探寻企业发展与公益慈善事业之间的结合点。

利用党群工作的特殊性，曹嘉有意识地引导党员干部带头，不断强化企业的社会责任意识，进而引导越来越多的企业员工投身慈善和公益事业。在她的倡导和努力下，在具有深厚人道主义根基的马应龙，药品捐赠已成为企业的一种常态。

以药品制造为主营业务的马应龙，每年都会通过湖北省红十字会向省内80多个县、市，以及国内地震等灾区无偿捐赠数以千万计的药品。这些药品被分配到各地卫生院、村卫生所，无偿供病患使用，以支持当地卫生健康事业的发展和“新农合”建设，力所能及地减少受助地区群众因病致贫现象。在众多捐赠帮扶对象中，湖北省内的革命老区和贫困地区是马应龙帮扶的重点区域。

随着慈善救助活动的不断深入，在陈平理事长的引导下，曹嘉开始思考更多新的课题：“除了捐药，还能为贫困地区做些什么？”

曹嘉（左一）参加公司向当阳市红十字会捐赠药品仪式

2007年，马应龙慈善基金理事会和湖北省红十字会工作人员一同走访十堰，发现当地有些地方存在缺衣少药的现象。这一信息被迅速反馈回公司，给了曹嘉新的启发。不久，马应龙慈善基金向公司员工发出倡议，号召大家为十堰困难群众捐赠衣服，得到了员工们的踊跃支持。如今，捐衣活动已成为马应龙的企业传统，常年坚续开展。

除了常态化的药品物资捐赠，每当国内外发生重大灾难时，马应龙一定积极伸出援手，与灾区人民守望相助，共克时艰。曹嘉曾倍感欣慰地说：“在历次援助灾区时，我身后总有一群坚定的支持者，他们就是马应龙企业管理层和3600多名员工。”

从印度洋海啸到汶川地震，从玉树地震到雅安地震，从鲁甸地震到巴东地震，马应龙员工始终响应公司募捐号召，奉献爱心。

2008年汶川地震发生后，马应龙一面从外地子公司调运灾区急需药品，一面通过多种渠道筹集善款，共向灾区捐赠药品和现金价值562万元；2010年青海玉树地震，马应龙从下属的药品批发公司调拨了价值105万元的消炎镇痛药品，通过湖北省红十字会捐往灾区；2013年湖北巴东发生5.1级地震，马应龙在地震次日及时驰援灾区价值25万余元药品……曹嘉说："在大灾大难面前，在常年的人道公益事业实践中，马应龙的义举彰显了一个医药企业勇于担当的社会责任感，形成了及时高效的行善作风。"

"要把善事做实，把好事做好。马应龙不仅是把药品捐出来，而且要真正帮到有切实需要的人。"通过曹嘉的努力，马应龙慈善基金会建立受助地区档案，通过走访、电话回访等途径，及时发现问题，解决问题，实时跟踪掌握受助地区近况，以确保捐赠药品使用到位。

马应龙慈善救助活动有一个显著特点，就是始终坚持企业亲自参与。马应龙每次对外捐赠药品，都由公司自行派车或通过物流公司直接运抵受助地区，把爱心和温暖及时送到最需要帮助的人手中。这种高效的救助行动也得到了受助群众的充分肯定。

她在校园播种希望

曹嘉深深懂得人才的重要性："人才兴，则中国强。"马应龙一向十分关注和支持教育发展事业，先后发起设立了多个助学金以资助贫困学子，支持他们完成学业，成就他们追求科学知识、追求人生价值的理想。

2007年9月，马应龙与武汉大学签署助学协议，在武汉大学设立"马应龙助学金"，首笔启动资金50万元。之后，马应龙又相继在中南财经政法大学、湖北中医药大学等高校设立了助学金。获得资助的大学生，除获得现金无偿资助外，还有机会获得勤工俭学机会、节假日实习机会、教学课题研究经费资助机会和职业导师帮扶机会。

武汉大学2005级生命科学学院学生黄婷，是首批成功申请马应龙助学金的学生之一。由于家境贫困，为了减轻家里的经济负担，黄婷大学期间申请了勤工俭学，周末还在校外做家教。繁重的课业和生活压力让她过早体验了生活的艰辛。2007年，黄婷成功申请到3500元的马应龙助学金。之后，她辞去家教工作，专心学业。2009年，黄婷本科毕业后被保送到上海药物研究所继续深造。曹嘉至今还记得，临行前黄婷给马应龙和公司董事长陈平写的那封感谢信。她这样写道："当我失落无助时，感谢你们为我提供了继续学业的物质基础和保障，我一定会努力，尽量让自己做得更好！"

很多大学生的人生，因为马应龙助学金而出现转机。但是曹嘉仍然觉得不够，她希望马应龙的助学实践更加深入，能够真正帮助到需要帮助的人。经过深入调研，马应龙慈善团队发现对于一些寒门学子来说，困难从接到大学录取通知书的那一刻就开始了。有些孩子因为无法缴纳学费，即使考上大学，也不得不与大学梦失之交臂。针对这个情况，从2013年开始，马应龙助学活动将资助范围扩展到大一新生。

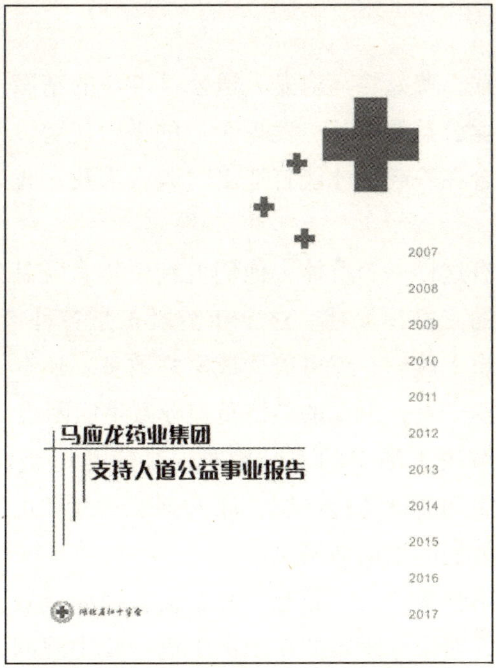

马应龙药业集团支持人道公益事业报告

当年8月，马应龙举办了“‘我为大学挣学费’马应龙助学活动”，为当年考上大学的20名寒门学子提供了7万元的助学金，帮助他们顺利入学。同时，马应龙精心挑选公司优秀员工和这20名学子结成帮扶对子，尽心尽力为他们提供就业指导，帮助他们更快地适应社会和工作。

马应龙专门开展了针对灾区学子的助学活动。2008年汶川地震后，马应龙及时与武汉相关高校联系，为68名家在灾区的武汉高校学子提供了24.1万元助学金，支持他们继续学业，渡过难关。冯正菊就是受助的灾区学生之一。那一年，她正在中南财经政法大学念大三，家园被毁、亲人离世，是马应龙和社会各界的关爱，给了她温暖和信念，支持着她走过震后那段艰难岁月，也深刻领悟到了人间的爱和善。大学毕业后，冯正菊毅然放弃国企的高薪岗位，回到在汶川地震中遭受重创的陕西宁强县，矢志为灾区重建贡献自己的力量，将爱心延续下去。

她为员工雪中送炭

经过多年实践，曹嘉将马应龙人道公益事业的精髓运用在实际工作中：注重构建企业公益的根基，发挥企业的平台优势。只有将社会、企业和员工有机联合在一起，才能打造出“人人为我，我为人人”的互帮互助公益生态圈。

在马应龙，有这样一个群体，他们人到中年，既是公司骨干，又是上养老、下养小的家庭顶梁柱。这个年龄段正是各种疾病的高发时期，一旦遭遇变故，患上重病，就可能造成家庭致贫。还有一些员工收入相对较低，又要供养子女，沉重的经济负担导致生活困难。

为帮助员工解决生活中的实际困难，马应龙以企业党群系统为骨架，构建了走访慰问的常态化机制，深入基层一线和员工家庭，倾听他们的心声，了解他们的生活情况。

每年春节与中秋前，马应龙慈善基金会在摸底调查、工会推荐和员工申报的基础上，对家庭困难的在职员工进行集中慰问，根据员工家庭困难程度和对公司的贡献程度，给予不同额度的现金资助。每年，马应龙慈善基金要资助在职困难员工100人次以上，年均资助金额20余万元。企业的关爱和帮助，让困难职工的内心始终充满着阳光和力量。

2019年10月，曹嘉（右一）代表公司向黄石红十字会捐赠物资

曹嘉说："为更好地发挥慈善基金雪中送炭的作用，马应龙慈善基金在常态性救助的基础上，针对一些紧急性、突发性情况开通特别通道，增强应急救援能力。"有常态举措，也有应急救援，多措并举更能建设完善人道公益体系。

马应龙销售中心80后员工胡跃就是马应龙慈善基金资助的一位受益者。2012年12月，胡跃经历了一次阑尾切除手术。万万没想到，这一看似简单的手术却让他备受折磨，刀口长期化脓，久不愈合。胡跃只能住院接受治疗，但高额的治疗费让胡跃和家人无力承担。一筹莫展之际，马应龙慈善基金迅速启动应急机制，为他筹集了2.6万元治疗费，帮助他尽快恢复健康，重返工作岗位。

天有不测风云，人有旦夕祸福，马应龙慈善基金的帮助对受助员工而言，有时是及时雨，有时更是救命钱。回想起马应龙慈善基金对自己的帮助，年近五旬的孙敏至今记忆犹新，感激不已。孙敏和爱人胡乾清都是马应龙的老员工，夫妻二人工作勤勤恳恳，任劳任怨。2015年8

月，孙敏被查出患有脑胶质瘤，需马上做开颅手术。这个诊断结果对孙敏一家来说，犹如五雷轰顶。看着躺在重症监护室里饱受病痛折磨的爱人，胡乾清心如刀割。为了挽救爱人的生命，他四处借债，可筹钱的速度远比不上缴费的速度。当胡乾清借遍所有亲朋好友后，打算卖掉一家人居住的不足60平方米的老房子时，身边的同事阻止了他，并将他家的情况上报给了公司。马应龙慈善基金立即批复了一笔资助金，同时在公司内为孙敏发起募捐。公司员工纷纷慷慨解囊，5天内就为孙敏筹到了6万元善款。拿着6万元的“救命钱”，胡乾清感动得说不出话来。

马应龙销售中心员工于永利出生于辽宁本溪一户农村家庭。父亲患有阿尔茨海默症，哥哥患有间歇性精神疾病，年迈的母亲靠干农活有些许微薄的收入，无固定工作的妻子收入也不稳定，家中还有念书的小孩，一大家子的生计几乎全落在于永利身上。

2016年6月的一个下午，因家中电线老化加之秸秆堆积引发火灾，房屋、家具全被烧毁，父母的毕生积蓄付诸一炬。更为不幸的是，于父不幸当场遇难，于母和哥哥因在农田干活逃过一劫，却遭受极大的精神打击。顷刻之间，于永利家破人亡、流离失所。回想起当时的情形，于永利说：“看天都是黑的，不知道怎么活下去！”灾难无情人有情，在得知于永利一家的遭遇后，办事处同事倾力相助，一起安置了遇难的于父。马应龙慈善基金及时启动，号召公司员工为于永利捐款，很快筹得8万元善款。

2016年端午节前夕，马应龙慈善基金会专职负责人专程从湖北赶到辽宁本溪，亲手把8万元钱交到于永利手中。这位刚强的汉子眼泛泪花，说了一句最朴实的话：“感谢马应龙，感谢公司领导和全体员工。”于永利用这8万元钱，在旧居原址重盖了一间90多平方米的新房，重新置办了家具和电器。如今，于家人的生活逐渐恢复正常，而于永利也把对公司的感激化为工作的动力，更加勤恳敬业，工作业绩长年居办事处前列。

阳光总在风雨后。虽然与员工实际经济困难相比，马应龙慈善基金给予他们的帮助只是雪中送炭，但是曹嘉相信，这种支持和关怀就像寒冬里的一道暖阳，驱散了他们心中的阴霾，缓解了他们的燃眉之急，让员工感受到了公司的人文关怀，也增强了他们渡过难关的信心和勇气。

一代哲人康德曾经说过：“在这个世界上，有两样东西值得我们仰望终生：一是我们头顶上璀璨的星空，二是人们心中高尚的道德。”这些年来，曹嘉一直用实际行动践行着马应龙的公益理念，为灾区百姓、为贫困学子、为企业员工点亮了希望的星空。

企业发展到一定程度，就需要履行社会责任，扶贫济困。在曹嘉的协调努力下，马应龙奋力前行，把产品生产、员工福利和人道公益事业结合起来，为中国人道公益事业倾尽心力！

这些年来，马应龙慈善团队走遍千山万水，足迹遍布荆楚大地，把马应龙的关爱带进千家万户，影响更多的人参与到人道公益事业中。企业的善行义举赢得了诸多好评，先后被中国红十字会总会授予“中国红十字勋章”、全国“最佳企业红十字会”等荣誉称号，被湖北省红十字会授予“湖北爱心企业”称号。

“公益慈善就是企业的使命。未来，马应龙将继续履行企业社会责任，积极回馈社会，把马应龙的大爱更多地撒向弱势群体。”曹嘉说，这是马应龙企业管理层和3600多名员工的一致心声。

蒋琦：重塑生命传家风

一个小小的举动或许就能挽救一条生命，在他人需要的时候能帮就帮助一把吧！因为帮助别人，就是一种幸福！

母亲常常念叨："我的父亲从军为医，一生感念党恩，践行'医者仁心'的承诺，从小对子女的教育都是踏踏实实做人，认认真真做事；多讲奉献，少谈索取。只要我这身体还有用，尽管拿去帮助别人！"

——蒋　琦

2018年7月1日，蒋琦一家11名亲友（到场9人）集体登记志愿捐献人体器官

医学世家，代有传承

2018 年“七一”建党节，在湖北省襄阳市第一人民医院医生蒋琦的家里，11 名亲友欢聚一堂。在这个特殊的日子里，他们要做一件意义非凡的事情——集体登记捐献人体器官。

蒋琦家族的行为，刷新了湖北省家庭捐献人体器官的一项新纪录——同一家庭，三代集体登记，人数最多。

关于这件事，大家准备了很久很久，经过几次家庭会议讨论之后才最终做出决定。11 人当中，年龄最大的 71 岁，最小的 15 岁，其中有 6 人是中国共产党党员。

“习近平总书记教导我们，要不忘初心，牢记使命。这 8 个字说起来很容易，做起来并不容易。对于共产党人来说，不仅要在自己的岗位上兢兢业业做好本职工作，还要尽可能地为社会和他人尽一份自己的力量。”70 多岁的蒋琦父亲蒋克昌笑着鼓励亲友们。

老爷子十几岁时便参军入伍，从一名普通的卫生员做起，最后成长为一名优秀的军医。他曾经参加过抗美援越战争，还参与过新中国的核试验医疗保障工作。

20 世纪 80 年代，蒋克昌主动申请援藏，成为襄阳地区首批援藏医疗队队员。在西藏工作期间，老人家协助琼结县人民医院创建的手术室、心电图室，至今仍在使用。

90 年代末，蒋克昌又参加了湖北省援非医疗队，支援阿尔及利亚。援阿期间，他在救死扶伤的同时，努力帮助当地提高医疗技术水平。

性格儒雅安静的蒋克昌老人，不喜欢多说话，只知埋头做事。在子女教育方面，他信奉的理念是“以身作则”。在孩子们的记忆中，家里的电话经常会在深夜突然响起——都是找父亲看病的。

“难得爸今天兴致这么高，滔滔不绝。”蒋琦忍不住接过父亲的话题，“都是受您的影响，所以咱们一家出了好几个医生。记得在我读初中的时候，有一次我家 5 楼的邻居在阳台取东西时不慎掉下去了。当时大概是半夜 11 点多，夏天也没空调，窗户什么的都开着，就听见重物落地的声音和伴随的哭喊声、呼救声。几乎同时，我就听到隔壁卧室里老爸低声说了一句：不好，有人掉下去了！等我爬起来的时候，他穿着内衣内裤早已飞奔下楼去了。因为抢救及时，这位邻居后来完全康复。那时候，半夜两三点我经常被电话吵醒，躺在床上默默感叹：我以后可别当医生！这个点要起床，干啥不比这个强啊……”

“你就会哄爸开心，你不是跟我说，你想当医生，是因为奶奶的原因么?”蒋琦的妻子宋秀玲笑着说。

宋秀玲是襄阳市第一人民医院的一名护士，从事临床护理20多年。夫妻俩夫唱妇随，救死扶伤，素有侠名。

某年夏天休假，蒋琦夫妇和同事一起到黄山旅游。他们登上黄山光明顶后，远远看见一位老人躺在地上，蒋琦夫妇迅速奔过去施救。经诊断，老人是心搏骤停。蒋琦赶紧跪地进行心肺复苏，并口对口进行人工呼吸。经过40多分钟的紧急救援，老人恢复了心跳。患者家属、导游以及景区管理处工作人员多方感谢。蒋琦却回答说：“举手之劳而已，不用客气。很开心能挽救一条生命，在有需要的时候能帮人一把，这也是一种幸福!”

襄阳市红十字志愿者上门为蒋琦亲友办理人体器官捐献登记手续

“要说你们的奶奶，那在十里八乡可是相当有名啊！”蒋克昌略有点得意，“咱们家，可是医学世家哦！”蒋琦的奶奶，也就是蒋克昌的母亲，是一名妇产科医生，苗族人，当地人亲切地称她为“接生婆”。

“嗯，奶奶的事迹也给了我很大触动。”蒋琦“老老实实”地承认，“我清楚地记得她八十大寿的那天，全家人反复请她上座，但她还是固执地按照老习惯坐在灶屋里吃。这件事对我触动很大，到现在都记忆犹新。也许很多人觉得奶奶封建、守旧，但是我理解的则是隐忍、坚守。奶奶生前做了许多好事，她老人家去世的时候，很多陌生人从四面八方赶来吊唁。我当时年纪小，觉得很奇怪，就缠着妈问，这些都是什么人啊？妈告诉我，他们当中很多人都是奶奶亲手接生的，其中不乏一家两代人。那时候医疗条件不比现在，奶奶技术高超，性格温和，帮助了许多家庭。”

那天晚上很多人为奶奶守灵，他们手里拿着点燃的香，围着奶奶的灵柩绕圈，那种场面让年幼的蒋琦感到非常震撼。“我对自己说，以后一定要做一个像奶奶这样的人，为人服务，受人尊敬。”蒋琦回忆说。

“好吧好吧，你们老蒋家世代行医，德高望重，咱们老柴家也不差吧！”年逾七旬的蒋琦母亲柴继红佯装不满，笑着说道，“你自己说说，你外公、你舅舅、你小姨，哪一个不是医生的典范？”

“外公，那肯定是我们学习的典范啊！”蒋琦连忙接过话题，“外公做事踏实稳健，做人顶天立地，咱妈、咱舅、咱姨、咱姨父，都是经过外公严格训练的，各个医者仁心！”

蒋琦的外公名叫柴梁，出生于1928年，1947年参军，入伍后就参加了辽沈战役，并一直随大部队南下。因在解放广州的战斗中负伤，上级安排他返回后方医院疗养。疗养期间，柴梁因为读过私塾，具备一定的文化基础，被选派参加了系统内医学培训。他先在天津参加了预科学习，又到上海接受了正规的大学教育，几年后从中国人民解放军第二军医大学毕业，留在部队从事医疗工作。工作期间，柴梁刻苦钻研医学知识，通过多年的努力，不但成为专业权威，而且参与创建了原370医院的创伤外科和烧伤外科，成为学科带头人。

“你小时候一放寒暑假，就吵着去外公外婆家玩，外公的医生工具箱，不知被你摆弄了多少次！把那些剪刀啊、纱布啊、绷带啊、碘酒啊，弄得到处都是！外公每次回家，都笑眯眯地抱着你，说你这么小就知道给玩具娃娃看病，长大了肯定也是个优秀的医生！”蒋琦的二舅柴有建笑着说。柴有建是退伍军人，作风干练，性格坚毅。

“外公是军人，严厉得很，他的东西我们碰都不敢碰。唯独对你，格外宠着呢！”提及父亲，蒋琦的小姨柴继英略微有些伤感，“他要是能看到你今天的成绩，那该多高兴啊。”

蒋琦连忙岔开话题，说：“博学、睿智，是外公留给我的印象。他的老头衫和破藤椅，还有对我的疼爱，我至今记忆犹新。不过，我从来没听他给我讲过战斗故事。小时候，我翻出他珍藏的一枚枚军功章，才慢慢了解他老人家更多。外公从战火中走来，投入完全陌生的医学世界，啃下一本本专业书籍，又一步步创建370医院创伤外科和烧伤外科。他的传奇一生，让我懂得了作为一名医生所应有的固执、坚持和信念！”

“是啊，你外公虽然是医生，却也抵不过病魔。老人家年纪一大，心脏出了问题，因为心梗走了。”三舅柴继军道。

“所以我们全家今天才聚在一起啊。我有时会怀疑咱们可能遗传了爸的心脏病，只是暂时没有显现出来。”蒋琦的母亲道。

“我这些年也时常觉得心脏不舒服。若我也因为心梗走了，蒋琦你一定要把我的心脏取出来好好研究一下，查清楚发病的原因。只有找出解决办法，才能造福更多的心脏病患者。”二舅柴有建说，丝毫不忌讳谈论生死。

“岂止是心脏？咱们要把整个遗体都捐了！”蒋琦的姨父靖其林补充道。靖其林是一名水文工作者，也是襄阳汉江义务救护队的队员。因为工作的原因，加之救护队队员的身份，他几乎一年365天都和队友守在汉江边，为生命保驾护航。每年夏季是游泳的高峰季，也是靖其林最忙碌的时候，曾经一天救下好几个溺水者。

“我们这一大家子，都得感谢蒋琦！”小姨柴继英接过话题，“要不是他，咱们哪有今天这场相聚啊！”

现年44岁的蒋琦，担任着襄阳市第一人民医院西区麻醉科副主任，大家庭11名成员集体登记成为人体器官捐献志愿者，他是发起者和倡议者。

医者仁心，无惧生死

深受家庭氛围的影响，蒋琦高考时义无反顾地填报了医学院校。大学毕业后，他顺利成为大家庭里的第三代医生。

蒋琦讲述11名亲友集体登记成为人体器官捐献志愿者的事迹

2003年，全国多地暴发“非典”疫情，作为一名麻醉医生，蒋琦参加了当地的救援工作，并在一线和“非典”感染者接触。

当时，还没有治疗“非典”的特效药物。为了维持病人的肺功能，需要为患者的气管插管，上呼吸机。插管，是麻醉医生的职责范畴。蒋琦和其他麻醉医生跟病人几乎脸对脸、嘴对嘴，经常会有患者的痰液或呕吐物直接喷到脸上和眼睛里。这在当时是非常危险和致命的。在那场抗击病魔的全国性战役中，有麻醉医生因感染而牺牲。

“当疾病来袭，需要救命的时候，医生就是不惧生死的战士。”面对肆虐的病魔，蒋琦没有退缩。他说：“战斗打响后，需要你冲锋的时候，哪还有时间考虑生死安危？”

经历过生与死考验的蒋琦，后来成长为一名业务骨干。从医以来，从出生几天的婴儿到 80 多岁的老人，从肝脏手术到心脏手术，他配合主治医生不知道做了多少，见惯了生离死别，也多了很多人生感悟。

工作之余，蒋琦开始思考一个问题："人活得好好的，谁都不会想到死，更不会想到死之后，如何安排自己的躯体。死去万事空，若器官能延续别人的生命，该是多么美好！"

他开始有意无意地关注一些国内的器官移植相关数据。我国每年大约有 100 多万患者等待着人体器官移植，而在襄阳，每年仅有 200 多名志愿者登记捐献人体器官。这远远满足不了患者的需求。

蒋琦逐渐萌生出一个念头：将来如有机会，要把自己的器官捐献出去。因为他知道，成功捐献的每一个人体器官，拯救的不只是患者，更是其背后的家庭和家人。

妻子宋秀玲支持他的想法。从事临床护理 20 多年的宋秀玲，在工作中配合医生抢救了一个个鲜活的生命，也多次亲历过患者在死亡线上苦苦挣扎的无奈。每当此时，她就异常难受，总想着能为患者多做点什么。

夫妻二人心意相通，在家中偶尔会讨论人体器官捐献这个话题。蒋琦的孩子蒋世桐当时才上初中，虽然年龄不大，但对生命也有了自己的见解。很多时候，他也会加入讨论中来。

蒋琦的父母听闻后，也非常支持。尤其是母亲柴继红，常常念叨："我的父亲从军为医，一生感念党恩，践行'医者仁心'的承诺，从小对子女的教育都是踏踏实实做人，认认真真做事；多讲奉献，少谈索取。只要我这身体还有用，尽管拿去帮助别人！"

让爱扩散，延续生命

在自己的小家庭达成共识之后，蒋琦夫妇就开始留意人体器官捐献这件事。某年清明节，蒋琦一家给外公扫墓时，和舅舅、小姨们也谈起了这件事。

不想舅舅们的认识比蒋琦还要深刻。大家畅谈生死："无论生前再辉煌，死后也就是一抔尘土。我们还不如把有用的器官都捐献出去，帮助需要帮助的人，也算是自己的生命有了一些延续。”

“生死就在一瞬间，每年有很多溺水者被救起后无法重生，对于这些逝去的生命来说，如果能马上进行人体器官捐献，就可以延续别人的生命。”

一家人逐渐达成共识，委托蒋琦打听捐献登记流程。当时，襄阳尚未有机构可以接受人体器官捐献。武汉等地虽然有相关受捐机构，但出于“生于斯长于斯”的考虑，长辈们仍然想在襄阳当地实现捐献愿望。

就这样，捐献人体器官的话题每年都会被提起，却一直悬而未决。

直到2018年4月，母亲柴继红迎来七十大寿，在家族团聚喜气洋洋的寿宴上，老太太再次强烈表达了逝后捐献遗体器官的心愿！考虑到寿宴的氛围，蒋琦几次想转移老太太的话题，谁知老太太不达目的不罢休，始终没有被绕开。

母亲的坚定意志推动了捐献进程。蒋琦打听到，襄阳市人体器官捐献服务中心已经成立。

老太太闻听后很高兴，一锤定音：“那就定在我们党的生日那天献上这份礼物吧！”最终，2018年7月1日，蒋琦一家、二舅柴有建、三舅柴继军以及小姨柴继英等4家11口人相聚蒋琦家中，同时登记成为人体器官捐献志愿者，以这种方式向党的生日献礼，了却了一大家子人多年的心愿。

蒋琦母亲柴继红填写
人体器官捐献志愿登记表

蒋琦记得很清楚：“集体登记的头一天，我在大家庭的微信群里发了一条消息：明天有红十字会工作人员上门办理人体器官捐献志愿登记手续，有愿意参与的，上午到家中集合。没有想到，第二天，大家都来了。”

11人当中，年龄最小的是蒋世桐。蒋琦最初并没有打算让儿子参与捐献，只是想让他见证一下，多一些人生体验。

蒋琦登记时，只是很随意地问了一句：“你签不签呀?”谁知儿子很果断地回答：“签!”

“人死后一切都‘归零’了，能把有用的器官捐献出来帮助他人，很有意义!”在人体器官捐献志愿登记表上按下红手印后，蒋世桐认真地说。

一个大家庭，11名成员同时登记，创造了湖北省一次性志愿登记人体器官捐献人数最多的纪录，一时在襄阳当地传为佳话。

此事经多家媒体报道后，蒋琦一家都成了知名人物。无论走到哪里，都有人向他们打听捐献人体器官的事情。在他们的带动下，很多以前的老同事、老同学还有邻居都先后与红十字会取得了联系。

对于媒体宣传一事，大家最初有些抵触。后来他们也想通了，能够为人体器官捐献工作做一些宣传，起到一种促进作用，也是一件好事。他们希望为社会带来一种观念的转变：“人体器官捐献其实也是生命的延续，奉献自己、拯救他人，这样的好事，何乐而不为呢?”

蒋琦母亲柴继红和家人应邀出席湖北省红十字会举办的“红十字故事汇”公益活动

蒋琦常常这样说，一个小小的举动或许就能挽救一条生命，在他人需要的时候能帮就帮助一把吧！因为帮助别人，就是一种幸福！

在这世间，有许多的不可能。唯有爱，永远散发着光芒！蒋琦一家三代 11 人，用一种独特而别具意义的方式，传承家风，传播着爱，诠释着生命的意义！

鄢来贵：爱心队长贵以恒

志愿服务组织的负责人，其实没有什么行政权力，要团结队员，让大家跟着一路前行，特别需要把握两点：其一是无私，凡事从大局出发，从人民群众和广大队员的利益出发；其二是身体力行，不仅要做指挥员，更要做战士。

做公益，一旦产生感染力，就不难了。

——鄢来贵

加油，爱心队长

在被誉为“中国龙虾之乡”的湖北潜江，有这样一支爱心队伍：他们戴着小红帽，身穿红马甲，穿梭于大街小巷，行走在田间地头，犹如一团团跳动的火焰，给千家万户送去温暖；他们为无偿献血而呼吁，为挽救生命而奔走，他们身上充满着红色的激情。他们就是潜江市红十字无偿献血志愿者服务队。

这是一个纯民间的志愿服务组织。12 年时间里，这支队伍的志愿者发展到 200 余人，为广大群众服务时间累积超过 10 万小时，区域辐射从市区到 100 多个村庄。这支队伍从默默无闻到获得湖北省首届“爱心慈善奖——最具爱心的十大行为楷模行”“湖北省红十字会系统先进集体”等荣誉称号；2018 年，更入选中宣部、中央文明办等部门联合表彰的全国学雷锋志愿服务“四个 100”先进典型。

作为这支队伍的发起人和领导者，队长鄢来贵十几年如一日，在默默奉献中努力前行。

将岁月的指针拨回到2008年5月。5·12汶川大地震牵动了全国人民的心，时年45岁的潜江人鄢来贵被一种莫名的情绪所裹挟，总觉得自己必须为灾区人民做点什么。他联系了诸多网友，在潜江市红十字会的指导下为灾区募捐，组织无偿献血活动。

“在参与的过程中，我渐渐体验到一种爱的力量，对生命的敬畏感是那么具体而又强烈。那时候我们就想，咱这些志同道合的献血者，要创办一个无偿献血者志愿服务队，及时响应和配合红十字会。”也许是冥冥之中有一股正义的力量在召唤，鄢来贵备受感染。

在不到一个月时间里，鄢来贵和志愿者们东奔西跑，完备了各种手续。这年6月10日，潜江市红十字无偿献血志愿者服务队正式成立！

鄢来贵（中）和无偿献血志愿者服务队的队友们在一起

忆及往事，鄢来贵略有几分感慨。在外人眼中，他有一份体面的工作，有个幸福的家庭，根本无须操劳其他事情。他1982年参加工作，后来从事财政监督工作。作为一名老财政，单位上的事已经够他忙了。《财政监督》杂志曾专门采访过他，并刊发文章《勤勉做事、助人为乐的“好人”——记湖北省潜江市财政监督检查局检查二科科长鄢来贵》来介绍他。

身负着财政干部和队长两个角色，鄢来贵更忙了，生活基本变成了三点一线：单位、服务队、家里。平时朋友们的往来应酬，亲戚们的相邀聚会，他很少有空参与。

“他不是在单位加班，就是在参与志愿服务，队员们给他取了个外号——爱心队长。”同事们笑着评价。

工作中的鄢来贵（右）

关于工作、家庭和公益，在鄢来贵心中有着同等重要的地位。他常跟志愿者谈心：做一名合格的志愿者，必须兼顾工作和家庭。如果本职工作完成不了，公益做得再好，别人也会戏谑咱不务正业；如果家人不支持，志愿者工作也难以开展。

“志愿服务组织的负责人，其实没有什么行政权力，要团结队员，让大家跟着一路前行，特别需要把握两点：其一是无私，凡事从大局出发，从人民群众和广大队员的利益出发；其二是身体力行，不仅要做指挥员，更要做战士。”作为志愿者服务队队长，他担负着更多的责任：不仅要参与各种活动，更要协调各方关系，这些仅靠业余时间根本不够。譬如有时需要和相关行政部门对接事情，只能在对方上班的时间过去。

为此他一方面积极争取单位领导支持，另一方面加班加点把做公益的时间补回来。12 年来，他从来没有因为参与公益而影响工作，甚至发挥所长，立足本职开展志愿服务。在他的倡导下，潜江市成立了全市行政事业单位财务管理志愿者交流群。他到兄弟单位传授财政工作经验时，也会宣讲无偿献血，深得领导和同事们的好评。

献血志愿者服务队的主管部门是潜江市红十字会，公益组织只有分工不同，没有权力大小。鄢来贵严格遵守相关原则：大事汇报，小事申请，服务队辅导员由市红十字会干部担任，上传下达，有效沟通。在尊重、平等、信任的基础上，独立开展活动。

君子也会遇误解

在多年的志愿者经历中，也有被人误解的时候。鄢来贵走到哪里都宣传无偿献血，而且经常出现在无偿献血车前，往往会引起一些熟人的误会。

某次，鄢来贵和志愿者们在一个小区宣传无偿献血，一个熟人正好也住在这个小区，见到鄢来贵，便走近奇怪地问："老鄢，你是不是换了工作啊。现在的队伍比以前大多了啊。"

"哪里哦，这都是志愿者，我们用业余时间做点小事情而已。"鄢来贵笑着回答道。

"志愿者？这倒是有点意思，你们忙活一天，有多少钱啊，要是能混个生活费，我也加入怎么样？"对方笑眯眯地问。

"志愿者都是志愿服务，哪有什么报酬啊？平时闲着也是闲着，做点有意义的事情，人过得充实些。"鄢来贵道。

"鬼才相信，没好处，你干得这起劲。"对方笑着点评，"我看打麻将都比你这顶着太阳晒更充实。"

对于此等误解，鄢来贵往往一笑了之。但面对某些素质不高的人表露出的恶意，却让他很难受。

某年秋天，天气已经转凉了。江汉艺术职业学院一名在校大学生被检查出患有白血病，全家陷入无限悲伤之中。鄢来贵得知情况后，组织献血志愿者服务队街头募捐。

经过几天的忙碌，大家募集到了部分资金。某天傍晚时分，鄢来贵和志愿者们正清理当天的捐款，一名过路的中年人阴阳怪气地说："收的钱不少啊，你们每人可以分多少？"

志愿者们觉得受到了极大的侮辱，有个稍微年轻的志愿者当场就要冲上去教训那人。鄢来贵拉住志愿者，尽量心平气和地对路人解释：“我们是为一名贫穷大学生白血病患者募捐医疗费，希望你也能伸出援助之手。”那过路人看到志愿者们很生气，冷哼了一声“我才不会上当”，赶紧溜了。

此事深深触动了鄢来贵：如何消除社会上少数人对红十字志愿服务的质疑，成为他经常思考并努力去探索的课题。

针对“为白血病大学生患者募捐”一事，他主动联系媒体界的朋友，一边加大宣传力度，一边每天公开善款来源、数目。如此一来，质疑声烟消云散。

“有些人对咱们有误解，作为一名红十字志愿者，就得用力所能及的行动，让身边的人们切身感受到红十字精神，行动是最好的语言”，鄢来贵说，“社会对志愿者的评价，更多源于志愿者所在公益组织的公信力。扩大志愿者服务队的影响力，需要通过实实在在、群众看得见的公益项目和活动来支撑，需要志愿者从点滴做起，聚沙成塔，慢慢改变。”

经过多年努力，无偿献血志愿者服务队协助潜江市红十字会开展了多项大型公益活动，如 2013 年，成功举办了潜江市首届公益人物评比活动，募集善款 50 万元。

志愿服务组织往往会面临经费难题，若一直依靠志愿者们出力又出钱，很难长久维持。潜江市红十字会和血站都是财政预算单位，也没有太多的资金来解决无偿献血志愿者服务队的经费。

为了破解经费窘困局面，鄢来贵多方联系，积极争取政府支持，后来潜江市财政预算每年安排一定的资金，专门用于服务队建设；其次向有关单位募捐经费，确保服务队正常运转。

在志愿服务中，鄢来贵一直倡导以创新求发展，以此保持服务队长久的活力。

为了更好地宣传无偿献血，他和队友们走村串户，先后走进 120 多个自然村，带动了一大批农民加入无偿献血的行列。“农民兄弟们朴实，刚开始的时候可能还有所怀疑，打交道的时间一长，大家都非常支持这项爱心事业。”鄢来贵最乐意的事，就是到村里和献血志愿者如老朋友一般侃大山。“人都是讲感情的，我们尊重农民兄弟们，他们就会相信我们。做公益，一旦产生感染力，就不难了。”

每年开学季，服务队便走进高校，开展无偿献血、造血干细胞捐献、防艾宣传等活动，有力增强了大学生的公益意识，也促进了大学生参与无偿献血人数比例的提升。

志愿者们广泛宣传，推动了无偿献血工作平稳发展，为确保全市临床用血需求起到了积极作用。

鄢来贵（右二）探望困难群众

让龙虾之乡更红

潜江市是“小龙虾之乡”。中国人钟爱“红”色，人们谈及一腔热血时首先也会想到红。自2009年6月潜江市举办首届龙虾节以来，每年一届的龙虾节已成为集“美食盛宴、文化盛典、经贸盛会”于一体的颇具地方特色的物产节会。

2016年，通过多方面沟通协调，潜江市红十字会拟在龙虾节期间挖掘“红色基因”，策划举办潜江庆祝第十三个“世界献血者日”暨第七届湖北（潜江）龙虾节“红色虾乡·爱满潜江”大型无偿献血活动。

鄢来贵带领志愿者们和潜江市红十字会工作人员共同拟定活动方

案，制定完善的《龙虾节期间血液安全保障应急预案》呈报市龙虾节组委会和市应急办审签，突出献血在突发公共事件应急保障中的重要性，引起组委会的重视；围绕龙虾“红色”做文章，挖掘潜江“红色”内涵，拓展公益事业外延。

预案得到市委、市政府高度认可，很快下达批文同意实施。志愿者们激情满怀，斗志昂扬。服务队一马当先，与龙虾产业发展促进会紧密联系，通过行业协会向全市龙虾产业会员单位及从业人员发出了一份倡议：6月14日，相聚潜江龙虾职业学院，一起为爱举手。“分享生命，捐献热血”，奉献一份有温度的红色之爱。

作为此次公益宣传活动承办方的无偿献血志愿者服务队倾巢出动，队长鄢来贵天天和潜江市红十字会的工作人员泡在一起，反复推演方案、推敲细节，“万无一失”是他向市红十字会领导立下的军令状。

前期准备阶段，志愿者们兵分几路，在市内几个繁华地点进行“暖场”活动，他们身穿红马甲、头戴小红帽、手举“献血救人”和“欢迎捐血”宣传牌，分发无偿献血宣传单和活动倡议书千余份，还专门请人制作了通俗易懂的无偿献血知识展板及各类海报。“红色虾乡·爱满潜江”集结号正式吹响。

同时，志愿者们走进20多家企事业单位，普及和宣传无偿献血。在虾皇餐饮管理有限公司，总经理曹利军和50名员工欣然应邀，承诺出席活动并现场献血。

6月14日，艳阳高照，潜江龙虾职业学院内彩旗飞扬，人声鼎沸。由潜江市红十字会牵头，无偿献血志愿者服务队承办的“分享生命，捐献热血”活动正式拉开帷幕。

潜江龙虾职业学院张国安董事长宣读《倡议书》，号召全市龙虾产业会员单位和广大爱心人士弘扬无私奉献、献血救人的人道主义精神，为传递社会正能量、丰富潜江“红色”文化内涵、树立潜江龙虾公益新形象做出应有的贡献。鄢来贵代表志愿者服务队发言，他回顾了服务队的发展历程，现场还激情表示服务队会在爱的天空越行越远、一路阳光！活动中，各级领导纷纷发言，呼吁“分享生命，捐献热血”。

活动当天，243人成功献血，总献血量达81300毫升，创下潜江市单日无偿献血历史新高。

鄢来贵带领志愿者参加“红色虾乡·爱满潜江”
第七届湖北（潜江）龙虾节无偿献血活动

“这场活动，队友们第一感觉就是公益温暖。那不仅仅是一场献血活动，还与很多单位建立了联系，拓展了龙虾节社会效益的外延，帮助企业搭建了公益形象宣传平台，献血志愿者们得到了社会各界广泛的尊重，可以说是好评如潮。”在事后的各个场合，每每谈及这场活动，鄢来贵骄傲之情总是溢于言表。

“充分利用无偿献血志愿者队伍来凝聚社会各方贤达，把他们的专业技能应用到无偿献血志愿服务中来，更好地为献血者服务，这也是我们努力的方向。”谈及未来，他从未停止过思考。

在鄢来贵的影响下，全家人也非常热心公益，两个儿子从上大学开始每年坚持无偿献血。看到孩子们以实际行动支持无偿献血事业，最高兴的莫过于鄢来贵了。

十余年来，鄢来贵情系公益，倾情投入无偿献血志愿者服务队伍。他个人先后被授予“全国优秀红十字志愿者”“湖北省第二届优秀志愿者”“湖北省抗震救灾优秀志愿者”“湖北省造血干细胞捐献优秀志愿者”等称号，并获得中国红十字会总会授予的“五星级志愿者”称号，以及国家无偿献血志愿服务终身荣誉奖。

靳军华：医学博士记初心

如果人死后能把眼角膜等器官捐献出来，让更多的人活下去，会更有意义。

——靳军华

靳军华医生

一场飞来的横祸

2016年1月17日深夜两点，靳军华书房的灯还亮着，他正在为博士论文挑灯夜战。读硕士难，读博士更难，读医学博士难上加难。白天在医院异常繁忙，他只有利用晚上时间来写论文。这些日子，他几乎每天都是忙到深夜两三点睡觉，早上6点半又准时起床工作。

这一天是腊八节，星期天。他终于有空去维修那台程序几乎跑不动的电脑了。8点，当靳军华到达电脑维修店的时候，老板还没开门。他背着电脑在门口等了一会儿。电脑维修店开门的时间是8点半，他有意提前半个小时到达，这是他的职业习惯。在这半个小时里，他既可以熟悉周围的环境，还可以看一会儿电子书，甚至可以梳理梳理自己的思路，不慌不忙，从容不迫。

开门以后，老板很娴熟地把他的电脑资料备份到移动硬盘，然后帮他把电脑重装了一遍系统，应他的要求，又加了一根价格适中的内存条。这样，他的电脑基本上就能够运行新装的医学软件程序了，他的博士论文又可以进展得更快一点了。不到两个小时，电脑维修好了。

"谢谢老板，下次我再来麻烦您。"

老板已经很熟悉他和他的电脑了。10年前，靳军华在这家店买下这台电脑，一用就是10年。每次建议他换电脑的时候，他总是憨憨一笑，说还能用，再等等。

然而，这一次，却没有了下一次。当靳军华满心欢喜地抱着新修好的电脑，在十字路口等着绿灯通行的时候，意外发生了。一辆左拐弯的小轿车疯狂地向他撞过来。伴随着一声巨大的闷响，斑马线上的靳军华应声倒下，血流了一地。小轿车驾驶员醉驾。

靳军华被紧急送往医院，陷入了重度昏迷。时间一天天地过去，各种先进的救治手段都用上了，但没能让他醒过来。妻子张瑞瑞同为该院医生，每天亲自给丈夫换药，却只能看着爱人逐渐失去自主呼吸。

2016年2月4日，腊月二十五，立春，靳军华被宣布为脑死亡。37

岁的靳军华走了，离开了他放不下的家人和放不下的病人，带着他的希望与梦想，还有那篇未完成的博士论文，离开了人世。

一段奋进的求学之旅

1979 年，靳军华出生于山东聊城的一个小山村。在他的记忆里，父亲为了多赚点钱，远赴东北打工，留下母亲独自在家料理农活和照看孩子。

由于家庭贫困，靳军华的求学路走得很艰辛，是舅舅和两个叔叔尽其所能的帮助，他才没有中途辍学。

靳军华非常珍惜来之不易的学习机会。他清楚地知道，只有努力学习，才能闯出未来的一片天地，改变自己的命运，让家人过上好日子。

靳军华的爷爷患有“老寒腿”，也称为“风湿性关节炎”，一到阴雨天气，膝盖就由内而外阴冷阴冷的疼痛不已，久而久之，严重到无法下床行走。父亲四处打听，得知中医针灸也许可以治好爷爷的腿病。没钱就医，父亲就买来针灸医书自行研究，拿着尺子找穴位扎针，坚持了几年的时间，最后爷爷竟然能下床走路了。

目睹了这个“奇迹”，加上操劳过度的父亲不经意间说起自己腰酸背痛，姐姐不经意间提及自己心慌胸闷，立志学医的种子从此在靳军华的内心埋了下来。他想用自己的双手守护家人的健康，同时帮助更多需要帮助的人。

1999 年高考过后，他填报了山东菏泽医学专科学校。拿到入学通知书后，靳军华从镇上的信用合作社贷款 1.5 万元钱，才得以走进大学校园。

2000 年暑假的时候，靳军华用听诊器听出姐姐心脏有杂音，建议她去聊城做 CT 检查。但姐姐不以为然。后来靳军华执意带她去了医院，结果被诊断出室间隔缺损，属于先天性心脏病。这也是家人第一次被靳军华初露的医术所震住。可由于家境贫苦，时隔多年以后，姐姐才在他的帮助下做了“补心”手术。

2002 年，靳军华顺利考入泰山医学院就读本科。

2004 年，靳军华考入郑州大学医学院攻读硕士学位。就读硕士期间，靳军华尽自己最大的努力勤工助学，补贴家用。

2007 年春天，近 3 年没有回家的靳军华返乡过年，在沙发上意外看到父亲的 CT 片。凭借医学生的直觉，他认为父亲的 CT 片有大问题，他让父亲去大医院做检查，但父亲像当年姐姐一样不以为然。靳军华再一次坚持着带父亲到济南的一家肿瘤医院做检查，被诊断为肺癌，要切除部分肺叶。

两万元的手术费，让父亲望而止步。靳军华用下跪的方式，祈求父亲遵医嘱。医生和周围人无不被他的孝心感动。拗不过儿子的苦苦哀求，父亲终于做了肺叶切除手术。至今，健康无恙。

2007 年，靳军华硕士毕业后，来到襄阳中心医院工作。湖北襄阳，被称为“华夏第一城池”，历来为“兵家必争之地”，是楚文化、汉文化和三国文化的发源地。这座具有 2800 多年历史的文化名城，无时无刻不散发着传统文化的魅力与张力。

工作之余的靳军华

襄阳市中心医院始建于 1949 年，是湖北省卫健委重点建设的省级区域性医疗中心，也是湖北省首批三级甲等医院，综合实力跻身湖北省医疗行业“十强”，名列全国地市级医院的第 34 位。

在襄阳市中心医院，靳军华如鱼得水。在紧张繁忙的工作之余，他更加刻苦学习和钻研，并在职攻读郑州大学医学院的博士学位。

一颗怜悯人心的善心

经过常年不间断的学习提升，靳军华的医术越来越精湛。与此同时，深知贫困苦难的他愈发变得平易近人、谦和体贴，尤其是面对那些来自贫困家庭的病人，他格外用心，尽显仁爱之心。工作近10年来，他多次被襄阳市中心医院评为“零差评”“零投诉”医生。

某天下午快6点的时候，靳军华刚刚做完当日的最后一台手术，拖着疲惫的身体，坐在椅子上闭目养神。一位30多岁的妇女抱着一名哭泣不止的3岁左右的孩子，焦急地冲进办公室。

“靳医生，靳医生，快救救我的孩子。刚刚在家里被烫伤了。”

“不好意思，现在已经下班了。您应该去急诊科挂号看病。”办公室的护士善意地提醒道，“靳医生今天已经整整做了10台手术，中午也没休息，这会儿已经累坏了。”

护士的话还没说完，靳军华已经从房间里走出来，迅速查看孩子的伤口，又详细询问烫伤细节。原来，孩子因为好奇不小心打翻了桌上的开水瓶，滚烫的开水溅到身上，把孩子左边身体全部烫伤了。最严重的地方是肩膀，半个巴掌大的一块皮肤已经脱落，露出了真皮。

“赶快安排冲洗伤口。”靳军华对护士说道。

“我马上开药，你赶快去窗口缴费拿药。药房马上就要下班了。”靳军华快步走到电脑前，很快打出处方药单，递给了年轻的母亲。

给孩子冲洗伤口的时候，孩子很不配合，哇哇大哭。年轻的母亲没有经验，也跟着一起心疼地抹眼泪。一边的靳军华轻言细语地为孩子加油打气：“宝宝，不怕，妈妈在这里呢；宝宝，不怕，我们再冲一冲，把小毛毛虫都冲掉，冲洗干净以后，很快就好啦。”在安慰哭泣闹腾的孩子的同时，他又耐心地安慰懊恼焦急的母亲：“你别哭，你别急，我的孩子也只有3岁，都是心头肉，我非常理解你此刻的心情，但是现在必须冲洗，然后冷敷，才能去除沾染在皮肤里的杂质，减少受伤范围。你现在是来得及时，只要我们处理得当，3岁孩子的新陈代谢很好，现在的医学也很发达，不一定会留疤痕的。”

冲洗完成以后，上药，包扎。送走病人，已经是晚上9点半了，靳军华旋即瘫坐在门诊室门口的长凳上。这一天，他整整忙碌了14个小时，几乎连喝水的时间都没有。不过他已经习惯了这样极致的努力。他所在的整形美容科，每年要做3000多台手术，平均每个工作日约13台手术。整形美容科不同于其他科室，每一位患者术后的拆线、上药又都相当于一次手术，也需要1个小时左右的时间。这是对体力与脑力的双重考验。

休息了5分钟以后，靳军华点了一份外卖，因为他还有一些工作需要完成。在等待外卖时，他打开电脑，开始梳理一整天的手术心得和各种注意事项。

当他忙完这一切，熄灯，回到家，时针已指向晚上11点半。妻子带着宝宝已经入睡。他蹑手蹑脚地进入书房，打开灯，打开笔记本电脑，开始继续撰写博士论文。

近10年的从医经历，他养成了一个习惯：不管前一天忙到多晚，第二天早上他一定会提前半小时出现在办公室。

不仅以医术服人，而且能站在病人角度给他们安慰与鼓励，凭着高尚的医德和精湛的医术悬壶济世，他赢得了病人的信任。

靳军华遭遇车祸后，一位60多岁的老太太病人经常来科室询问他的行踪。连续10多天到靳军华的诊室，一等就是1个多小时。

“靳大夫休假了，让别的医生为你做手术可以吗?”

“不，我只认靳医生!”

一个义薄云天的捐献善举

2016年2月5日，腊月二十七，距离除夕还有两天时间。靳军华被宣布脑死亡后的第二天，经历了撕心裂肺的痛哭后，31岁的妻子张瑞瑞，做出了常人难以想象的抉择——捐出丈夫的遗体器官。

2018年，美国《华盛顿邮报》曾做过一个关于“十大奢侈品”的民意调查，其中一条是“任何时候都有真正懂你的人”。从这点来说，靳军华是幸福的，她懂他。她是他的知心爱人，她懂他的责任，她懂他的心愿。她知道，从元月 17 日车祸后到今天，他坚持了这么多天，就是在等她做一个决定。

他们是大学同学。她来自河南漯河农村，当她第一次见到这个剃着平头，眉清目秀的大男孩时，就对他一见倾心。她喜欢他咧嘴微笑的帅气，喜欢他精益求精的聪慧，更喜欢他体贴入微的包容，以及从骨子里散发出来的关爱众生的善良。他们肩并肩一起在教室里上自习，学习知识；他们手牵手一起在校园小径上散步，畅想未来。每一次从解剖课下来，靳军华都会和她谈到生死问题：“如果人死后能把眼角膜等器官捐献出来，让更多的人活下去，会更有意义。”

靳军华与妻子张瑞瑞

2015 年她的生日那天，张瑞瑞至今记忆尤深，因为那天是他们正式确立关系的 10 周年纪念日；因为那天靳军华再三保证，要给她过一个浪漫的生日，他早就定好了一份神秘的生日礼物；因为那一天，靳军华又爽约了。

那天下午 5 点半，张瑞瑞早早忙完自己的工作，来到丈夫的办公室，满心欢喜地等着他下班。她耐心地看着丈夫帮每一位患者诊断完毕，轻轻舒了一口气。看起来，丈夫终于可以按时下班，给她庆祝一下生日了。自从工作以后，她似乎就再没和丈夫一起过个像样的生日了。

靳军华所在的科室一共只有5个医生，人手根本不够用。张瑞瑞又何尝不知呢？在她的印象里，她总是在等待，等待他下班，等待他有空。但是他总是那么忙，她等来的，永远都是那些熟悉的话：亲爱的，你先回家；亲爱的，对不起，今天又要加班，只能麻烦你一个人去接宝宝；亲爱的，对不起，今年的生日又不能陪你了。

张瑞瑞已经习惯了这样的等待和改变。所以，当她看到诊室临时又送来一个加急的患者时，她已经做好了心理准备。丈夫匆匆戴上已经取下的白口罩，歉意地说："亲爱的，对不起，急诊科不会处理这样的伤口，必须我来处理。只能麻烦你自己去蛋糕店拿生日蛋糕，你们先吃晚饭，晚上回家以后再给你庆祝生日。"

她默默站起来，向他点点头，就回家了。她不会责备他，同样身为医生，她明白他的职责，她也知道，这是他愿意做的事情。

她不会强行要求他回家，因为她懂他，因为他们彼此深爱着对方。丈夫比她大6岁，像兄长一般呵护着她。在过去的10年时光里，她在丈夫面前像个孩子一样无忧无虑。家里一应财务开支，包括父母体检就医、水电费、天然气充值等，大小事情都由他一手操持。

现在，到了她为他做点什么的时候了。她知道，要帮他实现"捐献器官"这个愿望，最大的困难在于做通他父母的工作。人世间，最悲痛的事情莫过于"白发人送黑发人"。痛失爱子，年逾六旬的公公婆婆已经哭干了眼泪。面对同样悲痛欲绝的两位老人，她要下多大的决心，才能开口劝说老两口同意捐献儿子的器官啊！

令张瑞瑞万分感动的是，公公婆婆考虑再三以后，同意了儿媳妇提出的这个伟大决定。尤其是公公，这位曾经当过兵、有着38年党龄的山东汉子，悲恸中饱含深情地说道："是党和国家培养了我的儿子，我们全家人同意捐出孩子的器官，用一条命救四条命，也是一种报答！"

2016年2月5日，脑死亡的靳军华被推进华中科技大学同济医学院附属同济医院手术室。很快，医院确认其4大脏器均符合移植条件。当日，他的器官通过中国人体器官分配与共享系统，已确认4名受体。至此，4条生命、4个家庭得以挽救。

在襄阳市遗体器官捐献纪念碑前，不知姓名的市民送来了寄托思念的黄菊；在靳军华的研究生母校，国家核心期刊《郑州大学学报》（医

张瑞瑞参加湖北省红十字举办的“红十字故事汇”
公益活动，讲述丈夫的捐献故事

学版），他生前投去的博士论文阶段性成果正式发表；在襄阳市中心医院，勒军华生前的同事们感慨着他为医学仁心做出了完美的阐释；而在故乡山东聊城，乡亲们传颂着靳军华这个名字。

正可谓：

时光荏苒，岁月如梭；
生命如花，最美鲸落。
一念成山，一念成河；
鲸落十里，万物重茁。

熊金叶：大爱撑起一片天

无论意外伤害还是突发事件，往往是用秒来计时的。

应急救护培训应该从孩子抓起。当自然灾害、突发事故、突发灾难不幸降临的时候，孩子们才有能力进行自我保护！

——熊金叶

湖北省中东部，幕阜山脉连绵起伏。大山如翠屏，奔涌向前的历史长河在这里孕育了一个温馨和谐的美好家园。千百年来，这里发生了无数可歌可泣的故事，涌现了无数走在时代前列的英雄人物，也催生了许多默默无闻的奉献者。

通山县凤梓山脚下的镇南中学，有着清新怡人的校园环境和馥郁浓厚的人文气息。这里曾经发生过，现在仍然发生着一个个感人至深的故事。其中，有一个语文老师徒手救人的故事，在很长一段时间为人们所津津乐道。

施“救命术”，徒手救人

2018 年 9 月的一天，凤梓山脚下，下午 5 点多突然下起一场滂沱大雨。秋雨很快浇化了脚下的泥土，略带着腥气的泥土芬芳扑面而来。通往通山县第三小学的林荫道幽深静谧，道路两侧的树木被雨水洗过后，枝叶青翠欲滴。镇南中学语文老师熊金叶挟着三把雨伞，匆匆向校门口走去。马上要放学了，熊金叶要去接送她照顾的那几个留守孩子。

和往常一样，校门口人头攒动，家长们冒雨守候在这里，等待着即将放学的孩子们。今天有点不一样，平日空旷的操场上，现在里三层外三层围着一群人，水泄不通。熊金叶的心里头泛起了嘀咕："发生了什么事?"

她快步走过去，费力地挤进人群。大雨落在水泥操场上，噼啪作响，溅起无数豌豆大的水花。地面积水盈寸，一位胖胖的大嫂仰面躺在雨中，牙关紧闭，人事不知。大嫂的背部浸在雨水里，全身透湿。她脚上的红色塑料拖鞋脱落了一只，眼泡眼窝乌黑发青，显然昏迷已有一些时间了。

一个年轻的女子费力地撑着一把伞，一边帮大嫂遮挡风雨，一边手足无措地惊惶叫着"嫂哎，嫂啊!"雨伞太小，只遮得住大嫂的头脸，却遮不住身子。年轻女子暴露在雨里，全身也已淋得透湿。

围观的乡亲们束手无策，大家只管七嘴八舌地叫嚷着，却都拿不出什么好主意。熊金叶连忙蹲下来，伸手轻拍大嫂的肩头，大声喊着："嫂！嫂！快醒醒！嫂，嫂，快醒醒!"风雨交加，人声嘈杂，大嫂毫无反应，一动不动。熊金叶用指甲使劲掐她的人中，也是无济于事。

"打120了吗?"风雨声太大，熊金叶不得不提高音量，朝人群大声问道。"打了，早打了!"年轻女子的脸上瞧不出是雨水，还是泪水，随手抹了一把，应声回答。

看到有人出头主事，围观群众一下子找到了主心骨，纷纷向熊金叶讲起事情经过。从大伙零碎的描述中，熊金叶勉强弄明白，原来，大嫂是来接孙子孙女放学的，因天雨路滑，失足摔倒导致昏迷。

时间就是生命！无论意外伤害还是突发事件，往往是用秒来计时的。这种情况，每多耽误一秒钟，大嫂就多一分危险。

熊金叶二话不说，单膝跪地，开始给大嫂做心肺复苏。一下，两下，三下……嘈杂的操场突然变得无比安静，每个人都屏住了呼吸，连风雨声似乎都消失了。

过了一会儿，大嫂的手指头微微动了动，渐渐醒转过来。她躺在雨水奔流的操场上，轻轻蹙了蹙眉毛、咧了咧嘴角，非常痛苦的样子。人群爆发出巨大的欢呼声，年轻女子激动得一个劲说"谢谢"。

熊金叶抹了一把额头的雨水，顾不上喘口气。“你，你，你，还有你，请过来帮我一把。”她指了4个青壮劳力上来帮忙，把大嫂抬到学校走廊干燥的地方，垫好衣服小心地让她平躺好。熊金叶握着大嫂的手，轻声陪她说着话。直到救护车赶来，医生用担架把大嫂抬上救护车，熊金叶这才松了一口气。

这时候，她才注意到自己全身发软，心脏也“怦怦”跳得厉害。她不得不靠着走廊休息了一会，才缓缓起身离开。几个孩子，等她也等急了吧？

有位乡亲认出了她，低声懊恼地叫起来：“这不是熊金叶老师吗？她还教过我应急救护知识呢。嗨，我当时学得好好的，今天事到临头，怎么就全给忘了呢？”有人嘲笑他说：“你是烂泥巴扶不上墙，也想跟熊老师比啊？今天幸好有她在……”他们并不知道，熊金叶这也是“大姑娘上轿——头一回”，今天是她生平第一次把应急救护知识运用到实践当中。

夜幕降临时，熊金叶拖着疲惫的身体，带着3个孩子回到家中。因为救人耽搁了一些时间，今天比平常晚了很多。生火做饭，洗刷碗筷，辅导学习，然后再把孩子们一个一个“赶”到床上睡觉，她每天只有忙到这个时候，才有一点点属于自己的宝贵时间。

操场急救的场景过电影一样，在脑海中一幕幕闪现，这个大嫂是否脱离危险了呢？她忍不住拿起手机，挨个联系在医院和红十字会工作的朋友询问。朋友们很多都休息了，答应第二天帮她打听。

这一夜，熊金叶没有睡踏实，感觉心里总挂着个事。到第二天凌晨，她刚迷迷糊糊睡着，却被电话铃声吵醒，热心的朋友给回复了。

原来，倒地昏迷的那位大嫂名叫陈建英，经过连夜紧急抢救，已经安然无恙。朋友转达了陈建英的谢意：“她非常感谢你，说多亏你会救人，肯救人。没有你，她就回不来了。”

得知那位大嫂无恙，熊金叶悬着的一颗心总算放下。她庆幸自己当时没有退缩，没有因为瞻前顾后而耽误时间，是急救知识给了她救人的信心和勇气，否则她也只能做一个无奈的看客了。作为镇南中学语文教师的她，也是红十字初级救护员和救护培训师资。她比大多数人更清楚：院前急救，分秒必争。

熊金叶（右三）在通山县大坑村社区博爱家园项目村民应急
救护培训班上传播急救知识

献仁者心，点亮心灯

这一年，语文老师熊金叶扎根大山深处已经33年了，和其他老师一样，站上三尺讲台，默默地奉献着光和热。这光和热看起来有些微弱，却点亮了很多孩子的未来。

熊金叶有着一颗金子般的博爱之心，有着不一样的人道情怀，她的心里时刻装着学生。在这个为之付出终生的职业中，她兢兢业业地承担着桥梁和纽带作用，连起了学校、社会和无数个家庭。

大山巍峨高耸，总有阳光照射不到的地方。山深林密，交通不便，一些家庭的生活特别困难，很多孩子因此失学。为了改善家庭状况，越来越多的青壮年农民背井离乡，走出大山，走进城市。一个特殊的未成年人群体随之出现——留守儿童。

这些孩子正处在成长发育的关键时期，父母的陪伴、关爱和引导一旦缺位，他们的成长必然出现偏离，有些孩子甚至会走上歧途。“但凡遇到这样的留守儿童和贫困孩子，我总会千方百计给予一些帮助。”本身家庭生活并不宽裕的熊金叶，有着不一般的助人情怀。

在熊金叶的班上，有位姓徐的同学，父亲早早因病去世，母亲改嫁异地他乡，年幼的孩子只能与年迈的奶奶相依为命。一老一小，吃了上顿愁下顿，生活举步维艰。熊金叶了解到情况后，号召年级组的老师共同承担了他的所有学杂费。她还主动找到孩子的奶奶沟通：“老人家，我们会想办法帮您贴补一些家用，孩子一定要安心读书，只有学习才有未来。”她经常给孩子做思想工作，告诉他困难只是暂时的。穷人的孩子早当家，只要努力学习，认真做人，将来才有可能让奶奶和自己过上好日子。每次，孩子都似懂非懂地点着头，也由此在心里头埋下了发奋图强的火种。

还有一位姓杜的同学，父母离异，且都在外地打工。这个孩子长年独自一人在家，自己照顾自己，买菜、煮饭、洗衣服……熊金叶每次看到他小大人一样地坚强就心疼不已。她加了他的微信，不时嘘寒问暖，给予关心，还隔三岔五过去帮他料理家务，给他做顿可口的饭菜。渐渐的，孩子变得越来越开朗，脸上笑容也多了起来。这个孩子没有辜负她的付出和期望，学习成绩慢慢升入年级中上游，后来如愿考上了县重点高中。

熊金叶很推崇苏霍姆林斯基的一句话：“教育技巧的全部奥秘就在于如何爱孩子，明智的爱孩子，教师对学生的爱胜过千万次的说教。”她以这句话为座右铭，把毕生的青春和热血投入到工作中，像辛勤的园丁养护花木一样，不分白天黑夜，帮助学生们茁壮成长。她的爱像春风一样，吹绿了孩子们知识的荒原。她所带的班级，整体学习成绩一直在同年级名列前茅，成为全校学习的榜样。

熊金叶赢得了孩子们的爱戴，也赢得了家长们的信赖。这份信赖，却给她带来了新“麻烦”。

2016 年 9 月，学校刚刚开学，各种工作纷繁复杂，熊金叶也忙得前脚跟后脚。有一天，她下班回到家，却发现有 3 个乡亲搓着手守在家门口等她。这是 3 个学生的家长，长年在外打工。他们找到熊金叶，是想请她帮忙照看孩子：“我们谁都不相信，就相信熊老师您。”

看着家长们期待的眼神，熊金叶一咬牙答应下来，接管了这3个留守孩子："我懂他们的难处，如果不是真没法子了，谁愿意把自己的孩子托付给别人呢?"既然家长们出于信任来找她，她就不能辜负这种信任。

从此，她又做老师，又做"妈妈"，用自己的关爱帮助孩子们填补父母之爱的缺失，呵护他们健康快乐地成长。

这些年来，她照看的孩子们来了又走。其中最多的一次，要同时照顾19个孩子。一个人，每天要管着19个孩子的学习、伙食、生活和作息，想想都觉得不可思议。而且，孩子们的性格千差万别，再加上初中生正处于青春叛逆期，逆反心理严重，任性起来的时候可以闹翻天。但是，无论多难，熊金叶都坚持过来了。

"老师妈妈"熊金叶带孩子们户外活动

在生活上，她像亲生母亲一样，无微不至地照顾他们。孩子们都小，都不太讲卫生。她要带着他们打扫卫生，料理家务，还要教他们铺床叠被，晾晒衣服；还要想办法让他们养成良好的饮食习惯，平衡饮食。她关注他们的性格养成和心理健康，孩子们闹情绪了，她动之以情，晓之以理，用爱去帮他们解开心结；孩子们生病了，她带他们就诊；孩子们的衣服破了，裤子撕了，书包带断了，她为他们缝补。她还练就了一手“察言观色”的好本领：“孩子们有没有生病，有没有做亏心事，有没有早恋，我只要瞧一眼，基本上就明白了。”

她是一个严格而有方法的老师，从来没有放松过孩子们的教育。她起早贪黑辅导孩子们学习，像家长一样检查作业，跟任科老师沟通，帮他们背书签字。孩子们的成绩如果下降了，她就帮他们分析试卷，查漏补缺，迎头赶上。这些年来，“老师妈妈”熊金叶走过了风风雨雨，做得很累，却无怨无悔。

她用一个大写的“爱”字，撑起了留守孩子们心中的那片蓝天！

做志愿者，“救”在身边

2018 年春季，熊金叶班上的两个学生突然在教室晕倒，她和另外一位任课老师立即呼叫了救护车。随车护送孩子到医院的途中，她轮流掐着两个孩子的人中穴。

孩子们通过救治顺利苏醒后，一个学生对赶到医院的妈妈说：“妈妈，刚才我好想睡觉。如果不是熊老师掐得我很痛，我可能就睡着了。”听着孩子与妈妈的对话，熊金叶感到一阵后怕。孩子如果真的“睡”着了，可能只是简单的昏迷，也可能出现更严重的后果。

通过这次事件，她意识到应急救护知识与技能普及的重要性，在成为红十字救护培训师资后，她便不遗余力地投入应急救护培训普及工作中。“我希望随着社会的进步，更多的人能了解、认识现场救护的意义。通过普及培训，让救护知识广泛传递，尽可能地让更多人学到救护技能，并积极参与到现场救护中来。”说这句话时的熊金叶，眼睛闪闪发亮。

心中有爱的人，眼里都有光，自然而然感染着身边的人。

2019 年 3 月，通山县红十字会举办首届救护员培训班，熊金叶作为核心培训师资全程参与。每天，她总是第一个到，最后一个离开，讲课、辅导、实操，为参训救护员系统讲解示教，耐心指导他们操作并点评，一丝不苟，尽心尽力。

熊金叶（左一）在通山县红十字会举办的首届救护员培训班上做示范教学

2019 年 8 月，湖北省红十字会在定点扶贫村通山县大坑村举办“屋场连心会”暨村民救护培训班。熊金叶和其他培训师资不辞劳苦，先后进行了 5 场次培训，她们精心设计了教学课程，通过耐心的讲授、生动的解释、认真的示范，使村民们做到了一听就懂、一学就会。“天气真热啊，浑身上下不停冒汗，衣服干了又湿，湿了又干，尽管如此，我们没有一个人退却。”忆及培训中的苦辣酸甜事，她内心是满满的充实。

“我是一个任教多年的老师，也是红十字救护培训师资。日常工作中，我经常会思考一个问题，当灾难降临，我们的孩子们该如何进行自我保护？”

经过深思熟虑，熊金叶更加认识到救护培训从娃娃抓起的迫切性。“通山县的救护培训师资们都赞同我的提议。他们以饱满的热情、昂扬的斗志和扎实的作风，足迹踏遍了全县中小学校，普及学生们的救护技能。只有这样，当自然灾害、突发事故、突发灾难不幸降临的时候，孩子们才有能力进行自我保护。”

熊金叶（左二）应邀出席湖北省红十字会举办的
“爱的灯火”博爱之夜红十字故事汇公益活动

红十字的星星之火，在通山形成了燎原之势。群山巍峨，秀水清清，熊金叶一边教书育人，一边全力普及应急救护知识。越来越多如熊金叶一样的红十字志愿者正参与到这项事业中来。他们奔走在城乡之间，活跃在大街小巷。他们用实际行动，让红十字的旗帜高高飘扬在通山县的每个角落，飘扬在通山老百姓的心里。

后　记

鲁迅先生说过，“只有真的声音，才能感动中国的人和世界的人。”这种真的声音，谓之“真实的力量”。

湖北省红十字会在战时、灾时和平时的各时期各阶段，始终高举人道主义旗帜，开展了一系列重大人道救助活动，有效发挥了党和政府在人道领域的助手作用。

感谢武汉市红十字会、黄石市红十字会、十堰市红十字会、襄阳市红十字会、宜昌市红十字会、荆州市红十字会、荆门市红十字会、鄂州市红十字会、孝感市红十字会、黄冈市红十字会、咸宁市红十字会、随州市红十字会、恩施州红十字会、仙桃市红十字会、天门市红十字会、潜江市红十字会、神农架林区红十字会、湖北省红十字基金会、湖北省救在身边应急救护培训中心等单位，感谢马黎明、王雅芬、向肖丽、朱黎丽等同志，在遴选这30位平凡而伟大的“最美红十字人”，收集最真实、最鲜活的人物故事这项浩大工程中，他们提供了无私的帮助和支持。

感谢荆楚大地上积极践行社会主义核心价值观，弘扬“人道、博爱、奉献”精神的红十字会会员、志愿者。他们行走于人道主义之途，为苦难带来温暖和希望；他们无视黑暗与荆棘，为伤痛抹上万应的灵药；他们在生死之间，不惮点燃自己照亮别人。他们如东方的微光，如暗夜的灯火，倾情播撒爱心的阳光，驱走冬夜的严寒。滴水穿石，星火燎原，他们用善心义举托起无数人的灿烂人生，铺就荆楚大地的繁花似锦。他们用实际行动阐述了对红十字精神的不朽理解，书写了红十字人道主义事业的光辉篇章。30 位“最美红十字人”是他们中的优秀代表。

和他们的对话，是一次次精神的洗礼，是一次次灵魂的升华。

愿红十字精神长存，点亮历史的浩瀚星空。

愿爱的灯火，照耀荆楚大地。

谨以此致谢。

2020 年 2 月